Nathaniel Hawthorne

霍桑 著

七角樓

THE HOUSE OF THE SEVEN GABLES

"Happiness is like a butterfly which, when pursued, is always beyond our grasp, but, if you will sit down quietly, may alight upon you." —Nathaniel Hawthorne

快樂猶如一隻蝴蝶，追求時永遠抓不到，但如果安靜的坐下，它會降落在你身上。——霍桑

目次

楔子 1
導言 7
自序 38
1 品欽家族 41
2 小店櫥窗 70
3 第一位顧客 82
4 站在櫃台的一天 97
5 五月和十一月 111
6 莫爾的水井 128
7 賓客 140
8 今日的品欽家 157
9 克里夫和菲碧 174
10 品欽花園 186
11 拱形窗 200
12 銀版照相師 215
13 愛麗絲・品欽 230
14 菲碧說再見 255
15 皺眉和微笑 267
16 克里夫的房間 283

17 出走 295
18 品欽州長 310
19 愛麗絲的花朵 326
20 伊甸園的花朵 341
21 離去 350

楔子

* 韓世曦 譯

霍桑完成小說《紅字》的時序是在二月，而同年的九月，霍桑開始創作另一部小說《七角樓》。與此同時，霍桑搬離薩勒姆（Salem），來到了麻薩諸塞州柏克縣的萊諾克斯（Lenox）。在那裡，他與家人住在斯托克布里奇鮑爾湖（Stockbridge Bowl）附近的一間小紅木屋裡，這間小木屋在本書出版時仍未頹圮。

霍桑於同年十月一日向出版社解釋：「十一月之前我無法完成新的故事，要等到秋霜乍寒，我才能文思泉湧，秋天的風霜喚醒我的想像力，如同秋葉豔色。」但憑藉著一股活力，霍桑還是在隔年的一月中旬完成了這部新作。

除了《七角樓》原本的故事就十分吸引人以外，自從相關研究揭露了這部傳奇小說與霍桑家族歷史之間的關係後，《七角樓》更獲得了額外的關注。約翰．霍桑（John Hathorne，當時 Hawthorne 一字的拼法是 Hathorne）是納撒尼爾．霍桑的曾祖父，在十七世紀後半葉擔任薩勒姆鎮的鎮長，並在當地主持著名的女巫審判。根據記載，約翰．霍桑對某位受到指控的女性施以嚴厲手段，致使其丈夫預言：上帝將會懲罰所有迫害他妻子的人。這件事自然會讓人聯想到小說中的描述，亦即上一代的品欽家族成員迫害了莫爾家，受迫害的莫爾在臨死前詛咒品欽家族：「上帝會讓你血債血償。」霍桑家族深信這個詛咒影響了家族裡每個成員，一直到霍桑那一代都還是如此，霍桑家族會深信這個詛咒，也許是來自於方才提到的那位女性受害者的丈夫針對霍桑家族所說的預言，這個預言也對應了故事裡莫爾的詛咒。此外，在霍桑家族的回憶錄《美國散記》（一八三七年八月二十七日出版）中，也有如下關於霍桑家族歷史的描述。在早期薩勒姆鎮的歷史記載中，有位名人飛利浦・英格利許，他也是約翰・霍桑手下的受害者之一，英格利許因此與約翰・霍桑這位清教徒老法官結下世仇。英格利許死後遺留下幾位女兒，其中一個女兒據說嫁給了他誓言永不原諒的仇人——約翰・霍桑的兒子。不言自明，這段婚姻預示小說裡菲比與霍爾格雷的結合，化解了品欽與莫爾兩家的宿怨。然而，這部小說對莫爾家族的描繪有幾分相似於霍桑的家族特色，例如有一段敘述：「只要這個家族仍有後人，他們也會與一般人不同——不是什麼驚人或鮮明的不同，而是一種只能體會、不可言說的特質——是一種一代傳一代的含蓄性格。」因此，儘管這部小說大致暗示了霍桑家族的命運，而且故事裡的品欽家族可說是霍桑家族的寫照，但某些霍桑家族的鮮明特色，卻可在莫爾家族的後代中窺探一二。

雖然小說內容是虛構的，但霍桑的寫作手法仍以具體事實為小說脈絡。在《七角樓》第一章，提到品欽家族被授予位於緬因州瓦多縣的土地，而《美國散記》裡，一項一八三七年八月十二日的條目裡，記載美國革命軍將軍諾克斯同樣被授予瓦多縣的土地，希望在此建造莊園，並出租給佃農，期望藉此致富。故事裡有一個更重要的情節，是品欽家族的某個成員疑似遭到名叫克利福德的侄兒殺害；而在霍桑大學畢業後幾年，發生一件轟動一時案件，緬因州富紳懷特先生慘遭其侄兒雇用的殺手謀害，霍桑很可能默默把這件慘案與故事人物連結在一起，其中丹尼爾·韋伯斯特（當時重要的美國政治家，曾兩度出任美國國務卿）參與了大部分的審判過程。但在此必須注意到，霍桑小說裡各種虛構成分與事實之間只有部分相似，是作者為了小說創作而重新編排的成果。

霍桑也以同樣的方式描寫赫絲芭·品欽所居住的七角樓，這棟樓房與好幾個從前或至今仍存在於緬因州的舊宅邸極為相似，以致於學者們花了極大力氣想確認是否其中一棟就是小說真正的場景。在開頭章節的一個段落裡，也許可以協助我們瞭解為何大家會認為故事中的七角樓確有所本，這個段落如下：

這棟宅邸在作者腦海中是如此熟悉，因為他從孩童時期開始，就對這棟宅邸感到非常好奇，不只是因為這棟房子在一個早已逝去的時代裡，是宏偉建築的典範，也因為這棟房子裡發生的許多事件，比灰暗的封建城堡更引人入勝。正因為作者已經如此習慣這棟房子陳舊的模樣，他實在很難想像這棟建築物初次沐浴在陽光下的景象，會是多麼新奇。

數百位朝聖者每年都會來到薩勒姆的一棟宅邸，這棟房子是當地英格索爾家族成員的財產，建物維護得當，足以符合霍桑小說中七角樓的模樣。另外有些人認為，英格索爾家族後代的飛利浦・英格利許與霍桑家族聯姻，他那目前已不存在的房子才是七角樓的雛形。但也有些人認為，一棟名為「柯文別墅」的房子，才是七角樓唯一的本尊。儘管一直以來，許多人認為七角樓確實存在、儘管霍桑很可能在回憶這三棟房子時，混合了七角樓的理想形象，但這些推測都應該要推翻了。因為，霍桑本人在自序中就以第三人稱的口吻提到，他相信自己不會因為「描寫一條根本不存在的街道……或建造一棟虛構的房子」而受到譴責。此外，霍桑也曾向旁人提及，小說中的屋子不是另一棟真實豪宅的翻版，只是殖民時代建築風格的再現罷了。在霍桑年輕的時候，仍可見到這樣的建築遺韻，但之後不是大幅改建，就是遭到拆除。在這一點上，如同小說裡的其他地方，霍桑自由運用了想像力，強化故事的真實感，而不是一五一十地在小說中呈現自己曾經看過的東西。

當霍桑待在萊諾克斯，創作這部傳奇小說的時候，許多文學巨擘定居於鄰近地區或稍作停留，包括霍桑甚愛與之往來的赫爾曼‧梅爾維爾、亨利‧詹姆斯、達特‧霍爾姆斯、J‧T‧海德利、詹姆士‧羅素‧羅威爾、愛德溫‧P‧惠普、弗雷德里卡‧布萊梅和J‧T‧菲爾茲，在這個散發靈感的美麗山景中，不乏知識圈內的交流。在開始動筆創作這部作品不久前，霍桑寫道：「午後時分，這個我居住的山谷充滿了金色陽光，就好像一個盛滿了酒的盆子一樣。」而擁有妻子與三個小孩的幸福陪伴，儘管收入微薄且不穩定，霍桑仍過著簡單文雅的田園生活。在這段期間，霍桑夫人寫給家人的一封信正好讓我們得以窺見他們生活一景。霍桑夫人寫道：「我很高興你和我現在一樣遙望著廣闊的山谷，這個由山坡圍成的露天劇場，並且即將從陽台欣賞磅礴的日落。但你看不到這座可人湖泊，而我也私揣，你也見不到那個如夢似幻、為沈睡的山景蒙上面紗的嬌嫩紫色薄霧。霍桑先生躺在陽光裡，樹影映在他身上，鄔娜與茱莉亞用長長的草葉在他的下巴與胸口作了翠綠又莊嚴的鬍鬚，讓他看起來像是偉大的牧羊神。」霍桑也許在小說的創作中融入萊諾克斯的周遭環境、家中樸實陳設的愉快平靜氛圍，與故事裡的恬靜一致。當這部作品在一八五一年初春問世時，霍桑寫給何瑞修‧布里奇的信件中提及這部作品，以下這段話，是第一次呈現在讀者眼前：

我認為《七角樓》寫得比《紅字》好，大概是因為我為了迎合大眾口味而把主要人物描寫得誇張了些，又或者本書的傳奇成分稍微與我當初設定的樸實、熟悉的背景不一致，但我覺得小說中的某些部分已是我能寫出的最好成果，出版社對這部小說的成功也信心滿滿。

英格蘭對於這部小說的讚揚尤其熱切，霍桑夫人在一封私人信件中，認為霍桑終於實現了自孩童時期就懷抱的夢想——當時他曾詢問他的母親，她想不想看他成為一位作家，並讓英格蘭的讀者都可以讀到他的作品。

G. P. L

導言

*謝志賢 譯

I 生平概述

新英格蘭的影響

納撒尼爾・霍桑是純粹的新英格蘭後裔。直到霍桑這個世代，霍桑家族已在麻州薩勒姆鎮度過了兩百五十年的時光，而且「他們的俗世肉身已和土壤混成一體，直到它沒有任何一部分，與這個令我能走在街道上的血肉軀殼有一絲相似的程度。」霍桑在年近半百前，從未跨出新英格蘭各州一步，僅有一次到尼加拉瓜作短暫旅行。他晚年在歐洲住了七年，並完成他最重要的其中一部作品《玉石雕像》。家族歷史與傳統讓受神職人員嚴格管控的清教徒殖民地、英國統治者的宮廷式社會成為霍桑獨特的想像來源。霍桑的故事與傳奇中，幾乎淨是新英格蘭歷史中特有的場景與角色。然而霍桑筆下的新英格蘭與清教徒有著更深層的意義。靈魂與罪愆的衝突是他創作的特別主題，而他的清教徒祖先解決這個衝突的方式則是透過迫害與英雄式的自我否定。然而讀者很容易誤解霍桑與此一主題的關聯，並認為他是個鬱鬱寡歡的衛道人士與傳道者。霍桑寫這些故事不是為了宣教道德，而是想要呈現精神生活中晦暗的一面，並透過充滿想像的描述，以文字呈現掙扎的良知以及靈魂的喜樂與哀愁。一群追求「能以其喜好的方式來追隨上帝」以及「能依其良知行事」的自由人士建立了新英格蘭，而霍桑從這片土地繼承到「他對靈魂內在世界的熱衷」。

先祖

第一位來到新英格蘭的霍桑家族成員是威廉・霍桑少校（家族的原拼法為 Hathorne，直到霍桑本人加了 w，變成 Hawthorne），他隨著知名的溫斯羅普總督，於一六三〇年一同來到殖民地。來自英國的威廉是家中幼子，據霍桑的說法，其家族宅邸位於「威爾特郡」，「威格頓（Wigton，可能是 Wilton 的誤植）的威格堡。」威廉・霍桑似乎頗有地位，因為在一六三六年，薩勒姆居民曾資助他多筆土地，好讓他搬離他最初的定居地多爾卻斯特。如此的清教徒始祖讓霍桑這位極富想像力的後代留下了深刻印象，而從下列這段引自《紅字》楔子〈海關大樓〉的文字或許得見此一印象為何：

就我記憶所及，那位始祖的身影帶著家族傳統中模糊且暗淡的威嚴，在我童年時即已深入我的想像之中。迄今那身影仍令我心頭糾結，它讓過去感覺就像家一樣，而我卻鮮少從這座城鎮的今貌尋得過去的淵源。由於這位嚴肅、留著鬍子、穿著黑貂皮斗篷並戴著尖頂王冠的始祖，我似乎與這裡的某棟宅邸有著更深的淵源，他在很久以前來到這裡，帶著他的聖經與劍，踏上如此壯觀的港口與嶄新的街道，而且不論身為戰士或是和平之士，他都是如此偉大的人物，他與這個地方有著比我自己更深的關係，我的名字少有人聽聞而我的面容鮮為人知。他曾是軍人、國會議員以及法官；他是教會的管理者；他擁有所有清教徒的特徵，好壞皆有。他同時也是個冷酷的迫害者，誠如貴格會所見證的，他們已然在他們的會史上記他一筆，並敘述他曾嚴厲苛刻地對待他們教會的某位女性。即使他有許多的善行，但這件事恐怕將比任何一件他所做過的善行，還要更加流傳久遠。他的兒子也承繼了迫害的精神，並且在獵女巫的受害者間十分聞名，可以說他身上沾滿了她們的鮮血。

這位貴格會的迫害者，以及他的兒子「女巫審判者」約翰・霍桑上校，是整個家族唯二在公眾生活擔任要角的成員。不管是因為「由他們招致的詛咒——隨著整個家族變得陰鬱且沒落，很多人在許久之前便爭論這個詛咒的存在」，或是因為某個較為平常的原因，霍桑家族就此家道中落。「由父傳子，」霍桑繼續寫道，「接下來的一百多年，他們追隨大海而去，每一代的船長白髮蒼蒼地退休後，從後甲板回到家園，家中十四歲的男孩就會接下船桅前那個一代傳一代的位置……等時候到了，那個男孩也會從前甲板搬到個人艙房，度過波濤洶湧的成人時光，然後環遊世界歸來、衰老，然後殞落，最後與他出生的那塊土地融合在一起，塵歸塵，土歸土。」清教徒霍桑少校的第六代嫡系子孫便是在一八〇八年的航程中過世，留下才四歲的獨子納撒尼爾。

薩勒姆

薩勒姆是霍桑的出生地，其一生大部分時光都待在那裡。但薩勒姆在霍桑有生之年裡便已沒落，雖曾與波特蘭（Portland）、樸資茅斯（Portsmouth），與新伯福（New Bedford）同為重要的海港，如今卻被紐約與波士頓取代。那時碼頭一整片殘破，而且在蜿蜒且種滿榆樹的街道上，坐落著那些舒適且宏偉的殖民地風格建築，皆是昔日繁華的證據。「在我的故鄉薩勒姆，」霍桑在〈海關大樓〉寫道，「大約在半世紀以前，在『老德比王』的時代，曾有座熙來攘往的碼頭，然而如今卻苦剩破舊的木造倉庫，而且也幾乎看不出曾有商業活動的跡象；除了偶爾來了艘三桅或雙桅帆船，停靠在那鬱悶的碼頭中間將皮革卸下，或是，在更近處，有艘來自新斯科細亞的縱帆式帆船正將裝載的木柴拋扔出來，……」霍桑在這章的另一段用較親切的文筆來描述他的出生地：

老鎮薩勒姆——我的故鄉，雖然我在童年與成年時期都曾搬離過——它是我心之所向，而它仍擁有，或曾擁有一股力量，但我住在那兒的那些年間卻未曾發覺。的確，就薩勒姆的市容而言，它那平凡無奇的地面上多是木造房屋，幾乎沒有一棟具備建築的美感，不僅參差不齊，也不生動如畫，亦無古色古香，只有種溫順感，它那既長且慵懶的街道乏味無力地遍佈整座半島。半島的一端是絞架丘與新幾內亞區，而另一端則可以看到救濟院——如果這算得上是我故鄉的特色，那喜愛上一盤散亂的棋盤也是相當合理的事了。然而，即使我在其他地方也許會更加快樂，我內心仍對老薩勒姆有種情感，卻沒有適當的詞彙來表達，我就姑且稱它做思慕之情吧。或許這份情感來自於我的家族已在此紮根許久。

早年生活

霍桑的母親因為喪夫，加上僅靠微薄的財產維持生計，只得住進她父親位在賀伯街的房子，正好就在霍桑家族位於聯盟街的宅邸後頭。納撒尼爾‧霍桑便是在曼寧家長大，早年在薩勒姆的公立學校接受教育。在他十四歲那年，霍桑老夫人移居至她哥哥位在緬因州雷蒙村的家，那座小村莊便在錫貝戈湖畔。在這尚未有太多人為開發的鄉下，年輕的霍桑在這座偏僻的湖泊划船、釣魚，或是滑水，愉悅地過了一年，而這些獨自在森林裡度過的日子，也造成他日後離群索居與怕生的個性。一八一九年，他又回到了薩勒姆，與另一個舅舅同住，並且在知名字典編纂者伍斯特的教導下，準備就讀大學。霍桑十七歲時就讀波登學院，並畢業於一八二五年。和他一起在這間偏遠的新英格蘭學院就讀的同學，包括了朗費羅（霍桑與他在大學時期似乎僅是點頭之交）、他的終生摯友布里奇（霍桑的首本作品《舊事重提》（*Twice-Told Tales*）多虧有他才得以出版）、以及霍桑由衷崇敬的富蘭克林‧皮爾斯總統。在眾多新英格蘭的學院中，波登學院一直是間名校，而且在二十世紀初便已是公認的美國頂尖學府之一。雖然霍桑在課業上並非最傑出，但畢業成績不俗。《范蕭》（*Fanshawe*），這篇霍桑早年且已絕版許久的作品反映他的大學歲月，而且它出色的內容足以證實布里奇的預言——霍桑將會成為一位小說家。

十二年的等待

大學畢業後的十二年在寂靜與平淡中過去了，這十二年來，霍桑愈趨成熟並試圖靠寫作維生。這段時間霍桑大多與他的母親和姐妹一起住在薩勒姆。總和前面引述的幾段文字，或許能解析霍桑是如何看待薩勒姆，以及它「社會氛圍最冷酷的一面」。為瞭解他這段時期的人生、完整地瞭解其才華如何成長，就必須一讀霍桑在此時所寫的《美國散記》（*American Note-Books*）瀏覽一篇篇想法與經驗的片段記錄。之後，當霍桑的生活變得比較活躍時，他在一八四〇年憶及這些早年歲月：

聯盟街——我就坐在我的舊房間裡，那個我從前坐的位子……我在這兒寫了許多故事——有許多篇都已燒成灰燼，許多篇無疑地也應遭受同樣的命運。可以說這房間裡有幽魂作祟，因為在這間房間內，成千上萬的幻影曾經出現在我眼前；而有些幻影我已寫進我的作品裡。如要為我作傳，理應大書特書這房間在我回憶中的種種，因為我那孤單的年少歲月多是在此虛度，而我的心靈與人格在此形塑；我在這兒曾歡喜並滿懷希望，我在這兒亦曾灰心喪志。就是在這兒我坐了好久好久，耐心等待世界來認識我，有時我會想為何它沒有快點認識我，甚至心想至少在我入土前是否有成名的一天。有時候我人生僅剩下冰冷與麻木，讓我覺得我好像早已入土。不過我更常感到開心，至少就像我知道怎樣過人生，或意識到人生的可能性之後一樣開

心。(《美國散記》)

首批故事

那些沒有被「燒成灰燼」的故事開始刊登於薩勒姆每日發行的報紙與雜誌上。之後這些故事被集結在《舊事重提》一書中出版。這些早期的小品文鮮少以作者的真名發表，也未得到太多關注。即便出版成書，初期亦無好評，令當時還年輕的霍桑感到失望。不過有些英國期刊卻以盜版的方式刊登這些小品文，以讚賞霍桑的才華。不過，「不久之後，這世界在我那孤寂的房間找到了我，並將我喚起，但那並不是大聲的歡呼吼叫，而是一陣平靜且微弱的聲音。」在這些早期小品文中，〈夜間小品〉與〈海岸上的足跡〉兩篇揭露了他在薩勒姆的日常生活。那是極度孤單、全心投入閱讀、冥想與寫作的生活。過了十二年如此離群索居的日子，無庸置疑地造成霍桑拘謹與怕生的性格，而他終其一生都為此性格所苦；不過即使他經常抱怨，就算在最需要朋友的時刻，他仍鮮少與人聯絡。長時間的寧靜給予他寶貴的機會以專心寫作，並將他的才華形塑成細膩的風格。接續前引的文字，霍桑道：

而現在我開始瞭解為什麼我會被囚禁在這孤單的房間裡，還有為什麼我永遠也無法突破那看不見的門閂與柵欄；因為假如我能早點逃離這裡，與這個世界接觸，我可能早已變得鐵石心腸與粗鄙，而且可能早就受到塵世的汙染……。可是獨居過日，待到時機成熟，我仍能保有青春的精華與活力。

然而，他早期所寫的故事卻以意想不到的方式結束了他的孤獨。他的鄰居，包括了皮波迪太太，都很熱衷閱讀他寫的故事，所以一得知作者便是他們的鎮民，便想方設法與他結識。一八三五年，霍桑與索菲亞・皮波迪小姐訂婚，因此不僅擁有得力的伴侶，也確立了奮鬥目標。為了準備結婚，他曾試著去一家位於波士頓的出版社擔任編輯，合作編輯知名的《彼得・巴利的世界通史》（*Peter Parley's Universal History*），最後卻無功而返。接著歷史學者班克羅夫特幫他在波士頓海關大樓找到一份低階的工作。在這裡，霍桑認真地監督煤炭與鹽的秤重。霍桑發現他無法將這份工作與文學作品結合，因此他很高興能因為行政異動而離開這份不合意的工作。一八四一年，他加入一個小團體，成員包括一群喜好新英格蘭的人士，他們在波士頓數哩外，位在西羅斯貝利的布魯克農場成立了一個社會主義集會。

布魯克農場

在新英格蘭歷史中，布魯克農場是饒富趣味的一頁。這個農場是由數位文人哲學家所成立的社群，宗旨是每位成員應透過親手勞動來為大眾謀福利。這個持續了將近十年的社會主義所做的團體生活實驗，確實備受矚目，不單是因為有男女名人參與其中，還有其創辦者崇高的理想與單純的目標。與各色有益人士為伍、參與戶外勞動工作，以及農場裡啟發人心的演說——尤其是瑪格莉特・富勒的演說——這些都對霍桑有莫大助益。霍桑之後根據這一年的經驗寫成了《福谷傳奇》（*The Blithedale Romance*），該書未對布魯克農場做詳實記錄，而是以虛構手法描述農場成員與他們的志業。先前霍桑為能順利結婚並定居在這個社群，投入了將近一千元的僅存積蓄，以加入這個計畫。但在那兒住了一年之後，他認為團體生活既不實際亦不自然。一八四二年七月，霍桑結婚，並搬至一個名叫康科德的老村莊居住。

老牧師館

霍桑在老牧師館度過了開心且平靜的四年，這個地方對他而言是再適合不過的居所了。

老牧師館位於康科德河河堤上，數碼之外便是著名的雷辛頓與康科德戰場。他在康科特的朋友包括了詩人埃勒理・錢寧，隱士梭羅、愛默生，以及偶爾來訪的瑪格莉特・富勒。霍桑在此一時期所寫的《散記》顯示出他十分喜愛新家周遭宜人的鄉村景色。集結在《古宅青苔》（*Mosses from an Old Manse*）一書中的那些故事，便是此一時期的最大成果。但出版這些作品的收入實在太微薄，霍桑不得以只好另尋固定收入，以維持家中生計。因此，當他的政界朋友幫他在薩勒姆的海關大樓找到工作時，他便又回到他原來把關的職責。

霍桑是如何看待薩勒姆、海關大樓，還有這份工作對他的影響，或許可從出自於〈海關大樓〉的文字——這篇迷人的自傳式小品文看得見。然而，正當他還在計算「究竟他還能在海關大樓待多久，然後像個男人一樣地離開」，他便因為公務員事務政治體系的緣故而得以離開這個職位。

霍桑此時四十五歲。他已經歷了波士頓與布魯克農場的試驗、結婚並有了孩子，而且一貧如洗。他又回到那間枯坐十二年、等待大眾讚賞他的房間。迄今那讚賞依然無聲無息！但現在，自那份厭煩的工作解脫後，他全心投入撰寫一部傳奇小說。「就在這房裡，」他之後寫道：「一舉成名」。他的首部長篇傳奇小說《紅字》馬上就讓霍桑得到那遲來許久的名望。自此之後，霍桑每一部作品，都必定獲得廣大讀者群推崇。

幾個月後，霍桑開始著手撰寫新的傳奇小說。在這之前，他搬到了位在萊諾克斯「一間醜醜的紅色農舍」。霍桑在西麻州山中與家人共度愉悅的鄉村生活，讓他得到寫作所需的寧靜與大量靈感。一八五〇年十月，他寫了封信給出版社，談論關於他的新傳奇小說《七角樓》（*The House of the Seven Gables*）：「十一月之前我無法完成新的故事，要等到秋霜乍寒，我才能文思泉湧，秋天的風霜喚醒我的想像力，如同秋葉豔色。」霍桑於隔年一月完成了這本書。在萊諾克斯的這段時間，他又完成了兩本溫馨的兒童故事，《奇妙故事》（*The Wonder-Book*）與《坦格林的故事》（*Tanglewood Tales*）。前述與布魯克農場相關的《福谷傳奇》，是在一年後完成於麻州西紐頓。之後，霍桑回到了康科德，並買下位在劍橋路上、距離愛默生家不遠的「路側居」（The Wayside）。在萊諾克斯、西紐頓與康科德的這些年，是霍桑寫作生涯中成果最豐碩的時期。

一八五三至一八六〇年的歐洲之行及晚年時光

一八五三年，富蘭克林・皮爾斯總統任命霍桑——這位他的大學老友——前往利物浦擔任駐英領事。誠如前述，霍桑一旦受公務煩擾便無法寫作，因此毫不意外，他待在歐洲七年間，所創作的文學作品僅是三冊的《散記》以及他第四部傳奇巨作。一八五七年，霍桑辭去領事一職，並在該年前往義大利，他在那裡構思並完成《玉石雕像》（*The Mable Faun*）——英國版更名為《變形記》（*Transformation*）。一八六〇年，在美國內戰爆發前夕，霍桑回到了美國，並在他康科德家中度過晚年。他在這裡起筆了兩篇長篇故事，但最後都未能完成，《多利佛傳奇》（*The Dolliver Romance*）與《賽堤穆斯・費爾頓》（*Septimus Felton*），創作力已大不如前。而戰爭又令他悲嘆不已，身為終身的民主黨員，霍桑從未贊同他那些主張廢除奴役制度的文學同好，而戰事爆發後，更令他為這無可避免的悲劇感到揪心。日漸衰弱的霍桑在一八六四年初陪同好友皮爾斯前往新罕布夏州，作短暫旅行，五月十八日，霍桑在新州普利茅斯安詳辭世。霍桑長眠於康科德一座名為「沉睡之谷」（Sleepy Hollow）的小墓園，前來送他最後一程的名人包括朗費羅、羅威爾、霍姆斯、愛默生、路易・阿格西斯，及其他知名好友。朗費羅的詩句描述葬體安寧且莊嚴的氣氛：

美哉青天一日晴，

漫漫週雨後！
惜哉天光難驅走，
處處是苦痛。

林檎白芳美鎮容，
巨榆覆頂頭，
隱幽暗影織半空，
金絲射穿透。

過芳草，經牧館，
悠悠古河行川流；
……

吾獨見，夢中夢，
丘頂蒼松送君走。
吾聞君之安息處，
松風語話柔，
鬱鬱填膺長思慕，

似君聲如舊。
遠塵囂，避人煙，
巫者手冷臥，
筆脫手，疾如電
殘稿未竟功。
嗚呼！誰當舞，巫者杖，
佚失靈思還復來？
未成窗，魔塔上
未成之業永難再！

個人特質

霍桑有兩幅油畫肖像留存至今，其中一幅由湯普森繪於一八五〇年，畫中霍桑是鵝蛋臉，面容白淨，大眼睛，高額頭，還有張生動且優雅的嘴。而霍桑自歐洲歸來後，羅斯所畫的蠟筆肖像則更加神似生動。在康科德的公共圖書館中有尊霍桑的半身像，是由藍鐸小姐在羅馬雕塑的。霍桑的朋友希利亞德曾經這樣形容他：「高䠷而且體格壯碩，肩寬胸厚，頭如斗大。……他的表情豐富而且神情變化之快有如小女孩一般。」希利亞德說霍桑是「最怕生的男人」，但「他的人格或性情並無任何病態之處。……歷代奇才的那些荒誕怪癖絕不亞於他……霍桑的身體十分健康。他的脈搏一直都很穩定。他不沾煙酒，亦不喝濃咖啡或濃茶。他睡得安穩而且習慣早起。他不會喜怒無常、衝動行事或是暴躁易怒。他從不會過度沮喪或是莫名欣喜。」霍桑夫人則是這麼形容他：「他機智與幽默的耀眼光華照亮了他的家。」

霍桑對戶外生活、新英格蘭樸實景色的深愛程度，時可見於其作品中，尤其在《散記》裡，霍桑習慣於日常隨筆中寫下他的觀察。他在某處談到他無法在夏天寫作，「我的脈搏現在整個懶散下來——沐浴在陽光下，或是四處閒逛，然後看著大地回春。……如果我有雙翅膀，我會欣然飛去。」霍桑雖然極度怕生，仍然有顆溫暖且平易近人的心；那些在兒童故事裡親切談話的點滴，在在證明他並非如人們所認為的那般陰鬱或憂愁。霍桑婚後便逐漸擺脫那早年拘束他的避世習性，而且他對至親好友的溫柔關心，也證明他的親切與慈祥。他的摯友對其一生的印象是柔和、清廉與高尚。

要瞭解霍桑的最佳方法便是直接研讀《散記》及《福谷傳奇》，而《福谷傳奇》的主角邁爾斯・柯弗戴爾在某種程度上便反映了霍桑的個性。霍桑厭惡用他單純且隱居的生活作傳記，其生平最寶貴的部分是記敘在其散記和鴻雁往返之中。想瞭解霍桑的學生可直接參考其中的內容。下列出自詹姆士・羅素・羅威爾的詩句，可說是對霍桑這位好友兼文藝同伴的最佳評論：

霍桑奇才曖裡藏，
初見難知內含光；
體健壯，性恭讓，
誠雅柔敏皆備者，
天仙下凡；
又似千年野櫟樹，
嶙峋瘦枝枯若骨，
經百劫，歷千苦，
方育早生顫慄者，
銀蓮一朵；
剛蘊柔，野含馴，

契合如斯，徒令費思量，

……

天地以土塑其身，

斯土未足願難成；

求其全，入細沙

備自纖纖女體者，

渾然天成，夫復何求，

如此完人。

——《給評論家的寓言》（*A Fable for Critics*，1848）。

下列詩句則是出自《阿格西斯》（*Agassiz*，1874）：

……摒離側隱心，他

壓抑滿膛殷殷渴望，

雲內燎原烈火滿佈，那陰影橫掃，

更增怨念邪物，

熟悉的原野山丘浸入毀滅——
新英格蘭的詩人，拘謹且深刻之魂，
性若霜月名若皋月，
吾等令其安眠康科德平原，
彼時白色果園齊嘲弄，
樓頂知更鳥詫異吾等淚水，
英年早逝，高貴的身影，
原可再屹立八十載，
那高尚的臉容，內藏信任的雙眼，
皆成無語塵土。

II 故事與傳奇小說

為數不多的著作

霍桑一生著作不過是四篇不算長的傳奇小說、數冊小品文與故事集，數篇隨興寫下的生平記述，還有寶貴的《散記》。如此少量的著作或許是因為霍桑四十五歲時才得到那遲來的名聲，但另一個更深層的原因可能與他細膩的才華和性格有關。他都是在腦海中慢慢醞釀那些作品，然後才開始動筆：他花了三年才完成《玉石雕像》；如果加上他在海關大樓工作的那段沉潛期，那《紅字》則花了他四年的時間。緩慢的寫作進度讓霍桑更能細細琢磨作品的風格與內容，而這也是其著作歷久不衰的原因。無庸置疑，霍桑是所有美國文人中最勤奮的作家。

除了《散記》之外，霍桑的作品可分成三類：早期所寫的故事、童書及四部傳奇巨作。霍桑早期所寫的故事大多取材自新英格蘭的殖民傳統與歷史，而且讀者會發現在傳奇小說中的獨到想像力與巧妙幻想，在這些早期作品裡已逐漸成形。收錄在《古宅青苔》的故事可說是這時期的代表作。《美國散記》中有許多篇章都顯示霍桑豐富的想像力、令他靈光乍現聯想到一個事件或主題，以及他的思緒必然會去深究那些主題的內在精神或真理。下列的例子皆是霍桑在一八三七年八月二十二日當天所寫：

> 一對青年男女相遇了，他們各自都在找尋一個與眾不同的人。他們看著看著，然後等了好久好久，等著那個人經過。最後，在某個偶然情況下，他們發現自己就是對方在等待的那個人。……

這篇描寫人心的日誌記下一天中那些平凡的事件。光與影輕快地掠過它；它內藏的多變。

以此展現何謂疑心病：一個年輕人眼前出現許多令人嚮往的美好事物，而且這些都是要送給他的——一個朋友、一位妻子、一筆財富；但他懷疑這些都只是幻覺，所以全都拒絕了。但這全都是真的，而且他也知道了，只是一切都太遲了。

《美國散記》的開頭有許多類似這樣的內容。

兒童故事

霍桑所寫的兒童故事中，最值得一提的是他以相當自然與優雅的手法來改述古典神話，這些故事完整呈現霍桑才華中較為輕鬆的一面——他幻想的魅力與優雅的風格。鮑西絲與費萊蒙、珀伽索斯與他那匹美麗的飛馬，恐怖的蛇髮女妖，以及愚蠢的米達斯——在霍桑活潑與自然的筆觸下，這些角色似乎就要從書頁中走出來，卻又總是在藍天裡飄然而去那樣，極不真實。一頁頁生動且優美的對話與描述，將這些故事聯結在一起。如果當初霍桑僅留下《奇妙故事》與《坦格林的故事》，這兩部作品仍會對後世產生極大影響，因為有許多讀者都是從這些充滿優美幻想的書頁裡，得以接觸古典神話！

傳奇小說

然而毫無疑問，霍桑的四部傳奇小說仍是他最偉大的作品。它們呈現了作者的文采、難以捉摸的幻想，以及－更高層次的——霍桑描繪人類靈魂的能力。他的第一本與最後一本小說《紅字》、《玉石雕像》擁有與其他兩本作品不同的深度，以及主題的重要性。這兩部作品是關於人類靈魂與罪愆奮戰的深刻記錄。霍桑用犀利的手法描繪罪愆為各種人生所帶來的悲劇——罪愆所造成的悲傷、悔恨及悔改。霍桑最擅長描寫黯淡人心中的精神衝突。《福谷傳奇》與《七角樓》比較沒有那麼陰沉，而是單純、簡單的傳奇小說，可是《七角樓》的重點並非在簡單的情節，而是著墨於平欽家族的後代子孫如何承擔祖先鬼魅般的影響力，藉著「試圖連結一個已逝去的過往與稍縱即逝的現今」，霍桑強烈點出了過去的行為對現在的影響——來自上個世代對其後代的重重掌控。

霍桑描寫精神生活的手法或許可與喬治・艾略特（以《織工馬南傳》為例）做一有趣

的比較。相較於艾略特的席拉斯•馬南或是高佛瑞•卡斯——獨立、有人性及複雜的個性，霍桑所創造的角色並不是真實的人類，反而比較像是不同的典型，這些角色的意義在於心靈生活，而非他們的行動。然而，只要完整且仔細地去瞭解這樣的心靈生活，即使霍桑並未清楚地去描述它，讀者仍可以完全領會霍桑那個錯綜複雜的精神世界。那忽隱忽現、塑造人類個性的影響，其實一直都存在讀者的腦海裡。

III 七角樓

平欽家族與霍桑家族

既然霍桑最感興趣的是人類的精神層面，其傳奇小說的真實性便無須深究了。他的故事重點從未取材自真實世界，然而，有幾點影響霍桑打造其「魔塔」的史實，仍值得一提。先前已提及霍桑的想像力是如何受兩位祖先影響——貴格會的迫害者與其子「女巫審判者」。後者由於曾在女巫審判時嚴厲對待一位婦女，因此被其丈夫詛咒，這也成了霍桑家族世代的陰影。這不禁讓人聯想到嚴厲的老平欽，以及莫爾的預言：「上帝會讓他血債血償。」

另一個相關的事件記錄在《美國散記》，霍桑寫到某個薩勒姆同鄉曾跟他說了些關於他祖先的軼事：「他不斷說著我的家族故事，內容似乎充滿了許多怪事、古怪的男男女女、隱者，還有其他的事情——有個叫飛利浦·英格利許的老人在獵女巫時期受到約翰·霍桑的迫害，引起激烈的爭執。……這位飛利浦有幾個女兒，我相信其中一位嫁給了迫害者約翰的兒子，也因此英格利許的血脈便合法地存在我們的家族中。」然而在《七角樓》中，歷經數代之後，是不可一世的平欽家族的女兒嫁給出身較為卑微的男子。霍桑描繪平瓊家族的靈感，大致上來自於自己的家世，而他們的報應便應驗在「整個家族的衰敗與沉淪」。老赫絲芭過度驕傲的特質或許也是參考霍桑家的某位成員：「那位老太太是個非常驕傲的女人，而且就如霍桑所說的『因為驕傲而驕傲。』」不過在故事中，某些霍桑家族的特性也被寫進莫爾家族中：「只要這個家族仍有後人，他們也會與一般人不同——不是什麼驚人或鮮明的不同，而是一種只能體會、不可言說的特質——是一種一代傳一代的含蓄性格。」（《七角樓》）

故事中還有兩個細節隱含歷史背景。平欽家族本被授予緬因州瓦多縣的一大片土地，最後證明只是鏡花水月。這段情節與美國革命軍將軍諾克斯被授予土地的史實相符。《散記》中有數篇記錄顯示霍桑想要在新英格蘭森林中創造一個優美如畫的封建莊園。諾克斯家族最終還是敗光了那些土地，可是在這部傳奇中平欽家族從未得到它。故事裡某個平欽家族成員被姪兒謀殺的傳聞，則可能根據懷特先生的謀殺案。懷特先生是薩勒姆的富商，後來被姪兒雇兇手殺害。這件名案是在霍桑大學畢業不久後發生的，為此，丹尼爾‧韋伯斯特（當時重要的美國政治家，曾兩度出任美國國務卿）還曾發表他最聞名的其中一篇演說。

本質上是一部傳奇小說

不過這些片段的細節都不甚重要。霍桑的風格完全與寫實主義背道而馳。去判斷故事裡的七角樓究竟是薩勒姆的哪一棟宅邸毫無意義。在自序中，霍桑明確表示「他相信，如果是描寫一條根本不存在的街道、使用一大片根本沒有地主的土地、或建造一棟虛構的房子，並不算是一件不可饒恕或冒犯他人的事」。許多間位在薩勒姆的房子都曾被認為是平欽家族的家，霍桑曾居住多年的曼寧宅邸或許也是七角樓的雛形，但讀者仍需留意霍桑在自序末段的提醒：「如果讀者可以把本書，……純粹當作傳奇小說閱讀，那麼作者會很開心，畢竟與其說故事跟艾塞克斯縣這塊土地的任何部分相關，倒不如說與天上的雲朵有更密切的關連。」

稱《七角樓》為「傳奇故事」是再合適不過的了。「當一個作家將自己的作品稱為度便是藉由那些朦朧不明的角色所呈現出來。那個帶著沒落家族驕橫習氣的老處女，在她那槁木死灰的心中卻仍對她那不幸的哥哥懷抱暖意；她不是薩勒姆的真實住民，而是這個古老家族衰敗的精神象徵。她的周遭環境調性一致，包括失去往日風華的老榆樹以及陳舊房子，甚至是那座荒廢花園裡的矮小母雞也不例外。在這陰沉衰敗的氛圍中出現了象徵健康與繁華的菲碧，然而，相較於衰老的赫絲芭，霍桑也並未多加描述菲碧；她就是個充滿希望與喜樂的美麗天使。此外，優雅、細膩，與喜愛美麗事物的克里夫也無力抗拒他悲慘的命運，他因為坐牢而心智衰退，是另一個衰敗的象徵，與菲碧的青春洋溢形成對比。象徵家族惡質性格的賈弗瑞或許比其他角色更加獨立鮮明，然而，他那「迷人的微笑」，以及每回他出現，霍桑便讓讀者感到他那粗鄙的自滿，便代表了所有背負罪愆的成功人士那粗猥且無情的靈魂。至於其他次要角色，凡納老伯是秉持謙遜哲學的迷人角色，荷格雷則代表新興的民主理想，與衰敗的家族驕傲形成對立，他與代表沒落家族新希望的菲比結為連理，也讓小說有個圓滿的結局。

本故事亦含有「傳奇」的氛圍。霍桑對自己的作品自述道：「無庸置疑，聰明的作家（霍桑本人）……會以幽微的方式呈現故事中不可思議的元素，而不是實實在在地呈現在大眾面前。」玄妙的味道瀰漫整個故事，卻沒有任何內容能點明超自然力量導致了故事的結局。據說位在品欽花園中的莫爾之井擁有神祕的力量，但敘事者費了很大的功夫將這個部分含糊帶過，井裡受汙染的水也並未影響角色。讀者能感覺到老法官的不悅、在鏡中看到死去的先祖行列，而且還聽見無形的房客在角樓裡走動的聲音，但到了結尾，讀者不僅連一個鬼影也沒看見，而霍桑的敘述也不足以讓讀者相信故事裡存在鬼魂。故事中並未解釋為何馬修・莫爾的咒語會對愛麗絲・品欽造成影響，但這並未阻礙情節的發展。和今日比較起來，在霍桑的時代，荷格雷所施展的催眠術仍是相當新奇的技巧，其展現出來的神奇效果也確實令讀者難以置信。另外，出現在半空中的鬼魂，或許也只是半瘋顛的克里夫與他激動的妹妹栩栩如生的幻想罷了。霍桑便是在如此微光中編織他的幻想；他那來自一個「遠離且黯淡」時代的故事，帶著「一些傳說的色彩，讀者可依自己的喜好，對傳說的元素不予理會，或者在每個角色或事件中尋找隱微不顯的傳說元素，讓故事顯得更為鮮明。」

這便是霍桑了不起的地方——在無須界定道德標準的情況下，他便能將無形的力量與精神化為真實的感受，例如衰敗、報應、良心的苛責，還有以希望來克服絕望的力量。想像力豐富的作家很多，但恐怕沒有一個像霍桑一樣如此常重視「要界定這個故事的『道德』意義」是不容易的，或許裡頭唯一的一個便是「別信任舊時代的家族」。霍桑當然不信任舊時代的家族；他在檢視過往的遺物後，在《美國散記》裡一項一八三七年八月二十二日的條目下寫著：「再也沒有東西比發黑、灰塵滿佈、褪色，且衣著過時的肖像畫（例如奧立佛家族所留下來的肖像畫），更能讓人強烈明白貴族階級的陳腐與過時，明白一個家族會因古老而瘋癲，明白一個家族時間到了便會滅絕。」品欽家族因為古老以及封閉的貴族特質而變得瘋狂，而霍桑似乎也感覺到它滅絕的時候到了，但霍桑憑藉身為小說作者的權力，讓品欽家族與被其欺騙的家族聯姻，並藉此補償其罪愆；之後，霍桑選擇讓品欽家族繼續存在。而就在賈弗瑞‧品欽法官要再一次折磨他那可憐的親戚時，竟然中風而死，但這個橋段也無法被扭曲為一個道德寓言。不！擁有如此豐富想像力的霍桑是不會去說教的。

IV 研讀《七角樓》的建議

風格

本故事充滿美麗且意義深遠的角色，可以當作一部傳奇小說來讀。讀者不需太多協助即可理解並欣賞這部傳奇小說，然而，除非學生們深思那些不常見的字詞並隨時查字典，否則霍桑華麗的風格會讓他們無法完整領略這部小說豐富的詞藻。光從第一章隨機挑選幾個字詞，例如「人物」、「邊界標誌」、「抹消」、「奇才」、「風采」、「坎肩」、「飛邊」，與「無以緩和」等，這些字詞或許並不是那麼罕見或難懂，但必須要多讀幾次才能完整瞭解意思。針對這些不常用的字，學生應該要以筆記詳加註解。學生在初讀某章時雖不需要馬上做筆記，但在進到下一章節之前，學生便能完全懂得每一個字的意思。光把這些字寫進筆記還不夠；學生應該不時複習並努力回想這些字與故事橋段的關係。此外，霍桑風格的巧妙之處是能夠精準運用常用字：每一句話皆表達得非常準確。要能欣賞這樣的風格，學生必須找出每個章節獨特的字詞以作為佐證。

另一個風格上的特色便是句型。霍桑不拘泥於特定句型，並於其中插入精心雕琢的詞組與子句。如果學生能用心研讀這些句子，大聲朗讀，甚至寫下並模仿其中的結構，他們便能更加瞭解霍桑。學生也應該注意到句子與句子之間密切的嵌合，這樣的嵌合讓敘事一句接著一句，如行雲流水般流動。霍桑在一個複雜句子裡使用了精心雕琢的修飾語，其才華實在萬中選一，而持續鑽研霍桑的風格也有助於學生瞭解如何建構想法。

寫作

試著描述霍桑筆下的角色，可以讓我們確實了解這些角色微妙的特質。故事中主要人物都可以用一篇小論文的篇幅加以分析，小論文裡除了分析角色之外，還應簡述霍桑呈現角色的方式。其他適合探討的主題還有七角樓的建築風格、《新英格蘭啟蒙書》，以及薩勒姆的巫術等。

結構

故事的每一章對於情節發展都有其特定安排。學生在重讀本作品時，應自問每一章的目的為何，還有霍桑在該章是採用何種表現手法。舉例來說，第一章是呈現品欽家族與本故事息息相關的要點。開頭數段對老房子的敘述讓讀者瞭解過去與當下的時空背景。在這個章節，家族傳聞是霍桑著墨的重點。

延伸閱讀

《七角樓》本身是獨立的故事，與薩勒姆鎮或許並無太多直接關聯，但多知道一些薩勒姆的早期歷史可以增加學生的興趣。霍桑《舊事重提》的小品文、《紅字》的序言〈海關大樓〉，還有《美國散記》的前兩百頁，都談到了薩勒姆。愛麗諾・普南的《老鎮薩勒姆》（*Old Salem*）提供更直接的資料。針對薩勒姆的巫術，學生可參考班克洛夫特或斯庫勒的美國史，或是巴雷特・溫戴爾教授的著作《卡頓・梅瑟傳》（*Life of Cotton Mather*）。如果學生讀了《七角樓》之後，還想再多接觸霍桑的作品，建議可先讀《舊事重提》，接著再讀《古宅青苔》、《奇妙故事》，與《坦格林的故事》，之後再去讀那三本長篇小說。霍桑在英國所寫的小品文選集《英倫散記》（*English Note-Books*），其中有一冊名為《我們的老家》（*Our Old Home*），亦是饒富趣味的作品，尤其是其完美的風格。

Robert Herrick，一八九八年八月於芝加哥大學

自序

當一個作家將自己的作品稱為「傳奇」時，顯然他在作品的風格與素材方面皆欲達到某種高度，若自稱處理的體裁是「小說」，那麼他不會認為自己有資格宣稱自己寫的是「傳奇」。一般認為小說需精密地描繪現實，不只是要描寫可能發生的事情，也要呈現普遍存在的人性經驗。但就「傳奇」而言，雖然作為一件藝術品，它也必須嚴格遵守一定的規則，且雖然它的描寫如此難以饒恕地偏離一般人認定的真實，但「傳奇」讓作家擁有寬廣揮灑的空間，去創作、選擇他想呈現的真實。若把故事比喻成一幅畫，作家認為需要調整的部分，他或許會控制其中的氛圍，凸顯或緩和明亮的部分，並將陰影的部分加深或添色。當然，聰明的作家懂得適度地使用身為作者的權力，尤其，他會將故事中不可思議的元素以幽微的方式呈現，而不是實實在在地呈現於大眾面前。但是，在文學上，即使他不在意這點，也不應受到責怪。

在這部作品裡，作者盡量使自己不踰矩，幸好，這個努力的結果是否成功不由他本人評斷。這個故事之所以成為傳奇，主要是因為作者試圖連結一個已逝去的過往與稍縱即逝的今日。這是一個亙古跨今的傳奇故事，從一個已遠離且黯淡的過去，延續到我們這個陽光閃爍下的今日，其中帶有一些傳說的色彩，讀者可依自己的喜好，對傳說的元素不予理會，或者在每個角色或事件中尋找隱微不顯的傳說元素，讓故事顯得更為鮮明。故事的敘事方式可能較為樸實，這讓傳說的元素顯得必要，傳說的元素也讓敘事方式更顯高明。

很多作家非常強調在作品裡呈現明確的道德勸說，這部作品也不乏此一面向，作者提出一個道德觀念——更精確來說，是一個事實，也就是一個世代的惡行將禍延子孫，而且，扣除掉那些因為擁有不義之財而短暫享受的好處之外，這樣的行為可說是一種純粹的、無法控制的惡行。如果這部傳奇故事能說服人類，或者說真的，只要讓某個人相信，這些不義之財終將壓垮、摧毀他們不幸的子孫，直到財富散盡，便足以讓作者感到欣慰。但老實說，作者並沒有想像力豐富到相信自己能夠說服讀者。一點也沒有。傳奇小說通常是透過比較隱微而非外顯的方式來傳達道德教訓，或是對讀者群發揮影響力。因此作者認為不值得無情地讓道德教訓摧毀了故事，這樣的方式就好像用鐵棍毀了故事一樣地粗暴，或者像是用大頭針刺穿了蝴蝶，不僅立刻奪走了它的性命，還讓它以醜陋而不自然的方式變得僵化呆板。確實，一個崇高的真理經過高明且美妙的鋪陳，它的光輝將越發明亮，崇高的真理會將故事的結局帶向高潮，替作品增添藝術的榮光，但這樣的真理，是放諸通篇皆然，不會到故事的最後才乍然而現。

讀者也許會認為確實有某個地方是這些虛構事件的發生地點，但作者極力想避免這點，雖然故事中的歷史相關性無可避免，同時也是故事裡不可或缺的成分。先不論其他的反對意見，當作家腦海中的想像故事與現實靠得太近，傳奇小說就很容易招致某種既僵化又對作品有害的批評。然而，描寫當地風俗並不是作者的目的，作者也無意以任何方式干涉他所尊敬的當地特色。他相信，如果是描寫一條根本不存在的街道、使用一大片根本沒有地主的土地，或建造一棟虛構的房子，並不算是一件不可饒恕或冒犯他人的事。故事中的角色雖然宣稱自己是歷史悠久的顯赫家族，但實際上都是作者創造出的人物，或是他參雜不同元素後所得到的結果；無論是人物的美德，或是他們的缺點，都絲毫不會影響到他們視為居所的這座城鎮，和它那令人尊敬的地位。因此，如果讀者可以把本書，尤其是作者所間接提到的地方，純粹當作傳奇小說閱讀，那麼作者會很開心，畢竟與其說故事和艾塞克斯縣這塊土地的任何部分相關，倒不如說與天上的雲朵有更密切的關連。

一八五一年一月二十七日，於萊諾克斯

1 品欽家族

在我們新英格蘭某個市鎮一條偏僻街道的路上，矗立著一棟年久失修的木造古宅，這棟房子有七個尖聳的三角牆，它們以巨大的煙囪為中心分別朝向不同的方位。[1]這條街道是「品欽街」，這幢豪宅是品欽家族的老宅，根植於門前的那株榆樹，是當地人所熟悉的「品欽家之榆樹」。每當我造訪這個市鎮，總是繞去品欽街走走，就是為了看看這兩處古跡的身影——高大的榆樹和飽經風霜的豪宅。

這座宅邸的外觀總是觸動了我；它就像人的面容，不僅滿佈可見的風霜和歡笑的痕跡，也意味深長地透露時光的流逝，伴隨著二百多年間宅邸內的滄桑人世。如果逐一記錄下來

---

1 薩勒姆市有好幾棟房子都可能是本書中豪宅的樣本。其中騰納街的那棟屋主是霍桑的表姐（妹）蘇珊・英格索。據說霍桑在聽見這棟房子有七堵三角牆建築部分以後，曾低聲說道：「『有七堵三角牆建築的豪宅』，這聽起來倒很不錯。」

這些往事，再加上一點藝術手法，便可以寫出一部饒有趣味，並且具啟發性的一連串的故事。但是這個故事橫跨近兩世紀，如果寫得太過鉅細靡遺，這段故事可以寫滿一冊大對開本或一套十二開本的叢書2；甚至可以視為某段新英格蘭的年鑑史。所以，關於品欽豪宅的傳說，亦即著名的七角樓，這裡只簡述它當年的情形，在說這個故事之前，讓我們先了解這棟房子離奇有趣的外貌，它在常年東風的吹襲下已變得黝黑，屋頂和牆壁上到處佈有點點苔痕；至於故事的內容，就從距今不遠的時代開始罷。「現在」仍然和悠悠「過往」有所關連——關於大部分或全數遭受遺忘的角色、往事，以及風俗、情感跟念頭。如果徹底理解這些往事，就能說明舊材料為什麼可以形成人生中最新鮮的事物。因而，從鮮為人注意的事實中也可以得到重要的教訓；也就是說，當代人的行跡會萌芽、在遙遠的將來滋生善果或惡果，然後，從權宜之計散播的種籽將會長成參天巨木，庇蔭後代的子子孫孫。

七角樓現在看上去雖然古舊，卻不是文明人在這塊土地上建造的第一棟住宅。品欽街原來有個比較平凡的名子「莫爾巷」，是從這兒最初的居民馬修•莫爾得名，原本在他那間小屋門前有一條趕牛的小徑。莫爾之所以來到這兒，是那一道甜美甘沁的天然泉水吸引了他，而在這座清教徒定居的環海半島上，罕見泉水的蹤跡；美中不足的是他粗糙的茅草小屋，距離村落中心太遠了些。

然而，三、四十年之後，由於市鎮興盛起來，他這幢小屋的地點被一位權貴人物相中了；這位上校聲稱議會已經將這間小屋的地點及相毗連的一大片土地頒授給他本人。品欽上校作為一個索討者，表現出來某種性格，讓人得知他是個不達目的決不罷休的人；另一方面，馬修・莫爾雖然是個沒沒無聞的人，卻也十分頑強地保衛自己的權益。長達若干年之久，他守護住這一、兩英畝的土地，那原本就是他憑一己之力，從原始森林中辛勞開闢出來的家園。然而如今已無當日這樁糾紛的文獻資料。我們之所以明瞭事件的來龍去脈也是根據傳說，所以今日若要針對這樁往事下個斷語，未免過於魯莽且有失公允。不過品欽上校想奪得馬修・莫爾那塊小地方的行為是否公正無私，難免啟人疑竇。加深眾人疑心的理由是：這兩位主角的地位懸殊——在那個私人權力囂張的時代——這樣的糾紛竟會拖了數年之久懸而未決，一直到這塊爭議之地的主人死亡才告終。如今，人們看待馬修・莫爾過世的情形不同於一個半世紀以前的人；他的死亡披著奇異恐怖的色彩，讓人們幾乎用宗教儀

2「對開本」是印在一張摺疊為兩頁的紙上的書；泛指高於十五吋的書。十二開本是印在一張摺疊成十二頁的紙上的書，泛指高六到八吋的書。

式去犁平這塊小小的土地，並且抹拭他在人們心中所佔據的地位和記憶。

總之，老馬修・莫爾被指控犯了「巫術罪」而遭到處決3；他是其中一名犧牲者，而這樁致他於死地、駭人聽聞的謬事留給我們這樣的教訓：那些傲慢、自認為是統領人民的權貴，也像最瘋狂的暴徒一樣容易衝動。那個時代公認最聰明冷靜又神聖的人是牧師、法官和政治家，這些核心人士是噬血一族，總是圍繞在絞架旁鼓譟去發動死刑，最不願承認自己也會因蒙蔽而誤下判決4。如果說，他們的行為中有哪一部分的罪過是比較輕的話，就是他們對各階層的迫害都是一樣的，無論是他們的同輩、兄弟或妻子；不同於以往只處死貧苦老弱的司法屠殺。在這般失控的法治廢墟中，也難怪像莫爾這樣不惹眼的人最終會步入受難者之路，被處決於死刑台上；在眾多受難者之間，幾乎沒有人會注意到這號人物的存在。但是當這股駭人聽聞的時代狂流過去以後，大家回憶起品欽上校疾聲吶喊肅清巫術的呼號，也悄悄流傳上校如何竭盡所能給馬修・莫爾定罪。眾所周知，被害人認清了這樣的事實：原告對自己所採取的行動中含有強烈的私仇；莫爾也公開聲明：由於上校掠奪私人土地的緣故，自己才會遭到獵殺。處決的時刻來臨了，品欽上校騎在馬背上陰森冷酷地注視著這一幕情景：絞繩纏繞在莫爾的頸上，他面帶恐怖的表情站在絞刑台，這名垂死者說：「上帝，」然後將手指向品欽上校泰然自若的面容，呼喊出如斯預言：「上帝會叫他飲血！」5——歷史、爐邊口耳相傳的故事中，都一個字一個字地保存了這個預言。

這名據說是「巫師」的人死後，他卑微的家園便輕易地淪為品欽上校的掠奪品。然而，村民間流傳：上校打算在馬修・莫爾蓋小茅屋的土地上，建造一棟寬敞的家族豪宅，他以堅實的橡木打造這座豪宅，讓後代子孫緜延不絕地享有這份資產；當大家得知上校的意圖後都紛紛搖頭嘆息。眾人雖然未斷然提出以下的質疑：品欽上校作為一位虔誠的清教徒，他在莫爾的訴訟案中是不是心懷良知與正直，儘管如此，卻仍然暗示他將在一塊不寧

3 霍桑筆下的莫爾來自於一個真實的人——湯姆斯・莫爾（一六四五—一七二四）。他是一個堅強的教友派教徒，不是因巫術遭受折磨，而是因為個人的宗教信仰而遭受迫害。他的著作（《提出和主張的真理》，一六九五年出版）控告一六九二年薩勒姆巫術驚惶期間官方失當的行為，而因此下獄。

4 在一六九二年的巫術驚惶期，遭到處決者的共十二人，受指控者的數目高達四百人。霍桑在〈愛麗絲・多安的上訴〉中形容這件事：「我們歷史中最羞於見人的可憎事件。」他自己的祖先約翰・霍桑是巫術審訊中的七位法官之一。

5 這句詛咒的話，事實上是一個被指控為巫者的人對尼古拉斯・諾伊斯牧師說的；諾伊斯是巫術審判中的一名法官。

靜的墓地上興建自己的豪宅。他的宅邸將揹負那長埋於地底的巫師故居，於是，這位新地主等於賦予了幽靈飄蕩在豪宅的特權；將來，品欽家族的新郎牽著新娘的手進入洞房、品欽家族後代子孫誕生時的房間，都會出現巫師鬼魂出沒的足跡。莫爾罪名下所隱藏的恐怖、醜陋，以及他受刑的悽慘命運，將會在豪宅新刷漆的牆壁上抹上陰影，並且散發出一股古老、淒涼、陰鬱的氣息。那麼，既然品欽上校擁有不少滿佈原始森林樹葉的土地，為何他仍然獨鍾這一塊受盡詛咒的土地呢？

然而，這位清教徒軍人兼地方長官決不會因為恐懼巫師鬼魂或任何可疑的無稽之談，放棄經過深思熟慮且擬定好的計畫。如果當初有人告訴他那裡空氣惡臭，也許可以稍微動搖他的決心；但是現在他已經準備好在自己的土地上和邪惡的幽靈對決。他擁有與生俱來的常識，像花崗岩塊一樣魁梧堅實；他像一隻鐵鉗般拴牢自己堅決的意志。他一切依照計畫行事，也許絲毫沒有想像過會發生阻礙。由於得到敏銳地感知能力，造就他凡事小心翼翼的個性；像那個時代大多數同樣身分背景的人一樣，品欽上校的性格令人捉摸不透。所以，他在馬修•莫爾四十年前初掃落葉的這塊土地上挖掘地基，為他的豪宅奠基。奇怪的是，工人們才剛動工，泉水便完全失去原先純潔的甘美滋味，有些人認為這是不祥的預兆；也許是深層的新地基破壞了泉水的源頭，或是還有什麼更微妙的因素潛藏在地底下，所謂的「莫爾井」，井中的水無疑已經變得令人作嘔，至今猶然。任何鄰居此處的年長婦女都可以證實：凡是欲飲這口井水以解渴的人，都會鬧腸胃病。

讀者也許會覺得奇怪，因為這座新豪宅的木匠工頭不是別人，正是馬修・莫爾的兒子。或許因為他是當時最出色的工人，又或許，上校認為這麼做是一種權宜之計：可以利用莫爾的兒子公開消除來自於敵人家族的憎恨。不盡然不符合那個時代講求實際的論調和一般粗鄙的見解是：莫爾的兒子不介意從他父親的死敵那兒正當地賺取小錢，更何況是沈甸甸的純銀英鎊。無論如何，湯姆斯・莫爾成為七角樓的建築師，他盡忠職守；他親手搭建的骨架至今仍然十分牢固。6

這棟豪宅便是如此興建的，它猶然在作者的回憶中屹立著——因為自孩提時代起，它便令人十分好奇，既象徵過往時代最優秀的堂皇建築，比起那些灰濛濛的封建古堡，又有更富於人情味的一幕幕事件在裡頭進行。如今它仍然佇立在那兒，只是垂垂老矣，難以想

6 歷史上的湯姆斯・莫爾乃是一位傑出的「建築師」；一六八八年他親手設計和建造了薩勒姆市的第一座教友派教堂。

像從前它捕捉最初日光時那簇新輝煌的身影。往日壯觀的情景已因一百六十年時光飛逝而變得黯淡，不過至今我們仍津津樂道那天上午的情景：清教徒大人物在豪宅宴請全村鎮的人。祝聖的儀式既具宗教性質，也如節慶一般進行。海金森牧師7主持祈禱和講道，眾人盡情唱頌讚美詩；麥酒、水果酒、葡萄酒、白蘭地應有盡有，大家盡可享受感官之樂、開懷暢飲。引述當時官方的說法，一隻烤全牛或相當於一頭牛份量的牛腰肉盛獻於宴席上；巨型餡餅的原料來自於二十哩外獵殺而來的一隻鹿；在海灣捕抓一隻重達六十磅的鱈魚，再搭配豐富佐料煮成一鍋雜燴。這間新屋的煙囪冒出裊裊炊煙，空氣間瀰漫著由香草、洋蔥等辛香料調製而成的肉類、雞和魚的香味。單單是這股香味飄進鼻子裡，就可以立刻令在場的人感到賓至如歸而食指大動。

莫爾巷，現在應該稱為品欽街，宴會時間一到就擠滿了人群，好像做禮拜的信眾們魚貫進入教堂的盛況。他們走近以這棟大廈，以便仰視它堂皇的外觀——它將在人類的建築史中擁有崇高地位。它座落在街邊後退一點的地方，昂然且毫不謙遜地佇立著。它整個外貌都裝飾著哥德式幻想風格的古雅雕像，並摻混著石灰、鵝卵石和玻璃屑，以繪畫或壓印的方式塗飾在牆壁木架上發亮的粉壁上。七座三角閣的尖頂都高聳地朝向天空，彼此像姐妹一樣，共同通過一支大煙囪的通風孔呼吸。在許多鑽石形的玻璃窗格子的默許下，陽光穿透走廊和房間。不過，第二層樓突出於第一層樓，第三層樓又突出於第二層前方，陰影和憂鬱氣氛籠罩在下面的房間。突出的尖樓下方釘著雕刻的木球，小螺旋型的鐵條美化了那七面三角牆。那天早晨，一堵面對品欽街的三角牆面上安置了一個時鐘，太陽仍然在牆上做了記號，刻出故事裡第一段光輝的時辰，然而故事結局就註定不是那麼光明了。豪宅的四周散佈著木屑、碎片、木瓦、磚塊，再加上還沒有冒出小草的新翻泥土，予人奇特且新穎的印象，這似乎是一棟尚未展開日常作息的豪宅。

豪宅主要的入口是開在正面兩堵三角牆之間，幾乎有教堂大門那麼寬。上方有個陽台，門廊遮蔭處擺放了幾張長凳。在這個拱形門廊的下方，現在凡是市鎮和郡上的尊貴人士——牧師、尊長、法官、教會中的執事——都在還未磨損的門檻上蹭著他們的步伐。許多平民也都自由進出。一進入大門便有兩名僕人接待，指點著某些客人到廚房附近的地方，又領

7 約翰・希京遜（一六一六—一七〇八）是薩勒姆市「第一教堂」的本堂牧師，以激烈反對教友派教義著稱。歷史上的莫爾，因為指責希京遜宣講謊言，其學說又是魔術的學說，而一度「被結結實實的打了十鞭」。

其他人去比較考究的房間——他們看似慇懃款待所有人，但仔細觀察之下，可以察覺出他們對待高低階級的客人仍然有一定程度的差別。在場賓客的絲絨衣服雖然色澤黯淡，卻很華貴，挺直的編織領結、紐帶和刺繡手套，整潔的鬍子，一副儼然權威的風采，一看便知這些人是當時的高貴紳士；有別於風塵僕僕的商人，或是那些身穿無袖皮革上衣，戰戰兢兢、畏畏縮縮進入這棟他們或許曾經參與修建豪宅的勞工。

一股不吉祥的氣氛瀰漫在宴會裡，使得那些拘泥於小節的賓客心中浮起不悅之感，因為這座堂皇大廈的創建人——一位謹守禮節、以此等風範著稱的上流人士，此刻理應站在自己的門廳，迎接眾多前來祝賀這場隆重宴會的達官貴人；他卻遲遲未現身，就連最受敬重的賓客也尚未見到他，當省副總督蒞臨的時候，他也沒有前去迎接。品欽上校遲遲不現身令在場賓客都感到困惑不解。副總督造訪宴會，原本是豪宅主人的榮幸。他躍下馬匹以後，便扶他的夫人從馬鞍上下來，但是當他們跨進上校豪宅的門檻之際，卻只有管家前來迎接他們。

這位滿頭灰髮的管家舉止高雅。他向眾人解釋：主人仍待在書房或私人起居室；一個鐘頭之前，主人進去房間時，曾交待說無論如何都不能去打擾他。

郡警長把管家拉到一旁說：「你這傢伙難道不知道這是位大人物嗎？他可是鼎鼎大名

的副總督。立刻去叫品欽上校出來！我知道今天早晨他收到了來自英國的信件，也許正在細讀和思索，所以沒發覺一個鐘頭過去了。但我向你保證，如果你讓他在迎接本郡首長時，怠慢了應盡的禮數，他一定會極為憤怒；如果總督本人不在，這位副總督可以代為覲見威廉國王陛下8。立刻去請你的主人出來！」

「不行啊，請閣下體諒，」管家惶恐地說，從他進退兩難的窘境中看得出品欽上校的家規十分嚴厲：「大人您知道我家主人的命令異常嚴峻，他決不允許任何僕役違背他的命令。若是誰願意就讓他去開那扇門吧！我自己是絕對不敢造次，即使總督命令我前去開門，我也不敢推開那扇門。」

「呸，呸，郡警長！這件事我親自來處理。」副總督從旁聽到這段談話，他自恃官位甚高就擺出個官架子：「是時候讓上校出來向他的朋友打招呼了，否則我們就會猜疑，他豪飲加納利島甜白葡萄酒；他為了今天的盛宴特別準備這一瓶佳釀。但是既然他遲到，就讓他嚐到一點教訓！」

8　英王威廉三世，一六八九—一七〇二年在位。

於是，他穿著雙騎馬靴雙腳，向前踏出重重的步伐，沉重的腳步迴盪至七角樓最遠處的角落。他依循僕人的指點，走到那扇簇新的門前疾聲敲門，然後轉身向旁觀的人微笑，等待上校應門。由於沒有回應，他又敲了一下，但仍然無人應門。副總督是個脾氣有點暴躁的人，他舉起自己佩劍的沉重劍柄，並且朝向那扇門重重敲下去。一旁的人紛紛竊竊私語，說這種聲響也會驚醒亡者。這句話或許說得沒錯，但是仍然喚不醒品欽上校。雖然當這陣聲音安靜之後，有些客人因為偷嚐了一、兩杯酒，在酒精的作祟下而打開話匣子，可是整棟豪宅仍然歸於一片沉寂，氣氛陰沉抑鬱。

「奇怪！說老實話——真的很奇怪！」原本面帶微笑的副總督皺起眉頭，「既然主人不遵守宴會禮節，那我也不必顧忌他的隱私，直接闖入了！」

於是他試著推開門，突然間一陣響亮、猶如嘆息般的狂風從最遠處的大門外衝了進來，將上校的房門吹得大開。這股強風在這座嶄新豪宅間穿堂入室，女仕們的絲綢衣裳被吹得沙沙作響，紳士們頭上戴的假髮鬈也被吹起來了；它還震動了窗簾和每間臥室的帷幔，屋內四處一陣騷亂，然後又歸於一片寂靜。一股摻雜畏懼和恐怖的預感襲上了眾人心頭——沒有人知道這份恐懼從何而來。

然而，在好奇心的迫切驅使下，在場的人紛紛擁向大門敞開的房間，副總督先被推了進去。最初的一瞥下，他們沒有看見任何不尋常的地方。在這間一般大小的書房裡，陳設了非常精緻的傢具，由於窗簾的緣故而暗了點。書架上擺滿了書本，牆上掛著一張地圖和一幅品欽上校的畫像；上校本身就坐在畫像下方的一張橡木扶椅上，手中握著一枝筆。信件、羊皮紙卷和一些空白紙張堆在他面前的桌案上。他似乎正注視著跟隨在副總督背後的好奇賓客，陰沉、嚴肅的面容上皺著眉頭，彷彿對於他們大膽闖入他的私人空間而感到憤怒。

有個小男孩——上校的孫子，唯一敢親近他的人——穿過在場賓客的身旁，跑向坐在扶椅上的祖父，才跑到半途中，就因為驚嚇而尖叫起來。賓客紛紛顫抖得像是樹上瑟縮的葉子般，他們走上前去，只見品欽上校神情僵硬地瞪著前方，他的前襟上沾著鮮血，灰白的鬍子也滿是鮮血；已經來不及挽救他的性命！這個鐵石心腸的清教徒、殘忍的迫害者、貪婪而又意志堅強的人已經死亡；在自己新建的豪宅裡斷氣了。那則傳說為這幅陰鬱的場景添加些許迷信色彩；某種神似那名被處決巫師老馬修・莫爾的聲音，在賓客之間竄發出來，他高聲說道：「上帝已經賜他飲血了！」

確實，「死亡」這位賓客——早晚它都會設法進入每個人的住所——已經穿越品欽家的門檻，進駐了七角樓。

品欽上校神祕驟逝當天引起了巨大轟動。謠言滿天飛，有些隱隱約約流傳至今；上校屍體的外觀說明他生前曾經遭受到暴力，因為他的喉頭上留有指印的痕跡，而一道血手印又按在褶襇衣領上。他那乾枯的鬍子如何蓬亂不堪，似乎有人猛力拉扯了一樣。也有人堅稱上校椅子旁的花格窗戶敞開著；發現他死亡時的幾分鐘以前，有人看見一個男人的身影攀躍豪宅後面的花園圍牆。然而，我們大可不必費心於這樣的流言。像品欽之死這類的案件，總是會涌現許多傳言，多少讓這類故事綿延了許久，就像毒蕈生長的地方暗示往昔時樹幹曾經在此處頹落，並且深埋地底中腐朽為泥。我們自己本身不相信這則傳說；也不相信副總督踏進品欽上校書房時曾經瞧見一隻骸骨的手掐在他的喉頭上，當他靠近屍體時，那隻骸骨又消失的說法。無論如何，我們確信當醫生們診斷品欽上校的死因時，引發了不少爭議；其中，一位顯然已是名醫的翰・史文納頓9先生以醫療專用術語闡釋：堅持品欽上校死於「中風」10。然而，醫生之間的說法迥異，或多或少也有些可以採信的意見，但是仍然披上一層錯綜神祕的外衣；倘若這群博學醫生能夠清楚判定上校的死因，也不會使一般人陷入眾說紛紜的局面中。法醫的判決如同其他有識之士，裁定其無懈可擊的判決：「猝死！」

實在難以想像這是一件嚴重的謀殺案，也絲毫沒有證據可以指稱這是一場凶殺案。以逝者崇高的地位、財富，以及生前著名於世的性格，當時的人必然曾經嚴格查辦每一項疑點。然而如今由於沒有保留下來任何調查記錄，唯有假設當時並沒有調查到任何蛛絲馬跡。傳說往往捎來歷史所錯失的真相，卻也常保留當時代的流言蜚語——從前火爐邊的閒談如今彷彿都凝結成報紙上的史料，所有相互矛盾的陳述都來自於鄉野傳說；在品欽上校的葬禮上，海金森牧師布道時除了列舉這位尊貴信徒在世時的許多善行，也提到死者已從塵世間解脫的福氣。上校履行了應盡的義務，達到了人生最高成就——他的家族和後代子孫的生活都建築在穩固的基礎上，未來幾世紀間，都有那棟華麗的宅邸庇蔭著他們——對這位善良的人而言，如果還有未走完的路，那便是從凡間升往天堂金色大門的階梯了！當時這篇布道詞印刷了出來，至今依然保存於世；如果這位虔誠的牧師懷疑上校遭人謀殺，他絕對

9 雖然約翰．史文納頓這位著名的薩勒姆市醫生死於一六九〇年。霍桑仍在書中提到他是因為他與莫爾之間的關係。史文納頓的繼子一六九三年娶了莫爾的女兒。

10 在中風的情形上，血液並不大量由口中吐出浸透鬍子和污染前襟。但是在霍桑的時代，任何暴斃都常診斷為中風，包括肺出血。在肺出血的情形下，血液向上流進患者的喉部及口。

不會說出這番話。

品欽上校逝世時，縱然世事變化多端，他的家人似乎仍然可以長享榮華富貴；可以預見家族的繁榮只會隨著時間更迭而遞增，而非家道中落。因為他的兒子及繼承人不僅可以享受現成的大筆遺產，而且普通法院即將判定一筆受印第安契約保障的土地歸屬於品欽家族，因此他們極可能擁有一片位於東部、尚未開發的廣袤處女地。這些土地大約涵蓋今日緬因州沃爾多郡，甚至比當日某歐洲公國王子轄御的疆域還要廣闊11。當時這片荒野之地全是未開墾的原始森林，幾個世代以後，它終將成為人類文明的豐富資產，並且為品欽家族帶來難以估計的財富。由於上校的影響力遍及國內外政治圈，如果上校多活幾週，便可促成這筆資產的授權。然而，一如牧師在布道辭中所形容，上校無疑死得太早，對於這片前途無量的土地，憑藉他謹慎、明智的性格，應在生前就辦妥這件資產的所有權。他的兒子不僅沒有像他父親那樣的崇高地位，也缺乏才能和意志力，所以無法利用政治手段促成這件事。因此，上校死後，品欽家族取得這片廣大土地的合法性便不復存在，也遍尋不著相關的證據。

當時，以及隨後近百年間，品欽家族都致力於取回屬於自己家族的權利。然而隨著時間逐漸逍逝，較有權勢的家族已獲頒這個地區中的某些土地，另外某些地方早已因其他人開闢而被佔據。倘若這些居民聽聞品欽家族主張擁有這塊土地的所有權，一定會咯咯大笑；怎麼會有人異想天開，僅憑逍逝在舊日時光裡的總督和司法人員所簽署的卷宗、那張發黴的羊皮紙卷，要求他們交出祖先親自從大自然中開墾出來的家園？更別說文件上的簽名早已淡得無法辨識。品欽家族這項令人費解的聲明，並未達到目的，卻使他們家族代代相傳狂妄的優越感，即使最貧困的品欽後代也自認為是貴族，期待或許將來某天可以擁有那一大筆財富。對於社會經濟地位較高的品欽人而言，這項特徵也許有望減輕人生中的艱苦，不至於失去情操。就品行惡劣的家族成員來說，這份期望只會使他們更容易因循怠惰。由於這種朦朧的願望，他們期待不勞而獲。甚至在多年以後，人們已淡忘他們所主張的權利，品欽家族仍然常常端詳上校遺留下來的那幅古老地圖——一張沃爾多郡仍然是一望無際荒野時的地圖。他們在土地丈量師描繪為森林、湖泊和河流的地方，圈註出空地、村落和市鎮，並計算這塊土地的價值逐漸水漲船高，彷彿終有一天它們會變成品欽家族擁有的小王國。12

11 霍桑在一八三七年八月十二日的日記中，談到亨利・諾克斯將軍有意在緬因州華多郡三十方哩的土地上建立一個封建似的產業。參看《美國散記》段落。

上校逝世以後，品欽家族後代中，幾乎都會出現一位生性敏銳並兼具無窮精力的子孫；他的性格彷彿遺傳自上校，雖然微弱了一些，仍然在人間斷斷續續傳承上校的不朽事跡。每隔兩三代、家道中落的時候，就會出現一位繼承上校性格的子孫，因此城裡人們紛紛耳語：「老品欽上校又回來了！七角樓終將煥然一新！」品欽家族代代堅守這座宅邸，然而，由於諸多隱情，無法明確記載在文件上；作者認為在一代又一代繼承者中，許多人對自己在道義上是否應該享有這份資產，心存懷疑。另外一方面，這份財產的所有權受到法律保障；但是他們懼怕老馬修・莫爾從過去那個時代一步步逼近，沉重的腳步踏在每個品欽族人的良知上。若是如此，我們就必須面對一個錯綜複雜的問題：雖然對於這份產業的歷史共業，每代繼承人都心知肚明，卻不改正這項過錯，他們是否也重蹈先人覆轍、必須共同承擔祖先的罪業？如此，我們是否可以斷言：他們擁有的遺產不是一筆財富，而是繼承了無法承受的厄運。13

前面已經提到我們無意追溯品欽家族與七角樓之間的歷史，也無意描繪歲月如何為這棟豪增添荒蕪和衰痿之感。一面碩大、黯淡的鏡子懸掛在七角樓其中一間房間裡，傳說這面鏡子的深處裝滿它所映照過的所有形體——老上校本身以及他的後代子孫；一些穿著復古樣式的嬰兒服飾，也有青春洋溢的女人和陽剛挺拔的青年，還有滿臉皺紋的風霜老人。如果我們擁有那面鏡子的祕密，就可以坐在它面前，然後在紙頁上書寫下它所啟示的一切。然而，有一則難以找出根據的傳說流傳馬修・莫爾的後裔與這面鏡子的祕密間有某種關聯：莫爾的後代子孫施展了某種催眠術後，已逝的品欽族人就會在鏡子裡面復活，這些亡人不以往生前的形象出現在世人面前，也沒有反映往日屬於他們的美好快樂的時光，而是再次重現他們犯罪的惡行，或是他們正瀕臨最悲痛的危險關頭。其實，人們長久以來仍然掛念老清教徒品欽和巫師莫爾間的糾葛，也記得莫爾在絞刑台上厲聲說出的詛咒；人們還補充說道：這個詛咒已經成為品欽家族代代相傳的遺產。如果某個品欽家族的成員喉頭喀喀作響，局外人便會半戲謔半認真的竊竊私語：「他在喝莫爾的血！」約莫一百年前，某個品欽家族的人猝死的情形和上校暴斃的情景非常相似。這件事情使輿論更加甚囂塵上，此外，遵照品欽上校遺囑的內容，他的畫像依然牢牢掛在房間的牆壁上；品欽上校就死在那間房

12 霍桑自己的家人也有類似的情形。他母親的家人，曾希望透過取回十七世紀中一位印第安人立契約讓與他們一位祖先緬因州數千土地的地契，以便重開家族財源而不果。

13 「繼承一大筆財產。繼承一大筆財產。」（《美國散記》，一八四九年十月二七與十二月四日間記。）

間裡，大家也認為這是一件邪惡、不吉祥的預兆。七角樓裡那些森嚴凜然的特徵彷彿是邪惡勢力的象徵，它和短暫的陽光交織出更為幽暗的陰影，令人感這裡似乎不可能萌生出善良的信念。對於有腦筋的人來說，他們堅信逝世祖先的鬼魂注定會成為他們家族的邪惡精靈，這種念頭沒有一絲迷信色彩，或許是命中注定——他們自己所應該承受的一部分處罰。

總之，品欽家族沿續了兩世紀之久，它的盛衰浮沉與同時代其他新英格蘭家族並無太突分別；雖然他們擁有自己的特色，但在他們居住的小社區中，也與一般住戶有許多相似之處。這個小城鎮的居民是出名了的節儉，言行謹慎、井井有條及愛護家庭，而且，他們的同情心也有限。然而在這些人之中，也有比較古怪的人，也常比別處發生意料之外的事。在革命期間，品欽家族的一位族人選擇向英國皇室效忠，卻成為難民，但是他後來感到懊悔，及時挽救七角樓免遭充公14。過去七十年間，品欽家族史中最知名的醜聞莫過於一樁凶殺案，不亞於當年那齣降臨在這個家族裡的悲劇。根據當時的情形來判斷，可以確信凶嫌是死者的姪兒。經過審訊以後，這個年輕人被判決有罪。但或許是因為證據本身過於間接而無法證實、或許是由於執法者心存懷疑，也可能是因為犯人本身的聲望及政治影響力——相較於君主時代，在共和時代裡，聲望與政治權力能夠發揮更巨大的影響力——最後，他的刑罰從死刑裁量為無期徒刑。這樁不幸事件發生在故事揭幕前的三十年。最近的傳聞說那個長埋地底的人很可能基於某種緣故，從他藏身的墳墓裡被召喚出來；但是，很少人相信這則謠言，只有一兩個人對這則謠言感興趣。

關於這位幾乎已遭受遺忘的謀殺案被害人，在此必須交待幾句話。他是位富有的老單身漢，除了擁有這棟豪宅和品欽祖產中僅存的房地產外，還有其他眾多財富。他是個性情孤僻憂鬱的人，總是致力於翻尋舊日的記憶、傾聽古老的傳說。據說他得知巫師馬修・莫爾遭人誣陷而被驅逐出家園，或許也因此而被剝奪了生命。既然如此，那麼，他這個坐擁不義之財的老單身漢，是不是應該將這份深藏黑色血污且至今仍飄散出血腥味的不義之財，償還給莫爾的後代？對於這樣一個大半輩子沉溺於往事、收藏古董，而且鮮少活在當下的年老、隱居單身漢而言，如今過了一個半世紀以後，糾正過去的錯誤還不算太晚。了解這位老紳士的人都認為，如果不是因為品欽家族的親戚察覺到他的想法，在家族間驚起了一陣騷動，他便會採取放棄七角樓的行動，將它歸還給馬修・莫爾的家人了。家族的力量迫使他擱

14 在美國革命期間效忠英國，並且在民事和軍事活動上協助英國人的人，被視為「罪惡昭彰的謀叛者」。革命成功以後，財產均被充公、公開拍賣。

置這樣的念頭，但是他們又怕老紳士逝世以後，仍可能透過遺囑為所欲為。但是世人無論受到什麼樣的刺激或誘導，幾乎都還是會留下祖產給自己的家人。人們也許會喜愛他人勝過於愛自己的家人，甚至可能對自己的親人心懷厭惡或憎恨。但是人之將死，強烈的血親偏見又會出現，驅使立遺囑的人按照習俗把財產留給親人。這種血親偏見自古皆然，好似已成為自然而然的事。歷代品欽家人亦復如此。這位老單身漢雖因為正義的緣故而猶豫不決，但是面對強大的習俗力量也是無能為力。因而，在他過世以後，這棟豪宅以及其他的財富都傳給下一位合法繼承人。[15]

這位法定繼承人是他的姪兒，那個謀殺叔父、命運悲慘的年輕人是他的堂兄弟。新的繼承人年輕時行為放蕩，但等到繼承了產業以後，就立刻改過自新，成為社會裡極受人敬重的一員。事實上，自從品欽家的清教徒始祖時代以來，這位法定繼承人是家族裡聲望最高的人，也最具有品欽性格。他年輕時研讀過法律，而且天性適合從政，許多年以前就曾在下級法院任職，取得終生法官的榮譽頭銜。他後來從政，在國會擔任兩屆議員，在州立法機關也是活躍的角色。品欽法官無疑是家族的光榮。他在距離故鄉市鎮幾哩外的地方修建了一幢別墅，公職之餘，閒暇時便住在裡面；如鎮上一家報紙在選舉前夕所描述，他表現出溫文爾雅的品性和才能，都說明他的行為已合乎一位基督徒、好公民、園藝家和紳士的身分。16

不過，托身在這位法官成功光輝庇蔭下的品欽子孫，為數不多。談到日益增加的人口，品欽這一家族人丁卻不興旺；相反的，它似乎正逐漸式微、走向滅亡之途。據說，僅存的後代除了法官本人和他那個在歐洲旅行的獨生子，就只剩剛才提到過的那位在監獄中待了三十年的囚犯，以及他的妹妹；根據老單身漢的遺囑，她終生享有七角樓這份產業的所有權，她在那兒過著與世隔絕的生活。雖然富有的法官堂兄曾多次想在這幢古老大廈和他自己的新式宅邸中，提供她舒適安逸的生活，但是她的生活仍然一貧如洗，似乎有意保持這

15 霍桑的女婿喬治・帕森斯・拉索普，首先猜測本書中的謀殺案，與霍桑心中所記得的一八三〇年四月六日若瑟・懷特上校在賓倫市被謀殺有關。

16 霍桑構思品欽法官這個角色的時候，是以是查理・厄普漢牧師為原型。厄普漢是薩勒姆市的自由黨員。當美國中央政府易主的時候他大力促成霍桑的由薩勒姆海關的去職；因為霍桑是個民主黨員。霍桑夫人說丈夫認為厄普漢是個有史以來最壞的惡徒，「什麼惡事都做得很好。」厄普漢和品欽法官一樣，在州參議院和州眾議院各任一屆議員。霍桑認為他是一個偽君子，並有一個祖先在美國革命期間效忠英國。

樣的日子。品欽家族最末一代裡，最年輕的成員是位七歲的鄉下女孩；她是法官另一位堂兄弟的女兒，她的父親娶了一位出生寒微的年輕女子。之後，她的父親在貧苦中早逝，不久前，她的母親也已經改嫁了。

至於馬修・莫爾的後人，據說已經滅絕了。巫術事件過去之後，很長一段時間裡，莫爾家的人依然住在他們祖先冤死的這座城鎮中。從表面上看來，他們是安靜、誠實和善良的家族，從不怨天尤人。即使當他們坐在火爐邊閒談，承襲一代代父子相傳的沉痛回憶——那位巫師祖先的命運和自己所失去的祖傳產業，也從未公開顯露出任何報復的言語或敵意，也不再追憶七角樓的沉重支架建立在原本屬於他們的土地之上。他們的儀表堂堂，如此沉重穩固，他們持有巨大資產的階級地位，令人難以抗拒；他們因此認為自己予生具來某種權利，或者至少，他們把這份權利倣效得微妙微肖。貧窮卑賤的人很少有足夠的道德力量去質疑這種偽造的權利，即使在他們心底深處，也不敢萌生這種想法。如今，許多古老的偏見已被推翻。尤其是革命以前的日子，貴族階級可以恣意傲慢，而低層階級的人只能安於卑賤。於是，莫爾家的人在任何情況下，將所有怨懟的情感都隱藏在自己心中。他們是沒沒無名的庶民，經常忍受貧困、卑微的處境；雖然他們勤勉地從事手工藝業，卻並不成功；他們在碼頭上做苦力，或成為跟隨船桅而出航的水手；他們在城裡居無定所，棲身於廉價的租屋裡；最後，住進救濟院終老。歷經了長期艱困坎坷的生活，他們沿著晦暗的泥淖匍匐前進，他們徹底陷入了這樣的宿命；終有一日，無論富貴貧賤，所有莫爾家族的人都將如此。在過去三十年間，不論是城鎮裡的記錄、墓碑上的刻文、通訊名冊，甚至是大家所知的記憶中，馬修・莫爾後代子孫的蹤跡已消失不見。老莫爾的血脈也許在別處延續著，它的涓涓水流可以追溯至古老的從前，但是現在已不再繼續向前蔓延。

只要能夠見到莫爾家族的人，便可以感受到他們與眾不同，並不是說他們看起來特別醒目或搶眼，而是有一種難以言喻的氣質——他們代代相傳的保守性格。他們的朋友，或是願意接近他們的人，都可以發覺莫爾家的人外表看似坦誠友善，卻總是刻意與人保持距離，外人一步也無法踏進莫爾家族的圈子裡。也許就是由於這種奇特的性格，隔絕了外界的援助，而使他們過著永無止盡的不幸生活，無疑地，這種不幸的日子成為他們唯一的遺產。雖然城裡的人們已經從狂熱中清醒過來，對於那個著名的巫師，仍然懷有迷信的恐懼而感到厭惡。老馬修・莫爾的斗篷，或者更確切地說，是一襲破爛的外衣，陰魂不散地披罩在子孫身上。據說他們繼承了一種神祕的天賦，他們的眼睛裡含有奇妙的力量，在這些人們半信半疑的傳說中，他們擁有某些一無是處的力量，其中最奇異的就是他們能夠控制別人的夢境。如果傳說屬實，那些白天時在城鎮大街上不可一世的品欽家人，到了夜深人靜，一旦進入那混亂的夢鄉之國，就只不過是庶民莫爾家的奴僕。現代心理學試圖系統地減少這種所謂的催眠巫術，而不是以無稽之談的眼光，全盤駁斥之。

在初章即將結束前，願以一兩段篇幅描寫七角樓的近況。它昂起那高聳的尖塔座落在這條街道上，已不再是城鎮裡最時髦的區域；雖然這座古樓的四周環繞某些現代住宅，但這些房屋大部分是小間的木造建築，外觀像平民生活般單調乏味。毫無疑問，每間屋子裡都隱含了一些人生故事，然而由於它們缺乏絢麗多彩的外貌，無法喚醒人們的想像力及情感，讓人們去挖掘這個故事。至於我們故事中的古老樓房，它的白橡木骨架、壁板、屋頂和剝落的灰泥牆粉，還有那在中央豎立的碩大煙囪，似乎成為真實情景中最渺小、最平庸的一部分。這裡經歷了人間無數悲歡離合、苦難和享樂——如此一來，七角樓裡每一柱木材的，杜心潮濕地滲出鮮血；它本身就像是一顆巨大的心臟，擁有它自己的生命，充滿豐富和陰鬱黯淡的回憶。

凸出來的二樓樓層，投影出某種令人沉思的外觀，使路過的人對這棟古宅的祕密及歷史充滿想像。門前尚未鋪砌石子的行人道邊沿，「品欽家的榆樹」就生長在那兒；雖然隨處可見這種樹，但是這棵榆樹長得特別高大。當年親手種植這棵樹的人是品欽家族的第一代曾孫，如今這棵樹已經歷八十多個寒歲，將近一百歲了，依然非常高壯。七角樓及一旁的街道都被壟罩在樹蔭下，垂落下來的枝葉摩娑著黑色的屋頂。這顆榆樹為這棟古宅增添幾分美感，彷彿使它成為大自然的一部分。約莫在四十年前，街道已經拓寬了，七角樓的一面尖牆便正對著街道邊。兩旁是快要傾頹的木籬笆，透過其中的木格子可以看見一片鋪滿青草的院落。在豪宅的角落邊，又長了豐饒的牛蒡，牛蒡的葉子少說也有二三呎長。房子的後面有一座花園。這座花園曾經一度非常廣闊，現在卻鄰接了其他棟建築，別處的房屋或街道圍繞在四周。還有件微不足道的小事非提不可，就是那些綠色青苔，很久以前便生長在凸出來的窗戶上、屋頂的斜坡上。另外，還必須將一樣景色映入讀者的眼簾，距離煙囪的不遠處、兩堵三角牆之間的角落邊，生長了一叢灌木，上面綻放著花朵，在空中搖曳；人們稱之為「愛麗絲花」。傳說，愛麗絲・品欽在嬉戲的時候在那兒拋撒了一些種籽。街道上的塵埃和屋頂的腐爛物漸漸變成這些種籽的土壤，當它們發芽生長的時候，愛麗絲也已經進入墳墓。無論花朵生長到何處，看到大自然在品欽家這座荒涼的古宅上，興起了衰敗和頹圮變化，不禁人悲從中來、百感交集。年復一年來臨的夏天已盡力賦予它溫柔之美，又散發著憂鬱的氣息。

對於這棟豪宅，還有一項值得注意的特徵，卻可能會破壞我們對這棟莊嚴豪宅所刻畫的素描——別致如畫的浪漫情調。在正前方的三角牆上，第二層樓突出的邊緣之下，緊挨著街邊商店的大門口，沿著中央的水平方向分割為兩節，上面那節有一扇窗戶，就像古老年代某些宅邸的外觀一樣。這扇商店大門對七角樓的宅主的而言，是一種屈辱的象徵，也使它前幾代的品欽府邸的祖先蒙羞。談起這件棘手的事會令人感到不愉快，但是為了讓讀者參與這個祕密，所以只好告訴讀者：約莫在一世紀以前，品欽家族的宅主發現自己陷入嚴重的財務困境。這個自命為「紳士」的傢伙其實只是個偽善的無照商人，由於他不向國王或皇室總督請求官職，也不以祖傳產權的所有權，盡力爭取東邊那塊土地傳產權的權利。他想不出更好的致富之道，於是在祖先遺留的宅邸側邊開了一扇小商店的大門。那個時代確實存在一個習俗，商人常常在自己的住宅裡囤貯貨物，然後在裡面做生意。但是這位老品欽先生做生意的方式卻很小家子氣。人們竊竊私語說他一定要把零錢換成先令，即使是半個便士的硬幣，他也要反覆辨別它的真偽。毫無疑問，他的血液裡流有小商販的性格，只是不知道從何而來罷了。

他過世以後，商店立刻封上了鎖，緊閉大門，一直到我們的故事開始的時候，都未曾再敞開過。昔日小商店的櫃台、櫥架和其他佈置都還原封不動的放在那兒。有人說一年四季中的任何一個夜晚，都可以由商店百葉窗的縫隙中看見那位已逝店主戴著白色的假髮、穿著褪了色的絲絨外套；圍裙繫在腰際，謹慎地向上反摺衣袖的褶邊。他在那兒仔細搜索他的小抽屜，或是翻閱他的帳簿。他的臉上總是掛著難以言喻的愁容，彷彿他命中注定永遠在帳策上的收支平衡中，徒勞無功。

2 小店櫥窗

在日出前半小時，赫絲芭・品欽小姐便醒來了——也許我們不該用醒來這個詞，因為在這個仲夏夜晚，這位可憐的小姐是否能闔上眼睛，還很難說，總之她離開孤伶伶地枕頭，起身梳裝打扮。我們戲謔地描述未婚女士在化妝室裡的樣子，連想也不能想。所以我們必須等待赫絲芭小姐走到臥房門口，才能展開我們的故事；走出房門口時，她深深嘆了口氣，她無須克制深沉的悲傷和音量，因為這聲嘆息除了我們這些無形的聽眾之外，沒人會聽得見。這位老小姐獨自住在七角樓裡。不過三個月前，有位品行端正、年輕的藝術家——銀版照相師，租下了最遠那一角的房間。那兒自成一棟，房間裡和通往別處的走道都鎖上了門栓、隔著重重橡木柱子，所以，他聽不見可憐的赫絲芭小姐發出聲聲嘆息，也聽不見她跪在床邊禱告時僵硬的膝蓋關節發出吱吱響聲。還有，那些肉耳聽不見、只有帶著關愛和憐憫的遠方天國才能聽見的幾近痛苦的祈禱——一會兒低語，一會兒呻吟，一會兒掙扎——祈禱神祇幫她安然度過今日！這一天顯然比平日更為艱難。赫絲芭小姐已經在這兒隱居了四分之一個世紀，與世無爭，也沒有愉悅的社交生活。這個冬眠般蟄居的人，若不這樣殷切的祈禱，如何能撐過無數個冰冷、死氣沉沉的日子。

這位未婚女士[1]結束了祈禱，她即將踏進我們故事的門檻嗎？還沒呢，還得再等一下。她費盡力氣，使勁打開每一個老舊的櫥櫃，然後再同樣費力地關上它們。房間裡只有絲衫的沙沙聲和來回腳步聲。或許，赫絲芭小姐還爬上椅子，以便照到桌上的化妝鏡、端詳她全身的打扮。誰會想到，這位從來不出門、也沒有客人來拜訪的老婦人會將珍貴的早晨時光都消磨在梳妝打扮上，而且，即使她裝扮得再完美，別人若是願意捎上一眼，就算是最仁慈了！

現在她幾乎準備好了，只要再等一下下；因為日子襯托在悲傷獨居之下，這段時間就變成她的唯一慰藉、加深為她一生中最強烈的情感。我自聽見她把鑰匙插進一個小鎖裡，打開書桌上的一個祕密抽屜，凝視一張微妙微肖的小畫像——畫家莫爾柏恩[2]最精緻完美的

1 在霍桑原先的手稿中，他總是稱赫絲芭為「老小姐」。但是在寫這本小說的時候，他又同情她，所以改用她的名字或更好聽一點的字眼稱呼她。

2 愛德華・莫爾柏恩（一七七七—一八〇七）是美國最優秀的微細畫家；擅長在象牙上作小畫像。

鉛筆繪像。能一睹這幅畫像是我們的榮幸。那是一個年輕男子的肖像，他穿著復古的絲綢禮服，衣著的柔和色調更加映襯他那飄逸的神情；他擁有柔軟的雙唇、美麗的眼睛；似乎不擅長深思卻更富於感情。這樣的外貌似乎已臻於完美，他在這個塵世裡應該可以如魚得水。他是赫絲芭小姐從前的戀人嗎？不，她從來沒有談過戀愛，也從不知道戀愛的感覺。可是，她對畫中人付出了無止盡的信任、永恆的思念以及一往情深，她的心裡只裝得下這唯一的精神食糧。

她放下了小畫像，站起來照了照鏡子。抹去幾滴眼淚，又來回走了幾步以後，她嘆了口氣，就像長年關閉的地下室不經意敞開了大門，而吹出凄凄冷風，赫芭絲・品欽小姐終於走了出來！她的身材高䠷，穿著長長的縮腰黑絲衣；在進入鋪滿灰塵和幽黑的過道以後，近視眼的赫絲芭小姐摸索著走向樓梯口。

此時太陽雖然還沒升起，但是已逼近地平線。天空中飄浮著幾片雲朵，捕捉到最初的陽光，又把它金色微弱的光線映照在街道兩旁房屋的窗戶上；七角樓已習慣曝露在這樣的晨曦之下，今天也對它笑臉相迎。這束光線隨著赫絲芭下樓進入房間，將裡面的陳設照耀得非常清楚。那是一個鑲嵌黑色木頭的房間，低矮的天花板上有一根橫樑，巨大的壁爐架鑲有彩繪瓷磚，周圍也架起了防火壁已經用鐵板封閉，改成現代爐灶的通風孔道。地板上鋪著地毯，原本是紋理豐富的織品，現在已經變得破舊褪色，曾經一度亮麗的花紋也消失了，只剩下一片模糊的色彩。至於傢俱，則有兩張桌子和六把椅子，其中一張桌子非常精緻，許多柱腳像隻蜈蚣，另外一張桌子的做工卻很精美，四隻細長的腳非常纖細，令人難以相信這張古舊的茶几已經佇立了如此長久的歲月。六張硬板的高椅子散放在房間各處，它們原本的設計似乎就是讓人坐得不舒服，甚至看了也會令人心生厭惡，那個塑造它們的人盡可能表現出社會裡最醜陋的想法。唯一的例外是一張骨董扶手椅，橡木製的高椅背上刻有精美的雕刻，扶手之間的座位既寬敞又舒適，雖然缺乏現代藝術的那種曲線，坐起來卻也非常舒服。

談起室內的傢俱與裝飾品，我們只記得兩件東西；如果它們也可以稱作傢俱的話。其中一件是品欽家族位在東方的土地地圖，不是印刷品，而是由某個老繪圖師傅的手工製作；地圖上描繪了印第安人和野獸，包括一頭獅子。由於當時人們對於這一區域的歷史和地理的知識都不甚瞭解，因而畫得錯誤百出。另一件裝飾品是老品欽上校的畫像，約為真人的三分之二高，畫風表現了一個清教徒的嚴峻個性：他頭上戴著一頂無邊帽，繫著花邊的法官紐帶，臉上蓄有灰白鬍鬚，一手拿著一本聖經，一手高舉寶劍，在畫家的描繪下，寶劍顯得比聖經更引人注目。3 赫絲芭小姐一進房門看到這幅畫像，停頓了下來，模樣古怪地皺起眉頭看著它，不認識她的人會以為這是懷有憤恨與惡意的表情。事實卻決非如此，她對畫中的人懷有一種崇敬的感情；也只有畫中人的後代子孫、未出嫁的老處女才能滋生這種感情。而她之所以皺起陰沉的眉頭，卻是出於她是個大近視眼，想要集中視力看得清楚一點而已。

我們得稍作停留，再談談赫絲芭小姐那雙不幸的眉毛。有些人在她的窗前瞥見這種表情，會惡意地說她臉很臭。這種皺眉的神情對赫絲芭小姐來說，非常不利，容易造成誤解，讓她博得一個壞脾氣老小姐的名聲。而她本人，經常在幽暗的鏡子前端詳自己的表情，幾乎也用世人的眼光，解釋自己的蹙眉愁容。她常自嘆：「我看起來是多麼悲慘呀！」而常常這樣自我催眠的後果，就是會不可避免地也變成一個不快樂的人。但是她的心中卻從未愁眉苦臉；她的面容雖然越來越嚴峻，甚至是凶狠的模樣，她的內心仍然柔弱纖細。她也鮮少有剛毅的情緒，除非是來自於她情感中最溫暖的角落。

然而，我們現在一直徘徊在故事的門口邊緣，欲言又止。說實話，我真不想敘說赫絲芭．品欽小姐接下來想要做些什麼。

前面已經提過，近一百年以前，她的不肖祖先曾在那堵面對街道的三角牆底下開了一爿小店。自從這位老先生退休、睡在棺材蓋底下以後，店門和店裡面的陳設，都一成不變地維持原樣；累世以來積下的灰塵，落在貨架和櫃台上堆起一寸厚的塵埃。一對舊的磅秤盤上也蓋滿灰塵，好像厚得可以秤出重量了。櫃台後面半敞開的小銀錢箱裡也堆積了塵土。抽屜中還有一枚不值錢的六便士銀幣，或多或少象徵傳統——家族蒙上羞恥的名聲。老赫絲芭小姐童年時常和哥哥在這間廢置的商店玩捉迷藏遊戲。那個時候小商店就是這副模樣——一直到幾天以前。

現在，雖然商店櫥窗仍然掛了窗簾以遮擋外面的視線，但商店內部卻發生相當大的變化。幾代下來，蜘蛛努力在天花板紡織沉重絲網，如今已經被仔細地清掃乾淨。櫃台、貨架和地板也洗滌得一塵不染，地板上還撒了一層新的藍砂。棕色的秤台雖然經過徹底的擦洗，但是哎呀！因為鐵銹積年累月地侵蝕內部，所以沒辦法拭去銹痕。這片小商店不再空空如也，如果有人能到櫃台後面去查看一下存貨，便可以發現兩三個木桶4。一桶裝著麵

3 比較威廉·霍桑在《海關》中的「畫像」：「祖先的樣子縈繞我心。由於這位莊重、留著鬍子、身穿黑色貂皮外衣、頭戴尖頂帽的祖先，讓我在這個城市（薩勒姆）中享有一棟住宅的所有權。他很早便來到此地，手持聖經腰佩一劍。」

4 在這裡，霍桑用加了句簿記用語「half ditto」，即半桶；令人記起霍桑曾在海關任職。

粉，另一桶裝著蘋果，第三桶可能是印第安玉米粉。[5]還有一個松木製的方盒子，裡面放滿了肥皂塊；另一個同樣大小的盒子裡則裝著十枚一磅重的牛油蠟燭。大部分的商品是人們日常需要的東西，像是紅糖、一些白豆和剝皮豌豆，以及幾種其他廉價的商品。這種情景就像當年老品欽店主時期一般，幽魂般的身影映在那寒酸的貨架。只是現在多了一些那個時代所沒有的物品。譬如，有一個醃黃瓜的玻璃瓶子，裡面裝滿「直布羅陀岩石」的碎塊，當然，並不是那個著名堡壘的真正碎片，而是一些包著白色包裝紙的糖果；還有烙印了黑人舞蹈圖案的薑餅；一隊鉛製騎兵馳騁在櫥架邊緣，他們都穿著現代的軍裝跟配備；還有一些糖製的人形，不像任何一個年代的人，但是硬要說起來，他們長得不像一百年前的人，而更像是現代人的模樣。另一個十分現代的現象是一包黃燐火柴，如果回到從前，人們會認為這種稍縱即逝的火焰是從地獄借來的鬼火。[6]

長話短說，顯然有人接收了已逝的品欽老先生的商店，準備重新開張營業，只是顧客已經是下一代的人了。這個大膽的冒險家會是誰？世界如此廣闊，為什麼他要選擇七角樓，作為商業牟利的地點？

再回頭看看那位老小姐。她終於將視線從老品欽上校肖像的幽暗臉孔上移開，深深嘆了一口氣；這天早晨，她的胸脯就像埃俄洛斯風洞一樣，[7]她像個老婦人一樣踮著腳尖走過房間，穿過一道走廊以後，推開通往小商店的一扇門，關於商店的樣貌我們剛剛已經描述過了。由於上面一層樓向外突出，再加上豎立在七角樓大門口前方的品欽榆樹的陰影，使這個地方的黎明有一點兒像夜晚。赫絲芭小姐又深深的嘆了一口氣，她在門檻前佇立了一會兒，向商站的櫥窗張望了一下，因為近視而皺起的眉頭就好像正在對某個敵人怒目相視，突然間，她走進商店。她突如其來的匆忙舉動令人感到非常意外。

她一副神經兮兮的樣子，開始著手整理擺在貨架和商店櫥窗上的兒童玩具和小東西。這位身穿黑色衣裳、臉色蒼白、貴族般的老小姐，竟然做這些雞毛蒜皮的小事，這與她悲劇的性格極不協調。這樣一個陰鬱憔悴的人手裡拿著玩具，看上去很不倫不類；玩具沒有從她手中消失也算是一則奇蹟，而且她攪盡腦汁、在僵硬陰沉的大腦裡盤算一件事：如何利用櫥窗擺設引誘小男孩到店裡來看玩偶，更令人費解。然而這正是她的目的，她想在櫥

5 即玉蜀黍粗粉。

6 原文用「the nether fires of Tophet」形容；「托非」即地獄。

7 埃俄洛斯（Aolus），希臘神話裡的風神。

窗裡擺放一個大象形狀的薑餅，但是因為雙手顫抖，不小心把薑餅掉在地上，象鼻和三條象腿摔碎了，變成幾塊碎薑餅渣；然後她又打翻了一罐彈珠，一球球彈珠鬼鬼祟祟地滾到搆不找的角落。上帝可憐赫絲芭老小姐吧！也請原諒我描寫她可笑的處境。看著她一把老骨頭還爬在地上四處搜尋彈珠，我們覺得好笑的同時，也應該流下幾滴同情的眼淚。談到這裡，倘若我們還無法觸動讀者的心弦、留下深刻印象，那便是我們的過錯；眼前的情景是平凡人生活中最悲慘的一幕，這也是自稱為「舊世貴族」的最後痛楚。這位大家閨秀從小就生活在貴族的回憶中，在她的認知裡，絕不能為了生計而操勞、弄髒了自己的手，但是經歷了六十年每下愈況的經濟情況後，這位天生的小姐現在卻欣然紆尊降貴，因為她感覺到貧困已緊緊追趕著她的一生，現在終於迎頭趕上她了；她也體悟到必須自食其力，否則就只能走上挨餓一途。此刻，我們窺見赫絲芭•品欽小姐從名門貴族淪落為販夫走卒，實在有失禮貌。

在這個共和國裡，生活有如波濤洶湧的浪潮，總是有人接近溺斃的邊緣。這樣的悲劇就像假日上演的通俗戲劇一樣，司空見慣，然而當一位世襲貴族失去高貴的身分，難免會加深人們的感觸。在人們眼中，地位是財富和成就的總和，當這些條件逝去後，精神也不復存在，即使仍然還在，也會隨之湮沒。由於我們在故事女主角身處不吉利的時刻介紹她出場，讀者們應該以嚴肅的態度來觀察她的命運。我們在可憐的赫絲芭身上看見一位往昔的貴族女性——她的家族生活在大西洋此岸，兩百年來，她擁有古代畫像、紋章、族譜、門閥傳統，以及那片東邊廣袤領土的所有權。現在那片土地已非荒野，而是富饒之地。她出生於品欽街品欽榆樹蔭下的七角樓，在這棟宅邸度過許多歲月，如今，她竟淪為一間廉價商店的小販！

對這位不幸的隱居婦人來說，開一家小店鋪似乎是唯一的謀生之道。雖然她五十年前的刺繡作品表現出最精妙的針黹技藝，可是她現在是大近視眼，那顫抖不停的手指又不靈活，不能再做女紅。從前她經常想開間兒童學校，還一度溫習自己的新英格蘭初級課本，預備當個女教師。但是她的心扉緊閉，內心無法點燃對孩子們的愛。當她從臥室窗口向外望，瞥見鄰居的孩童時，便會懷疑自己是否受得了與他們朝夕相處。而且，在我們的時代裡，教授字母成為了一門深奧學問，不再只是一個字一個讀過能了事。現代的孩子反而能倒過來教老赫絲芭小姐。她冷靜細心的盤算一番，下定決心和世人接觸；她已遺世獨立了很久，而每多一天蟄居的日子就等於在她幽居的門前增添一塊石頭。最後，這位可憐的小姐想起那間商店的櫥窗、生銹的磅秤和積滿灰塵的小櫃子。她原本可以再拖延一會兒，但一件突如其來的事情卻使她早早做出決定。於是，她及時完成零星的準備工作，現在可以正式開張營業了。其實她也不能抱怨自己的命運不好，因為在她出生的這座城鎮裡，還有幾間類似的小店，有些和七角樓一樣古老，而且其中一、兩家小店的櫃台後面也站著一位嚴肅的女人，像赫絲芭•品欽小姐本人一樣，帶著倔強、驕傲的家族優越感。

我們不得不承認，這間小商店的女主人的行為舉止實在非常可笑。她踮著腳尖，悄悄走到商店的櫥窗前，小心翼翼地像是發覺到某個凶狠惡徒正在榆樹後面偷窺她、伺機奪取她的性命。她伸出瘦長的手臂，把一排珍珠狀的鈕釦、單簧口琴以及其他小東西歸位後，立刻躲進暗處，似乎希望世人永遠別再看她一眼。人們認為事實上也是如此，她期望在不露面的前提下供應社區必需品，像一個脫離社會的神祇或女巫一樣，用隱形的手做交易。但是赫絲芭不做白日夢，她很明白自己必須親自出面，站在那兒讓人注視，但是像其他的敏感人士一樣，她受不了別人的目光，只好盡量避開那些驚訝的注視。

即將來臨的時刻終究無法避免，陽光慢慢爬上對面的房屋，從對面窗戶反射過來的微弱光線掙扎地穿過榆樹的枝葉、照亮小商店的內部。城鎮似乎從睡夢中醒過來了。一輛麵包車嘎嘎地駛過街道，用它不協調的叮噹鈴聲驅散夜晚的最後痕跡。賣牛奶的人正挨家挨戶地遞送牛奶；遠方漁夫吹響海螺的聲音也清晰可聞。透過這些訊息，赫絲芭意識到：開張的時刻到來了。再拖延下去也只有增長她的痛苦而已。現在唯有取下商店大門的門拴，像主人歡迎賓客那樣，迎接每一個過路人。赫絲芭取下門拴時，發出響亮的撞擊聲；如此一來，隔絕她和外界之間的唯一屏障便被推開了，她感覺到一股邪惡力量一湧而入，她逃回室內，倒臥在祖先的扶手椅上哭泣。

老赫絲芭真是個可憐人！對一位努力要以正確的輪廓和真實的色調來呈現人性各種姿態和面貌的作家來說，那麼多卑鄙與荒謬竟然滲進最純粹的悲傷中，是一件令人極為苦惱人事。譬如，在眼前這幕情景中，有何等尊嚴可言？我們的女主角不是年輕可人的女孩，她沒有傾國傾城的美貌，也沒有電掣般的豐富情感，而是一位面容憔悴蠟黃、關節退化，身穿高腰絲綢衣裳、頭戴可怕頭巾的老處女。在這樣的情景之下，我們該如何將從前因果報應的歷史、勸人向善？她的容貌其實並不醜陋，只是她那因近視眼而緊蹙的愁容，特別引人注目。最後，度過六十年的閒散生活，她赫然發現為了解決生計問題而開家小店、經營小本生意，也是人生中的偉大考驗。但是，如果我們觀察古往今來人們轟轟烈烈的命運，就會發覺卑微和瑣碎的事情中，往往與最高尚的悲喜糾結在一起。人生有美麗的一面，也有醜陋的一面。如果我們不相信上蒼的慈悲，便會懷疑鐵面無情的命運是在譏笑我們，所謂的詩意洞察力，就是明辨事物的天賦，在交織各種錯綜複雜的社交圈子裡，美麗和尊嚴往往披上一層骯髒的外衣。

3 第一位顧客

開店是件重大而不可預知的事，在事業即將展開前，希望的身影沉重地像鉛鑄得一樣，赫絲芭・品欽小姐心情沉重，她坐在橡木扶手椅上，雙手掩面，突然之間小鈴鐺尖銳的聲音響起，她著實嚇了一跳。她起身時，面色蒼白得像黎明雞鳴時刻的一個鬼魂；現在她已是個受羈絆的靈魂，必須服從門鈴所下的符咒。1 簡單的說，這個小鈴鐺綁在店門上，它繫在一個非常容易震動的鐵線上，每當有顧客跨過門檻，它便會響起，通知在七角樓裡面的人。赫絲芭小姐大概生平第一次聽見這種聲音；也許自從她那戴假髮的祖先歇業之後，她從未聽過鈴鐺聲。這個難聽的小噪音使她神經緊張、全身顫抖不已。危機臨頭了！第一位顧客上門了！

她不假思索的衝向店鋪，面色蒼白、雙眉深鎖，表情粗魯的好像要和破門而入的小偷打個硬仗，而不是站在櫃台後面含笑迎接顧客，賣些小東西來獲取一些銅幣。任何普通的顧客見到她這副模樣，都一定會轉身逃跑。不過，赫絲芭脆弱的心中並無惡意，此刻也不懷恨人世間的男男女女。她祝福人們，但也希望自己早早躺在安靜的墳墓裡，再不與任何人有所糾葛。

來人已經站在門廊裡面了。他剛剛從陽光中走進來，好像也把愉悅的朝氣帶進小店裡。這是個高䠷的年輕男子，年紀約莫二十一、二歲的，臉上帶有某種超越他年紀的沉思神情，以他的年紀來說有些沉重，彷彿滿懷心事的樣子，可是他行動敏捷、充滿活力。這種氣質不僅流露在他的言行舉止上，也幾乎表現在他的性格之中。他的下巴蓄著褐色的粗鬍髭，上唇也留有短鬚，他深邃的五官輪廓映襯在這些與生俱來的裝飾品底下，更顯得好看。他的衣著非常簡樸，是一件普通便宜布料裁製而成的夏裝，搭配單薄的格子長褲和一頂稻草帽。這些衣物應該是在「橡樹館」買來的。[2] 從他潔白乾淨的襯衫來看，這個年輕人大約是個紳士。

1 鬼魂聽見雞叫便面色蒼白的傳說始自中世紀。參看《哈姆雷特》中那個鬼魂的最初登場：「在祂正想說話的時候雞啼了起來／而後祂便像一個罪犯被傳召時一樣。」

2 「橡樹館」是波士頓一家百貨公司，專門出售廉價的男人成衣。

他看著眉頭深鎖的赫絲芭小姐，卻不覺得疑惑，彷彿他曾經見過這樣的神情，而且知道她沒有惡意。

這位攝影師就是七角樓另外一位住戶。他說：「親愛的品欽小姐，看到妳的目標已付諸實現，我很高興。我是特意來恭喜妳，順便看看有什麼需要我幫忙。」

處於困境或愁苦的人，或是一些生活諸多不順遂的人，可以忍受許多坎坷的際遇，或許還因此而變得更堅強，可是一旦遇見有人向他們釋出真正的同情心與善意，就會立刻崩潰；赫絲芭小姐便是這樣的一個人。當她看見年輕人的微笑、沉思的臉上掛著燦爛笑容，又聽見他仁慈悅耳的話語，先是一陣神經質的咯咯傻笑，而後開始啜泣起來。

「啊，荷格雷先生，我實在、實在開不成這間小店！」她哭夠了以後說道：「我只希望自己是個死人，和祖先一起躺在家族墓園裡，和我的父親母親、姐姐、兄弟在一起！我曉得他們寧願看見我躺在墳墓裡，也不願看見我受罪！這個世界太過冷酷無情，而我又太老、太脆弱、太絕望了！」

年輕人安祥地說：「赫絲芭小姐，聽我說，一旦妳開始工作，就不會這麼想了。妳與世隔絕這麼長一段時間，難免會認為世人都很醜陋邪惡，但是妳馬上會發現這種思緒就像童話裡的巨人和怪物，是那麼的虛幻不實。我發現人生中最奇特的事莫過於當你緊握事物的那一剎那，它便失去它的形體，你所害怕的事情也是如此。」

「可是我是個女人，」赫絲芭可憐兮兮的說，「我本來想說自己是個淑女，但是那已經成為過去式了。」

「過去就過去了吧！」藝術家仁慈的表情中露出一絲諷刺的奇異光芒，他說，「沒有什麼大不了的！就讓它過去吧，事實上，對妳而言這是件好事。親愛的品欽小姐，我們是朋友，請容我直說。我認為今天是妳幸運的日子，它從此終結了過去，展開了嶄新人生。從前，妳生活在孤獨中，冷漠冰凍了妳身體裡的血液，而外面的世人正為了生存奮鬥。從今以後，妳終於可以為了一個目標而奮鬥；不論妳的力量有多大，妳將加入世人奮鬥的行列。這便是一個人的最大成功！」

「你自然會有這樣的想法，荷格雷先生。」赫絲芭小姐挺直憔悴的身軀，她的尊嚴稍微受了一點打擊，她說，「你是個男人，又是個年輕人。我想你和現代的其他人一樣，自幼所受的教育便是要追求財富。但是我生來便是個上流社會的淑女，一直過著淑女生活，雖然日子艱辛，無論如何，仍然是個淑女！」

荷格雷輕輕微笑，說道：「但是我不是天生的上流紳士，也從來沒有體會過紳士生活，所以，親愛的女士，我不能同情妳這樣的情感；除非我欺騙自己，否則我對『紳士』和

『淑女』這樣的名稱，不存有任何好感。過去的時光裡，紳士淑女這種名稱代表特權，無論好壞，就是這樣。不過目前，這些頭銜不再象徵特權，而是一種枷鎖；將來，這樣的情形只會更加明顯！」

老淑女搖搖頭說，「這些都是新的想法，我永遠不懂，也不想弄明白。」

「那我們就不談這些想法了，妳自己去判斷，做個普通女人是否比上流社會的淑女好吧。」藝術家流露出比剛才更友善的笑容，「赫絲芭小姐，在妳的家族裡，曾經出現一位女士做過比妳今天更了不起的事嗎？從來沒有！如果品欽家族以往都像妳一樣做高尚的工作，那我懷疑上帝會不會施加那個詛咒，那個妳以前告訴我的老巫師莫爾的詛咒。」

「啊，不！不！如果老莫爾的鬼魂或子孫看見我今天站在櫃台後面，他一定會覺得莫爾的詛咒已經生效。」對於藝術家提及她所繼承的這個陰鬱詛咒，赫絲芭並沒有感到不悅。她說：「但是多謝你的好意，荷格雷先生，我會盡力做個好店主！」

「那妳就加油吧。」荷格雷說，「且讓我來做妳的第一位顧客吧。在我回到沒有陽光的房間、繼續攝影的工作以前，我想先去海濱散步。我想買幾個小麵包沾點海水，充作一頓早餐。六個小麵包賣多少錢？」

赫絲芭露出雍容華貴的神情，一縷憂鬱的笑容更添幾分優雅，說道：「就讓我再做一次上流社會的淑女吧，」她把小麵包放在他的手中，拒絕收費。「無論如何，一個品欽族人絕不能在祖先遺留的屋簷下，為了一點點麵包而向朋友收錢！」

荷格雷離開以後，她的心情變得比較開朗，但不久之後又滿懷抑鬱。街道上的行人漸漸多了起來，她忐忑不安地聆聽路人的腳步聲。偶爾這些陌生人或鄰居也會停下腳步逗留，瀏覽赫絲芭商店櫥窗裡所陳列的玩具和小商品。她感到十分難過，一方面因為這些陌生人無情的目光而感到羞恥，另一方面也擔心櫥窗擺設得不夠好；彷彿櫥窗佈置可以決定生意的成敗，如果換上一個沒有斑點的蘋果，生意便會興旺一點。於是她重新擺設一番，然後又覺得這麼做不好，渾然不覺問題出自於老處女在緊張時刻裡，神經過敏、凡事挑剔。

不久，門口傳來兩個人的談話聲，從粗魯的聲音可以猜測這是兩個勞工。他們談了一陣自己的事情以後，其中一個似乎注意到赫絲芭櫥窗，指給另一個同伴看。

「你看看這是什麼！」他喊道，「看起來品欽街的生意又要熱鬧起來了！」

另一人說：「哦，這真是件奇事。誰會想到在品欽榆樹下的七角樓，品欽老小姐竟開了一家雜貨店！」

他朋友說：「迪克西，你認為她會成功嗎？我倒覺得這個地點不夠好，街角附近已經有另一家商店了。」

「成功？」迪克西不屑的說，好像「成功」是件荒謬的事。「絕對不會成功！為什麼呢？她那副臉孔——有一年我曾替她挖掘花圃，見過她一面，如果魔鬼有足夠勇氣和她做生意，她那張臉是會嚇跑魔鬼的。我告訴你，沒有任何人會受得了她！她的脾氣很壞，整天皺著眉頭！」

另一個人說：「噢，她的表情倒也不是問題，脾氣壞的人大多很會做生意。不過你說得沒錯，她不會成功。雜貨店已經太多了，像手藝及勞工一樣供過於求。我吃過這種苦頭，我太太也開過一家雜貨店，三個月就虧本了五塊錢。」

迪克西的聲調像是正在搖頭：「生意不會好！生意不會好！」

聽到了上述的談話以後，基於一些難以解釋的理由，從前赫絲芭小姐對開店這件事的憂愁，都不如此刻所承受的打擊；這段對話最令她感到傷心。尤其是他們談起她陰沉的愁容，似乎完全改變她從前對自己的印象，現在她覺得自己醜陋到連她也不敢再看自己一眼。她耗費心力開始的生意對她來說十分重要，卻似乎會在城鎮中引起漣漪，而這兩個人的對話也許代表鎮上人的想法，這讓她更覺得傷心。那兩個人瞥了小店一眼，隨便說了幾句話、粗鄙地嘲笑了一聲，還沒有轉過街角，便已把她拋諸腦後了！他們毫不關心她的尊嚴和墮落；他們兩人以過來人的智慧預言她即將失敗，這番話令她的心情雪上加霜，將她半夭折的希望壓在泥土塊下、埋進墳墓裡。那個人的妻子也曾嘗試開店，結果卻失敗了，如果那位勤奮、堅強、厲害、勞碌的新英格蘭平民婦人都會虧本五元，一個已經六十歲、大半輩子都過著獨居生活的天生淑女，又怎麼能奢望成功？成功是絕不可能的事，一線希望也不過只是夢幻泡影。

有個惡毒的幽靈正無所不用其極地逼瘋赫絲芭，他在她的腦海中放映了一幅景象：城市街道上全是熙來攘往的顧客 街上有好多講究的商店。雜貨店、玩具店、乾貨店，店鋪裡陳設大片的玻璃窗戶、華麗的傢俱，老闆們在裡面投資了各式各樣的商品。每家店內都有一面大鏡子，在似真如幻的明亮景色中，商店財富似乎曾加了一倍。在品欽街對面一側的街道是美侖美奐的市場，許多噴灑香水、衣著光鮮亮麗的商人微笑哈腰，向顧客展示貨物；與品欽街同側的街道，則是昏暗老舊的七角樓，它突出的二樓底下是古舊的商店櫥窗，赫絲芭身穿褪色的黑色絲綢長袍站在櫃台後面，對路過的行人蹙眉怒目而視。這種鮮明的對比充分表現出她的謀生之計所面臨的困境。成功不過是一個太荒謬的想法！她再也不會去想它了！當其他的房子都沐浴在豔陽之下時，她這棟房子乾脆永遠籠罩在迷霧之中，反正不會有人跨過門檻，也不會有人想推開它的大門。

就在這個時候，商店門鈴又在她的頭上發出聲響，彷彿中了魔咒發出鈴鈴的叮噹聲。

老淑女的心也像繫在鈴鐺的彈簧上，隨著它劇烈地震盪。店門被推開了，卻一時之間還看不見人。赫絲芭緊握雙手向前凝視，她似乎召來一個惡靈，一面害怕一面決心迎戰危險。

她在心中哀求：「上蒼幫幫我，此刻我真的需要幫助！」

門鈕已經生銹，所以一個結實的小男孩使勁轉動門把，吱吱作響地推開大門，進到店裡來。這個雙頰像顆紅色蘋果的小孩衣著襤褸（但似乎是由於母親疏於照顧，而不是因為有位貧窮父親）。他穿著一件藍色的圍兜兜、鬆垮的短褲，腳趾從破鞋中露了出來，鬈髮上戴著一頂小帽子3。腋下夾著一本書和一個小石板，顯然他正前往上學的途中。他注視著赫絲芭小姐，像一位年長的顧客，不知道該如何面對這位蹙眉、滿臉憂愁的老太太。

「喂，孩子，」她看見對方只是個小孩子，精神為之一振，說，「孩子呀，你想要什麼？」

小男孩回答說：「櫥窗裡那個跳舞的黑人薑餅！」他拿出一分錢來，用手指著在他上學途中吸引他注意力的薑餅人，「我要那個沒有斷腿的！」

於是赫絲芭伸出瘦長的手臂，從商店的櫥窗中取出薑餅，遞給她的第一位顧客。

「不必付錢了。」她輕輕把他推向門口，她出身高貴，看見銅錢還是有點神經過敏，再說為了一點不新鮮的薑餅而拿孩子的零用錢也是件卑鄙的事。「沒關係，薑餅就算是送給你吧！」

男孩瞪大眼睛看著他，男孩以往光顧許多雜貨店，還沒有見過這麼慷慨的事。他拿著薑餅人離開了。這孩子真是個小野蠻人，還沒走到人行道就已經把薑餅人的頭咬下來。匆忙間，沒有關上店門，赫絲芭只好跟在後頭關上店門，一面喃喃抱怨現在的年輕人，尤其是小男孩連一點兒禮貌都不懂。她才剛把另一個同樣的薑餅人放進櫥窗，又聽見門鈴叮噹作響。站進來的是兩分鐘以前才離開的那個結實小男孩，已經吃掉了薑餅，嘴上還有不少薑餅碎屑。

「這次又有什麼事，孩子？」赫絲芭有點不耐煩地問：「你是回來關門的嗎？」

小男孩回答說：「不是，」他手指著剛放進櫥窗的那塊薑餅說：「我還要一塊！」

「拿去吧，」赫絲芭正要伸出手時，又想起來只要她還有薑餅，這個小孩就會不斷回來，於是說：「一分錢在哪？」

小男孩手上有一分錢，但他是個道地的洋基佬，總希望能夠佔點便宜。他不太高興的

3 用木頭細條或木頭纖維做成的帽子。

把硬幣放在赫絲芭的手裡，一面吃著薑餅一面走出門去。新店主把她第一次交易的成果放進櫃台後方裝錢的小抽屜。一切都結束了！她永遠洗不掉手掌上的這個銅幣的污穢印記。那個小男孩和薑餅人已經對她造成無法彌補的損害。他破壞了古老貴族世家的制度，他似乎用童稚的小手拆除了七角樓！現在就讓赫絲芭把掛在豪宅裡的品欽祖宗畫像翻轉過來、面向牆壁，用東邊土地的地圖點燃廚房的火爐，再用她虛弱的呼吸來生火吧！她該怎麼向祖先交代呢？不，決不，正如她毫不理會後代子孫一樣！現在她已不是上流社會的淑女，只是平凡的赫絲芭・品欽，一個孤伶伶的老處女、雜貨店的老闆！

然而，即使這些想法一直盤據在她的腦海裡，她的心情卻出奇的平靜。自從她開始著手籌備這門小生意時，日夜折磨她的焦慮和疑懼現在已消失無蹤。她不再對自己的新身分感到困擾和驚駭；經過了許多年單調乏味的隱居生涯，忽然間從天空外飄來一股振奮人心的新鮮空氣。她甚至感覺到年輕時的愉悅和興奮的氣息。努力工作真是裨益身心！這是一股我們從未察覺到的神奇力量！經過多年以後，困難的生活處境逼迫赫絲芭自力更生，她生平第一次感受到這種幸福的光輝。那個小男孩遞給她的圓形小銅幣雖然已經在世界各地做了許多小小的服務，外表因而顯得暗淡無光，赫絲芭卻認為它是個吉祥的護身符，值得她在上面鑲嵌黃金、掛在胸前。也許它就像一枚電流戒指一樣具有神奇效果！4 赫絲芭非常感激它影響了她的身心，她因而振作起精神去吃早餐，並鼓起勇氣，泡茶的時候多放了滿滿一茶匙紅茶。

然而在這商店的第一天，也有些干擾她愉悅情緒的嚴重事故。一般而言，上蒼給予人類的最大恩賜只足以適度地激勵他們盡量努力。對於這位老淑女來說，在興奮的情緒消退以後，伴隨她一生的消沉和陰鬱又回到心頭上，好像烏雲蔽日，四處投射灰暗的顏色，在黃昏降臨時，偶然見到一絲陽光，然而暗藏惡意的烏雲仍盡力要覆蓋住每一片蔚藍的天。

早晨時光慢慢過去，也有一些顧客光臨小商店，但是，最終顧客和赫絲芭都對彼此不太滿意，小店也因此沒有賺到多少錢。一個小女孩來幫媽媽買一束棉線，這種棉線的顏色很罕見，這位近視眼的老小姐費盡力氣才找到顏色相仿的棉線，可是不久後，小女孩又跑回來，說棉線的色調不對，而且根本已經快腐壞了。另一個顧客是個臉色憔悴、形容枯槁的女人，雖然年紀不大，卻已經佈滿憂愁的皺紋，頭髮斑白得如銀色絹絲。這種女人天生

4　用不同金屬製成的戒指，據說有某種化學效果，可以輸給戴戒指的人一種電流。

嬌弱，她至少生了九個兒女，也常被一個酒鬼丈夫折磨得不成人形。她要花錢買幾磅麵粉，我們的老小姐可憐她，不但不收錢，而且又多秤給她一些麵粉。不久，一個身穿骯髒藍布棉衣的男人進來買一支煙斗。他酒氣薰天，熱烘烘的烈酒臭味像易燃的煤氣一樣，從他的嘴巴及全身散發出來，整間小店都可以聞得到這股濃厚的氣味。赫絲芭心想：這個人一定是剛才那名愁容滿面的婦人的丈夫。他又想買一包菸草，但是她的小店裡沒有賣這種東西；一怒之下，這個野蠻的顧客把剛買的煙斗摔在地上，走出去時口中邊喃喃自語，音調像是在惡狠狠地詛咒。赫絲芭仰天嘆息，無意間掛著蹙眉的怒顏面對著上帝。

這天中午以前，又有五個人來購買薑汁啤酒、草根啤酒或其他類似的飲料，但是全都因為沒有買到東西，而非常不高興地走了。其中三個人走的時候沒有隨手關上店門，另外兩個人手勁重重的拉開大門，以至於鈴聲叮噹響個不停，刺激到赫絲芭緊繃的神經。鄰近一個面頰被火烤得通紅、圓圓胖胖的家庭主婦上氣不接下氣地衝進小店，嚷嚷著要買發粉；當可憐的老淑女羞怯地告訴她的顧客「店裡沒有發粉」時，這位能幹的主婦便自作聰明的教訓起她來：

「雜貨店竟然不賣發粉！這是絕對不行的！誰聽說過這種事情？那你賣的麵包豈不是像我的麵包一樣，都發不起來？妳最好馬上關上店門吧！」

「嗯，」赫絲芭長嘆了一聲，說：「也許我最好關掉店門！」

此外，雖然別人對她說話時態度不夠禮貌，但也不粗魯，然而她那纖細、敏感的貴族天性，常常感到受到冒犯。顯然，這些人不僅自認為與她平起平坐，而且還是她的主顧、身分高她一等。可是此刻，赫絲芭下意識感到欣慰，她感覺自己身上圍繞著某種聖光般的光暉，自己天生帶有的貴族氣質值得別人表示敬意，至少要默認她那純正的貴族身分。然而，最使她難堪的卻也是有人過於認同她的貴族身分。曾經有一兩個人多管閒事，表示同情她時，她幾乎是帶著尖銳的語氣回應對方。而且，我們必須遺憾的說，當她懷疑某位顧客根本無意採買東西，只是出於惡意的想多看她兩眼，她就變得不像是個基督徒。另一個庸俗的婦人想親眼看看這位過氣的貴族，在與世隔絕的歲月中浪費了青春年華，到年老時卻站在一家小店的櫃台後面，到底會是什麼模樣？平常日子裡，赫絲芭是無意識地蹙眉而面帶怒氣，但是面對這種人，此刻的赫絲芭緊皺眉頭，真正的表現出心中的憤怒。

這個好奇心旺盛的顧客事後對她朋友說：「我一輩子沒有這麼害怕過！她是個真正的悍婦！相信我，她的話很少，但是目光中充滿惡意！」

總而言之，這個新的人生經驗讓赫絲芭小姐對於中低階層的性格和態度產生了惡劣的印象。從前，當她處在優越的地位時，她總是抱持著溫柔的同情心對待他們。但是如今，她不幸地掙扎在一種正好相反的難堪處境中，因為不久以前，她自己也曾經屬於悠閒的上流階層，並且引以為傲，可是現在她對上流社會的人深感厭惡。當一位穿著精緻衣裳的淑女經過時，體態輕盈得讓面紗和長袍隨風飄動、全身上下纖弱空靈，使人不禁想細看那雙美麗便鞋下的雙足，究竟是踩在塵土上或是飄浮於半空中。如果這位女士偶爾路過這條寂靜的街道，她留在身影後面的清香宛如她隨身攜帶一束茶花；這時赫絲芭小姐皺眉的怒顏恐怕不能說完全出自於近視的緣故了。

「那個女人這樣生活是為了什麼？」她心想，「全世界的人必須終日勞累，好使她的纖纖玉手永遠保持得那麼潔白柔嫩嗎？」這種油然而生的鄙視態度是窮人面對富人時，所能夠發洩的自卑感。

然後，她又後悔了，覺得非常羞愧，以手掩面說：「但願上帝原諒我！」

上帝無疑會原諒她。但是經過這半天的試鍊，赫絲芭開始害怕：從道德和宗教的觀點來看，這間小店將會毀滅她，甚至對她的謀生之計也沒有多大幫助。

4 站在櫃台的一天

近午時分，赫絲芭看到一個端莊的老紳士慢慢的走過滿佈灰塵的品欽街的對面。他身材高大、圓圓胖胖的。走到品欽榆樹的樹蔭下時，他停了下來，把帽子拿掉擦擦眉上的汗，很感興趣的端詳七角樓頹廢褪色的外貌。但他自己也特別的像這棟老宅一樣值得人注目。他得宜的言談舉止以及合乎身分的穿著，像一股無法言喻的魔力，透露出他值得尊敬的性格。乍看之下他的服裝雖然與一般人無異，但穿在他身上就顯得莊重，這是由於穿衣者的氣質而非布料或剪裁的問題。他的金頭手杖乃是用磨光的黑色木頭製成，也有相同的特質，在街上人們都會說這把手杖充分的象徵他的主人。我們剛剛所描述的他所散發出的性格，反映出他的身分、生活習慣。他是一個有權威、影響力，和值得注意的人物，看上去這一定也是個富有的人，就好像他已向你展示自己的銀行存摺，就像你看見他觸摸品欽榆樹的小樹枝，像麥得斯一樣把它們都變成黃金。1

他在年輕的時候大約是個英俊的人，但現在的他，眉毛太濃而鬢角已經禿了，剩下的頭髮已經灰白，目光冷漠、雙唇緊閉，簡直說不上什麼美貌了。現在如果給他畫個肖像，也許會比他從前任何時期都還要好，不過畫布上的表情必然會是嚴肅的神情。畫家會很樂意研究他的面容，並發現它可以做出許多表情；用皺起的眉頭表示不悅，用微笑表示欣喜。

當這位老紳士站在那兒注視品欽家時，他的表情時而欣喜時而皺起眉頭。他在看到商店的櫥窗時，便戴上手中的金色框眼鏡細察赫絲芭擺出來的各種小玩具和商品。起先他看起來很不高興，而後又笑逐顏開。就在這個時候，赫絲芭偶然彎身朝向櫥窗，老紳士瞥見她以後，臉上的苦笑剎時間變為滿意和仁慈的表情。他禮貌地鞠了個躬，而後繼續向前走去。

「他來了！」赫絲芭心想，她壓抑心頭的難過，「不知道他是怎麼想的？他會高興嗎？啊！他回頭了！」

紳士停下腳來，轉身盯著商店的櫥窗看，走了一、兩步，像是想到進商店來；但先他一步的卻是赫絲芭的第一位顧客，那個吃「黑人薑餅」的小男孩。他盯著櫥窗看，又想吃一個大象薑餅。這個小傢伙真是食量驚人，剛吃完早餐便吞下兩個薑餅黑人舞者，現在又想吃個大象薑餅當晚餐的開胃菜！等到這筆孩子的小生意結束以後，那個老紳士已轉過街角走了。

「賈弗瑞堂哥，你愛怎麼想就怎麼想吧！」老小姐小心翼翼地伸頭朝街上前看，喃喃自語著，「愛怎麼想就怎麼想吧！你是看見我的小櫥窗了！那麼你怎麼想？在我有生之年，品欽豪宅不是我的嗎？」

她回到後面的客廳，抓起織了一半的襪子打了起來，但是她發抖的手織錯了好幾針，於是她又把襪子放下，著急的在房間裡走來走去。最後駐足在她的祖先、七角樓的創建人、那位令人見而生畏的老清教徒品欽的畫像前面。一方面，由於年深日久，這張畫像已經由畫布上褪色而晦暗不明；然而她自小便看著它，現在看卻覺得特別顯眼及栩栩如生；雖然實際上的輪廓逐漸暗淡，但在她眼裡畫中人大膽、堅強、而又不大誠實的性格卻又像浮雕般凸顯了出來。這樣的情形在從前畫肖像時常常可以見到。一個畫家（如果他像現今的畫家一樣自滿）是絕對不會把顧主自己的性格表情畫出來給他看的，而我們可以從中體悟到人性中不為人喜愛的真相。畫家對他的主角的內在性格描繪已融入繪畫的精隨，要等到畫表面的色澤消磨以後才可以看見。

1　麥得斯是希臘傳說中的福瑞吉亞國王，能點石成金。

赫絲芭在注視這幅畫像的眼神時，不禁全身顫抖起來。對祖先的崇敬使她即使對實際情形了解卻無法嚴格批判畫中人的性格。不過她還是盯著畫中人看，因為畫中的容顏使她能夠——至少她這麼認為——深切了解剛才在街上看到的那張臉。

「就是這個人！」她低聲自語，「賈弗瑞‧品欽你想笑就儘管笑吧，可是笑容下面的臉就是畫像中的這張臉！給他戴個小帽子、穿上件黑色的外衣、讓他一手拿聖經一手持劍，他可以儘管笑，沒有人會懷疑是那個老品欽又回來了！他也為自己蓋了一棟新房子，或許也會招致一個新詛咒。」

赫絲芭在這些的幻想中心煩意亂起來。她已經在七角樓中獨居太久，滿腦子是它的舊故事，她需要出去，在午後的街上散散步好恢復冷靜。

與此同時，她眼前又浮現另一幅畫像。這幅畫像比任何畫家所敢嘗試的風格更加大膽諂媚，但是筆觸細膩得使肖像完美無瑕。莫爾柏恩的小畫像即使畫得是同一真人，也遠遜於赫絲芭想像中的那幅畫像，因為她腦海中的畫像蘊含了親切感情和令她感傷的回憶。畫中人表情柔和安詳，像是帶著淡淡的愉悅在沉思，而豐滿的雙唇似笑非笑，雙眼散發著高雅的光芒。雖然他是個男性，天生卻富有女性的氣質！莫爾柏恩的這幅小畫像也散發著這種奇特的神情，難免使人猜想畫中人也許長得像母親，他母親一定是位可愛的女士，也許性格上有些許女性的弱點，卻更令人樂於結識和喜愛。

「沒錯，」赫絲芭心中浮起的悲傷湧上眉睫，她心想：「他們用他來迫害他母親，他根本不是我們品欽家的人！」

此刻店又吟噹響了起來；由於赫絲芭彷彿陷入回憶墳墓的最深處，所以鈴聲聽起來很遙遠。赫絲芭回到商店時，發現一位老人站在那兒，他是品欽街上的貧民，在過去這麼多年來，她對他已經像是這棟古屋般熟悉。他是一個很老的人，永遠頂著一頭白髮、滿臉皺紋，除了蛀掉了的那顆門牙，牙齒已經全掉光了。就連赫絲芭這麼一大把年紀的人，也想不起來這位鄰居口中的「凡納叔叔」是從什麼時候才開始常常這樣彎著腰在碎石鋪道上，拖著沉重的步伐走來走去。但是他卻仍然結實健壯，不但能活得下去，也在這個擁擠的世間佔據了一席之地。他外出辦差事的時候，總是拖著蹣跚的步伐，讓人懷疑他是否能走到那兒去；他的工作往往是：給小戶人家劈幾塊柴、把舊木桶劈成碎片，或是劈開松木板拿來生火；夏天時替租金低廉的住戶挖掘幾碼菜圃，平分一半菜圃的收成為勞力的報酬；冬天的時候，則鏟掃行人道上的積雪，或是在小木屋前鏟雪開路、清理曬衣繩上的冰雪。這些是凡納叔叔替至少二十戶人家做的主要工作。在這個圈子裡，他自以為擁有一點特權，就好像牧師在其教區的範圍內享有的溫情一樣。他並未要求這些人家給他一隻作為什一稅的豬2當酬勞，只是出自於一種近似於做禮拜的心情，他每日早晨去收集人家桌上的麵包屑和鍋裡的殘羹，回家餵自己豢養的那隻豬。

據說——一則模糊的傳說，凡納叔叔在年輕的時候，人們認為他心智不足。事實上他對這樣的評價也承認不諱，他不像其他男人一樣追逐名利，而只賺取他生活所需的最低限度，過著所謂殘缺者的卑微生活。但是現在他已經非常年老了，或者是因為長年艱苦的人生經驗讓他精明了一點，也或許是由於判斷力衰退使他不自量力，他倚老賣老地自以為是個聰明人，還因此沾沾自喜。有時候，他的內心含有一點詩人的氣質，像是他衰退心智中的青苔和牆邊花草，散發出令人喜愛的氣質，不同於他早年、中年的庸俗與平凡。赫絲芭敬重他，因為他的姓氏在城鎮裡歷史悠久，而且從前也是個體面人家。另外還有一個更好的理由，讓人對他刮目相看：除了七角樓和遮蔽它的榆樹以外，凡納叔叔是品欽街最古老的角色了。

現在站在赫絲芭面前的這位老人，身穿了一件頗為時髦的舊藍色外套，想必是某位講究衣著的店員在淘汰衣服時，挑出來送給他的。他穿著麻布做的短褲3，臀部的布料鬆鬆垮垮的，但是已經比身上其他的衣服還合身了。那頂帽子跟他的衣服完全不搭，也不太適合他的頭型。所以凡納叔叔是個從各種不同性質拼湊出來的人，一部分是他自己，大部分卻是別人；他是不同時代拼湊起來的人物，也是各個時代、風尚的縮影。

「哦，看來妳真的開始做生意了。」他說：「我非常樂見於看到妳這樣，年輕人不應該遊手好閒，老年人也不該閒著不做事，除非他患有風濕病。我已經快要患上風濕病了；再過兩、三年，我就只能退休去回到我的農場了。妳知道，它就在那邊、那棟大磚房子；許多人稱它為『工寮』。不過我還是想工作，然後再去那兒悠哉地享受一陣子。赫絲芭小姐，我很高興妳也開始工作了！」

赫絲芭面帶笑容回答：「謝謝你，凡納叔叔。」她對這位樸實而又健談的老人一直懷有好感。如果他是一位老太太，她也許不會是現在這種態度。「的確如此，我也應該開始工作了！說實話，我到了應該養老的時候才剛開始工作。」

「啊！赫絲芭小姐，千萬別這麼說。」老人回答，「妳還很年輕呢，我從來不覺得自己像現在這樣年輕過，好像才在不久前，看見妳在這棟大房子門口玩耍的情景，那時妳還是

2 教區居民送給教會作為資助教會之用的豬。

3 廉價的麻布，往往用手織成。

個小女孩！不過，妳常常坐在門檻上一本正經地望著街道。那時妳只有我膝蓋這麼高，卻總是很嚴肅，像個大人的樣子。我今天看著妳，就好像看見妳祖父身穿紅色披風、頭戴白色假髮和軍帽、手握手杖，威風凜凜走出房門，昂首闊步來到大街上。那些革命以前長大的年老紳士都有種莊嚴的風範。在我小的時候，大家稱呼城裡的大人物為『國王』，但是他的妻子不叫『王后』，而是稱作為『夫人』。現在，一個人不敢自稱為『國王』；即使自認為高人一等，也只有彎下腰來遷就他們。十分鐘以前我碰見妳的堂兄品欽法官。雖然我穿著一條舊麻布褲子，他還是對我舉帽打招呼呢！真的！他還對我鞠躬微笑！」

赫絲芭說：「是啊！我堂兄賈弗瑞的笑容很親切！」聲調中不自覺帶有幾分難以察覺的嘲弄口氣。

凡納叔叔回答道：「他的笑容的確令人愉快！在品欽家族裡相當難得。赫絲芭小姐，請原諒我這麼說，可是品欽家的人一向不平易近人。但是赫絲芭小姐，我這個老頭子可以大膽問妳一句話嗎？既然品欽法官這麼有錢，為何不叫堂妹關掉小店？對妳來說，做點工作非常有益，但對品欽法官而言，面子上就不好看了！」

赫絲芭冷冷說道：「凡納叔叔，我們不談這個了，好嗎？我應該這麼說，如果我願意自力謀生，那絕對不是品欽法官的錯，他也不應該受到責備。」然後，她想起凡納叔叔的高齡和謙遜，覺得應該尊敬他，於是又和藹地補上一句：「如果不久以後我也和你一樣，到你的『農場』退休，也不關他的事。」

老人欣然叫道：「我那個農場可不是個壞地方！」好像在期望什麼愉快的事情，「那個大磚農舍真不壞，特別是那兒有許多親密老友。有時，我常希望能和他們待在一塊兒，尤其是冬天的夜晚，因為像我這麼寂寞的老人，獨坐在自家的火爐旁邊打盹，實在很無聊乏味。我那個農場不論夏天或是冬天，都有說不完的好處！就拿秋天來說，還有什麼比一整天坐在穀倉或柴堆旁曬太陽、和像我一樣的老人聊天更加愉快的事呢？或是，和一些知道怎麼打發時間的傻蛋閒晃，那些傻蛋就連勤奮的洋基佬也拿他們沒辦法。的確，赫絲芭小姐，別人都把我的農場稱為工寮，連我也懷疑我待在那兒是否真的那樣舒適。但是妳還年輕呢，妳不必去那兒！還會有好事發生在妳身上，我敢說一定會這樣！」

赫絲芭感覺到老人的表情和聲調有些奇怪，因而認真看著他的臉，想看出他是否藏有其他的含意。當一個人面臨絕望的關頭時，總是會以各種希望來鼓舞自己。他們掌握的一切越是不可靠，越是會以虛幻不實的希望蒙蔽自己。因此，赫絲芭在設計她的小店時，也曾經不切實際的希望命運會突然好轉。例如，一位在五十年前遠航到印度後便失去音訊的叔父可能會突然回家來，並且收養她作為垂暮之年的慰藉，然後用珍珠、鑽石以及東方的披肩和頭巾打扮她，並讓她成為他無限財富的繼承人。或者現任英國國會議員的品欽家族族長——他們遠隔著大西洋，已經兩個世紀沒有互通信息了——會突然邀請她離開頹廢的七角樓，到英國去和她親戚住在英國的品欽府第，可是為了某種迫切的理由，她只能婉拒對方的好意。然而，可能性比較大的是：移民到維吉尼亞州的品欽人，幾代以後在那兒成為一座大農場的主人；在聽說赫絲芭的貧困以後，由於維吉尼亞人的慷慨性格加上新英格蘭的血統使然，他會匯給她一千塊錢，並且暗示以後會每年匯這筆錢資助她。說不定——另一件在合理範圍內的期望是：沃爾多郡的土地終於判定屬於品欽家族的產業，所以赫絲芭不必再開雜貨店謀生，她可以建造一座宮殿，在最高的樓層俯瞰這份祖產上的山谷、森林、田地和市鎮。

她常常幻想這些奇蹟，現在凡納叔叔無意間的鼓勵又在她可憐、空虛和憂鬱的腦海中點燃了奇異的快樂光輝，好像她內心的世界突然燃起了火焰。但是也許他完全不知道她心中的幻想——畢竟他怎麼會知道呢？也許是她那一本正經皺起的眉頭攪動了他的回憶。凡納叔叔不再談嚴肅的話題，反而就開店一事給赫絲芭一點明智的忠告。

「不要讓人賒賬！」這是他的金玉良言——「不要接收紙幣。注意妳的零錢！銀幣要在磅秤上敲敲秤秤，城裡面的英國半便士和不值錢的銅板太多了！閒下來就織織給兒童的羊毛短襪和手套！自己做發粉、釀薑汁啤酒！」

赫絲芭正在盡力消化他丟出來的智慧小藥丸時，他又滔滔不絕地發表最後、最重要的忠告：「對顧客要笑臉相迎，遞給他們購買的東西時也要微笑，這樣陳舊的東西也會比妳皺著眉頭拿著新鮮東西，來得好賣！」

聽到這最後一句格言，赫絲芭深深嘆了一口氣，幾乎使凡納叔叔像一片秋天的枯葉一般，隨風而逝。然而，他俯身向前，老臉上感慨萬千，叫她走近一點。

「妳預感他會什麼時候回家？」他小聲地說道。

「你這句話是什麼意思？」赫絲芭臉色一下子變得蒼白。

「啊！妳總是不想提起這件事。」凡納叔叔說，「好！好吧！那我們不談就是了。不過全城的人都在紛紛議論這件事。赫絲芭小姐，我在他還不會走路時，就認識他了！」

凡納叔叔走了以後，可憐的赫絲芭做起店裡的工作，更是心不在焉。她像是在夢遊，或者說，在她的情緒影響下，一切外在事物都不再真實，好像是身在半睡半醒的夢中幻象裡。她仍舊機械性的回應商店鈴鐺的聲聲召喚，也在顧客的需求下睜著近視眼各處找東西，一樣一樣的供應給顧客，然而大部分的時間都出錯了。當一個人的靈魂飛越到過去或更糟糕的將來，或是進入介於自身與世界那塊沒有空間的界限，肉身便只像一個行屍走肉而已，只有動物生命的機械作用。在這種情形下，人簡直像已死亡了，卻享受不到死亡的寧靜特權——與人間無關的自由。最糟糕的是，就像此刻這位老淑女的情形一樣，還要被許多瑣碎的小事纏身。而造化弄人，這天下午光顧的客人又特別多；赫絲芭慌慌張張地在小店中來回走動、張羅生意，犯了許多離奇的錯誤：顧客要一磅十根牛羊脂蠟燭，她有時給他串上十二根，甚或是七根；把薑粉當作蘇格蘭鼻煙賣，把別針當作縫紉針、縫紉針當成別針賣；找錢也常算錯，有時讓顧客吃虧，而往往是她自己吃虧。她屢犯錯誤，好像竭力在製造混亂。到了關門的時候，才大吃一驚的發現櫃台放錢的抽屜裡竟然幾乎沒有硬幣。在辛苦做了一天生意之後，全部收入只有五、六個銅幣，和一個可疑的九便士，後來發現也只是一枚銅板。

但不論收益如何，她很慶幸這一天總算結束了。她一生中從未像今天一樣，感覺到從黎明到日落的時間竟是如此漫長得難以忍受；這一天有那麼多煩人的事要做，她現在只希望可以躺下來，憂鬱無奈地，讓生命中的辛勞和煩惱去踐踏無力抵抗的身軀。赫絲芭的最後一個顧客是那個嗜吃黑人舞者薑餅和大象薑餅的小男孩，現在他又要買一個駱駝薑餅。而她竟糊裡糊塗的先拿給他一個木製騎兵，然後又給他一把彈珠。由於這兩樣東西都無法滿足他那什麼都裝的胃口，她只好趕緊把店中剩下的所有動物形薑餅送給了他，然後才匆匆忙忙的送走這位小顧客。隨後用一隻尚未織完的襪子包住鈴鐺，再拴緊橡木門。

當她關上店門的時候，一輛四輪馬車停駐在品欽榆樹前。赫絲芭一顆心緊張得跳上胸口。她唯一期盼中的客人是否從「過去」那遙遠又黯淡，而且毫無陽光照耀的境界來到！她現在就要和他相逢嗎？

無論如何，終於有個人從馬車的深處走了下來。下車的人是一位紳士；接著他伸出手攙扶一個年輕女子，不過這位苗條的少女其實不需要人攙扶，她踩著輕盈的步伐走下馬車，從最後一格踏階輕輕跳下人行道。她對那位護花使者微笑，而他也面帶笑容的再登上馬車。少女隨後轉身走向七角樓——不是前往商店的小門，而是豪宅古舊的正門。馬車的車伕則從車上取下一個輕便的行李箱和一個放帽子或衣領的小箱子。車伕先重重的敲了一下豪宅老舊的鐵門環，然後轉身走了，把少女和行李留在門階上。

「那會是誰啊？」赫絲芭瞪大眼睛向外看，心想：「這個女孩子一定敲錯門了！」

她悄悄地走進大廳，躲在大門後面，在黯淡的光線下注視那張年輕、愉快的臉龐。女孩正想進入這棟陰鬱寡歡的古老豪宅。而任何一扇門都會自動為這張臉龐開啟。

這位女孩清新脫俗，又順從有規距。此刻她正與她周遭的一切形成鮮明的對比；生長在七角樓一隅的茂盛骯髒的野草、遮蔽在她頭頂上方的上層建築，以及陳舊褪色的門窗，這些都不屬於她的生活圈。她像一縷陽光般照亮這個黯淡的地方，塑造出清新的宜人氣氛，顯然這扇大門應該為她敞開。最初無意親切招待這位訪客的老小姐，不久也覺得應該趕快敞開大門，於是用生銹的鑰匙用力轉動門鎖。

「會是菲碧嗎？」赫絲芭暗自問道：「一定是小菲碧，除了她沒有別人——而且她也長得像她父親。可是她到這兒來做什麼？多麼像鄉下來的表親，也不在前一天說一聲或者先問問她是否受到歡迎，就來打擾了。嗯，好吧，就讓她住上一晚吧；我想，明天這孩子就會回到她母親身邊了。」

菲碧的家庭屬於品欽家族的一個旁支，住在新英格蘭鄉下地方，那時，人們還相當重視親戚關係。在她自己的生活圈裡，親戚在未受到邀請便逕自去拜訪，不是什麼失禮的事。不過，她的家人考慮到赫絲芭小姐隱士般的生活方式，還是寄出一封信告訴她菲碧即將來訪的事。但是這封信卻在郵差的郵件袋裡放了三、四天，郵差因為沒有別的郵件要投遞到品欽街，所以遲遲沒有到七角樓送這封信。

赫絲芭一面取下門閂一面自言自語：「不行！她只能在這裡住一夜。如果克里夫發現她在這兒，一定會很不高興！」

5

五月和十一月

菲碧・品欽抵達的第一天晚上，睡在老宅裡一間可以俯看花園的房間裡。這間臥房朝東，如果天候佳，深紅色的霞光會流瀉進窗戶，照映在骯髒昏暗的天花板和牆上的壁紙上。菲碧的床鋪上掛著簾帳，上面是古雅的黑色華蓋和沉重的彩飾，這些東西當年都曾經相當華貴，但是現在卻像一片雲彩般罩在這個女孩的身上，當別處都已是破曉的時刻，唯有這個角落仍沉浸在夜色中。然而不久晨光也潛入已褪色的簾帳裡，它發現這位新來的客人後，在她像晨曦般清新的面頰上方輕輕親吻了一下。她帶著睡意微微動了兩臂，像早晨微風吹動樹葉般，「黎明」吻上她的眉梢。純潔的黎明仙子慈藹地撫摸她睡夢中的姐妹。部分是由於對她無法遏制的憐愛，一部分是由於提醒她該睜開眼睛了。

在晨光的雙唇輕觸她時，菲碧靜靜地醒來，剎時間不知道自己身處何地，也不知道為何周圍掛著這些厚重的簾帳。她腦中一片空白，只知道此刻是清晨了，無論如何她必須先起床做晨禱。由於臥房和傢俱的陰森氣氛，她顯得更加虔誠，尤其是那些放在床邊的高椅上；有一張就擺在她床邊，似乎有個老人在那坐了一整夜，只因唯恐被發現而暫時溜走了。

當菲碧穿好衣服向窗外張望時，看見花園裡的一株玫瑰樹，長得枝葉繁茂，它靠在房子旁邊，樹上長著稀有的白色玫瑰花。這個女孩子發現大部分的玫瑰花蕊都已經枯萎或發霉，但是由遠處看去，整棵樹好像是在這個夏天才和病菌一起從伊甸園搬來。事實上，它是由菲碧的曾曾姑母愛麗絲・品欽親手種植，生長在一小塊柔軟又肥沃的花園泥土上，經過近兩百年的光陰。雖然這些玫瑰花生長在古老的泥土裡，綻放的花朵氣息卻依然清新撲鼻，香氣透過窗戶飄進菲碧的臥房，與她青春的氣息融合，也仍然純潔宜人。她急急忙忙走下吱吱作響、又沒有鋪上地毯的樓梯，然後走進花園，採擷一些最完美的玫瑰花帶回到臥房。

小菲碧繼承祖先擅長處理事務的天份。這種天賦的魔術讓她可以發掘出周遭事物的潛在能力，尤其是能在任何短暫居住的地方，只要說得上是她家的地方，營造出舒適宜人的環境1。在原始森林裡，常見徒步旅行的人臨時用矮樹叢胡亂搭建的野外簡陋小屋，這樣的女人即使在小屋裡住一夜，也會把它佈置成一個家的模樣，而且當她離開小屋以後，屋內仍然能維持家的氣氛。菲碧目前所住的破舊陰暗的房間，除了蜘蛛、老鼠和鬼魂以外，已經很久沒有房客的足跡，所以這間荒廢冷清又昏暗的房間也很需要這種佈置天份。我們無法確切說出菲碧究竟如何佈置空間，她似乎沒有預先的計畫，只是東摸摸西弄弄，把一些傢俱放到明亮處，又把另一些傢俱拖到幽暗的地方，捲起或放下一些窗簾；半小時之後，房間已經溫暖舒適，恍如隔世。昨夜它還像那個老處女的心，因為從前缺乏陽光和爐火，而許多年來，除了鬼魂和幽靈般的回憶，也沒有一個客人曾經踏入那顆心或這間臥室。

這種不可思議的魔力還有種難以言喻的誘人之處。這間臥房曾歷經滄桑，如曾是新婚之夜的洞房、初生嬰兒在這兒呼吸第一口空氣、老人在此處逝世。不知道是否由於那束白玫瑰或其他微妙的氛圍，生性聰明的人可以立刻感受到現在它是一間少女的房間，而她用芳香甜蜜的氣息和快樂的念頭淨化了從前的邪惡和哀愁。她昨夜美妙的夢境已經取代陰鬱，縈繞在房間四處。

1 在霍桑眼裡，他的妻子蘇菲亞·霍桑也有這種處理事務的天生魔術。他常暱稱妻子為「菲碧」。他寫本書中的主角菲碧，無疑常以蘇菲亞為藍本，而蘇菲亞本人也曾注意到這一點。她和菲碧一樣是小個子、樂觀得無可救藥、擅長種花，是個有操持家務的天才。而根據霍桑的看法，他與蘇菲亞的美滿婚姻對他自己產生良好的影響，像菲碧這樣的人具有魔術般的能力，可以將不幸的人生轉化為幸福人生。

菲碧整頓完房間後，滿意地走出來，打算再下樓到花園去。因為她上次在花園中發現除了玫瑰樹以外，還有其他種類的花朵，在無人照料的荒廢中彼此糾結、阻礙對方的生長（有如人間的情形一般）。然而她卻在樓梯口碰見了赫絲芭，由於時間還早，赫絲芭邀請她到法語稱之為「起居間」的房裡坐坐。房間裡散放了幾本舊書、一個針線籃子、一張積滿灰塵的寫字桌；另一側有一個外表古怪的黑色大傢俱，老小姐告訴菲碧說那是架大鍵琴，但它卻更像一口棺材。由於長年沒有打開彈奏，裡面必然有許多因缺乏空氣、窒息而死的音符。自從曾在歐洲學過華麗音樂的愛麗絲•品欽以後，再地不曾有人觸碰過它的琴鍵。

赫絲芭請這位年輕客人坐下，自己也拉來一張椅子坐了下來。她仔細端詳菲碧嬌小的身軀，好像希望一眼看透她的祕密動機與心事。

她終於開口說：「菲碧，我想，我不能留妳住在此處。」

這兩位親戚昨夜睡覺前曾經談過一會兒，因此彼此已經有相當的默契，所以這句話並不是那麼無禮坦率。赫絲芭知道菲碧因為母親再嫁，希望另覓住處。她也明白菲碧的性格以及她溫柔的舉止——這是真正新英格蘭婦女最可貴的特質：在她追求利益時也會顧及自尊。由於赫絲芭是菲碧的近親，她自然而然前來依靠姑姑赫絲芭，但並無意從此長住七角樓，只希望小住一、兩個星期；如果彼此還合得來，才可能長住此處。

「親愛的姑姑，我不知道將來會如何，」對於赫絲芭這句直言，菲碧也坦白愉悅地回答，「可是我相信我們會比妳想像中，相處得更融洽。」

「妳是個好女孩，」赫絲芭繼續說：「我可以看得出來，但這不是令我猶豫的原因。我這棟古屋太過陰鬱了，不適合年輕人居住。閣樓和樓上的房間深受風雨侵蝕，到了冬天還會受到霜雪侵襲，陽光也進不來。至於我自己，你可以看得出來，我是個寂寞和落落寡歡的老女人。而且我怕我的壞脾氣、頹靡的精神，不能讓妳過得快樂。菲碧，我也同時不能養活妳。」

「妳慢慢會知道我是個樂天的女孩，」菲碧微笑說道，「我會自食其力。我不是在品欽家庭裡受教養。一個女孩子在新英格蘭村子裡可以學到很多東西。」

赫絲芭嘆口氣說：「菲碧，妳懂得的那一套在這裡不會有多大用處。而妳在這樣一個地方虛擲青春，令人惋惜。再過一、兩個月以後，妳的面頰便不再是這副紅潤的模樣，看看我這張臉吧！」的確，這是一個強烈對比，「看看我有多麼蒼白！我認為這棟老房子的塵埃會一天比一天陳舊，對人的肺非常不健康。」

「可是這棟房子還有花園，那些花草需要照料。」菲碧說，「我在戶外運動，就不會生病。」

「哦，孩子，」赫絲芭突然站起來，不想再談論這個話題，「我不能決定該讓什麼人或請什麼客人長住品欽古宅，這件事我做不了主。它的主人就快回來了！」

「妳是說品欽法官嗎？」菲碧感到非常意外。

「品欽法官！」老小姐憤怒地說，「在我有生之年，他甭想跨進這棟老宅的門檻！不，不是他，我會讓妳看看他是誰。」

於是赫絲芭去尋找早上的那幅小畫像，然後拿在手裡走回來。遞給菲碧以後，她瞇著眼端詳菲碧看著畫中人的臉，彷彿心懷一點妒意，怕這個女孩會被它吸引。

「妳覺得他長得怎麼樣？」赫絲芭說。

「很英俊！」菲碧欽慕地說：「漂亮極了！不可能有比他更俊美的男人。他的表情像個孩子，卻不幼稚，使人覺得非常親切！人們會為他犧牲，只要能使他免於苦難。赫絲芭姑姑，他是誰呀？」

「妳真的從來沒有聽說？」赫絲芭俯身靠近她，在她耳邊低聲說，「克里夫・品欽這個人嗎？」

「沒有！我以為除了妳和親戚賈弗瑞以外，現在品欽家已經沒有別人了。」菲碧回答，「不過我好像聽過我父親或母親提起『克里夫・品欽』這個名字，但是，他不是早已去世了嗎？」

「孩子，或許他真的已經死了！」赫絲芭苦笑了一聲說，「但是妳知道，在這間房子裡，死人常常會再回來！等著看吧！菲碧，既然我和妳說了這麼多，妳還是不害怕，那妳就將就住下吧，我的孩子，目前我是歡迎妳的，妳就住在這間妳的親戚可以提供的房子裡吧。」

說完話後，她以不算冷淡的迎客態度親吻菲碧的臉頰。

她們一同走下樓，菲碧好像天生對周遭事物具有吸引力，她們下樓以後，她馬上開始準備早餐。而女主人就像往常一樣僵硬地站在一旁觀看，想插手幫忙又怕礙事。而菲碧就像燒水壺的爐火一樣活潑能幹。她們兩人彷彿在不同的時空般，赫絲芭靜靜凝視著她，這是獨居已久後的必然結果。不過看見菲碧很快在廚房裡得心應手，而且使那些老舊器具都變得非常合用，不禁使她覺得十分驚奇有趣。她好像不費吹灰之力，時而哼著幾句悅耳的旋律，天然和諧的曲調使她像樹蔭裡的小鳥，生命的潺潺溪流彷彿流過她的心房，一如小溪潺潺流過優美的幽谷。這份欣喜是新英格蘭人的一個特質——嚴肅清教徒舊式生活之網中的一隻金絲雀。

赫絲芭拿出一些舊銀匙和一套陶瓷茶具。銀匙上面印有品欽家族盾形的徽章。陶瓷茶具上面印有風格怪異的人物、鳥獸形象的風景畫。這些人物是在畫中的形象古怪滑稽。雖然這套茶具的歷史和飲茶文化一樣悠久，它的色澤看來仍然鮮明、栩栩如生。

赫絲芭對菲碧說：「妳的曾曾曾曾祖母在結婚時，買了這些杯子。她出自姓氏德文堡的名門閨秀。2 這套茶具也許是美洲殖民地最早的茶具，如果打碎一個，我的心也會隨之破碎。但是對一隻脆弱的茶杯說出這種話實在愚惷。老實說，這些杯子仍然完好如初，但我的心早已丟失。」

自赫絲芭年輕的時候，就再也沒有人使用這些杯子。上面已經積了一層厚厚的灰塵。菲碧小心翼翼地把它們洗乾淨，令赫絲芭感到十分滿意。

「妳真是個優秀的小主婦！」赫絲芭一面微笑，一面仍然皺著眉頭，看起來像是烏雲裡露出的一道曙光，她說：「妳還會做別的事嗎？妳唸書也像做家事一樣好嗎？」

聽了這句話，菲碧笑著回答：「我書唸得不好耶！但是去年夏天我在我們社區的小學教過孩子，如果不是來到這裡，現在可能會繼續教書。」

「好極了！」老小姐站起身來：「妳這些本事一定是得自母親的遺傳。我還沒有聽說品欽家族裡有人具備這個天份。」

說也奇怪，卻是千真萬確，許多人在談到自己的缺點時，往往比談到自己的才能更為得意，此刻赫絲芭也是如此，她視這種不務實的才能為祖傳的特色，而且引以為榮。也許的確如此，但卻是病態的特色，往往出現在上流的古老世家中。

在她們離開早餐桌以前，商店的門鈴驟然響起。赫絲芭於是悻悻然放下茶杯。一個人在做自己討厭的工作時，第二天通常比第一天更為糟糕，因為必須腰酸背痛得回去做苦差事。赫絲芭很清楚她永遠也不會習慣這隻喧鬧的小鈴鐺，任何時間聽見鈴聲都會神經緊張。現在響得尤其不是時候，因為她正以貴族淑女的心情使用印上品欽家族紋飾的茶匙和古董茶器，她此刻正自命不凡，實在不想面對顧客。

「妳別麻煩了，」菲碧輕盈站起身來，說道：「親愛的姑姑，今天讓我來當店主吧。」

「孩子，」赫絲芭說：「妳一個鄉下女孩怎麼會懂這些事呢？」

「我在鄉下的時候，家裡買東西都是派我去，」菲碧說，「我也曾在商品市集上擺過一個攤位，而且生意比別人好。這樣的事情不需要學習，我想必須隨機應變。」她又笑著說

2　她必然是一六三七年來到美洲的約翰・德文堡牧師的後裔。赫絲芭所以說「出自好家庭」，或許是為了說明她不是一六二八年來到薩勒姆、那個受契約約束的僕人理查・德文堡的後人。

道：「這是來自於我母親的遺傳。妳等著看吧！我是個好主婦，也是個很好的小店員！」

老淑女悄悄跟在菲碧後面，從走廊窺視商店，看她怎麼料理店裡的事務。那是一宗難纏的生意。顧客是一位年紀很大的女人，身穿白色短袍和綠色裙子，頸上戴了一串金銖，頭上戴頂像睡帽的帽子。她手上拿了一捲紗線，想來交換店裡的商品。這位婦人也許是城裡最後一個還在用老式手紡車的人。聽著她嘶啞空洞的聲音和菲碧愉快的聲音交織成的對話聲，實在很有趣。更有趣的是她們兩人身材的對比：一個是青春美貌，一個老態龍鍾。她們中間雖然只相隔了一個櫃台，卻相差了六十年的歲月。這場討價還價的交易，則是衰老的狡詐機智對抗樸實的誠實與聰慧。

「我做得沒錯吧？」顧客離開以後，菲碧笑著說。

「孩子，好極了！好極了！」赫絲芭答道：「連我都還沒辦法做到這樣。就像妳所說的，妳這個天份一定是妳母親家的遺傳。」

這是一句出自肺腑的讚美之辭，就像那些因為太害羞或太笨拙而無法處理紛擾世事的人，對那些處世精明能幹之人所說的讚美之辭。前者說這句話往往也是為了能夠安慰可憐的自尊心，以為對方這些特質，不能相容於他們自認為的高貴特質。因此赫絲芭很樂意承認菲碧在料理商店上的天份技高一籌。她傾耳靜聽菲碧所建議的各種招攬生意、如何不冒動用資本而可以牟利的辦法。她同意這位鄉下姑娘應該自己製造釀酒和烘焙酵母，也釀造可口又促進消化的啤酒；更應該烤些摻有香料的小糕餅，擺出來賣，讓顧客百吃不厭。赫絲芭，這位名門閨秀非常滿意菲碧的細膩心思和靈巧手藝，她不禁露出嚴峻的笑容，帶著嘆息，懷著驚奇、憐憫，而又含有愛意的心情喃喃自語：

「她真是個小可愛！如果她也是個淑女就好了，但這是不可能的事！菲碧不像我們姓品欽的人，她只像她母親！」

至於菲碧到底是不是上流社會的淑女，這一點是很難論斷，而且對於身心健全的人而言，這也是件無須討論的事。在新英格蘭地以外的地區，不可能見到一個既有這麼多淑女特質而又有許多其他特點的人；她為人中規中矩，潔身自愛、與世無爭。她的身材嬌小得幾乎像個孩子，行動靈巧活潑——不是一般人想像中貴族仕女的樣子。她的臉孔兩側有棕色的鬈髮。鼻子尖尖的，臉色紅潤得像是陽光撲面的膚色，還有幾顆雀斑，使人想起四月的陽光和微風，這張臉使她可以稱得上是一個美人。她的眼睛深邃又散發光芒。她相當漂亮，像小鳥一樣輕巧、舉止嫵媚，在房子各處走來走去時，像是一道陽光通過樹梢後，落在地板上，又宛如一道火光照在夜色將至的牆壁上，跳躍飛舞。我們無須討論她是否有資格成為一位上流社會的淑女，而可以視她為兼有女性優雅和幹練的典型，這在名門閨秀的社會中十分罕見。在實際人生中，女人的職責是欣然處理各項雜務，使它們閃閃發光——即使像擦洗鍋子水壺這樣的家務事，也要給人可愛愉悅的氣氛。

這便是菲碧的天職。另一方面，要找一位出身高貴且受良好教養的淑女，則只需看看赫絲芭小姐。這位老處女身穿吵吵作響的絲綢舊衣，孤伶伶地獨居，深以出身古老世家為榮，心繫東邊廣袤土地的所有權；她心中的記憶仍縈繞在往昔彈過的鍵琴樂音、跳過的小步舞曲、繡過的古典刺繡女紅。這就是新興平民和古老貴族身分的最佳對比！

當菲碧在七角樓裡面來回走動時，這棟外觀依然破舊陰鬱的老屋，必然由幽暗的窗戶裡透出一種愉悅的微光，否則便無法解釋街坊鄰居如何立刻覺察到七角樓來了位女孩。從上午十時左右一直到中午，商店的顧客絡繹不絕，中午人潮少一點，但一到了下午，顧客又來了，到黃昏前半小時才終於可以結束營業。那個已經吃了兩個「黑人舞者」和「一頭象」的小奈德•希金是她們最忠實的老主顧，為了滿足他的胃口，今天又吞下「兩隻單峰駝」和「一架火車頭」。菲碧在石板上統計這一天的銷售時，不禁笑了，而赫絲芭第一次戴上一雙絲綢手套，計算一大堆響叮噹的銅幣，其中還混雜了一些銀幣。

「赫絲芭姑姑，我們得趕快進貨了！」小女店員叫道：「動物薑餅都已經賣光了，還有那些木製荷蘭擠乳婦和其他玩具也大致賣完了。還有許多人詢問有沒有廉價的葡萄乾，要買哨子、小喇叭和口簧琴的人也很多。至少有十幾個小男孩要買蜜糖。已經快要過了赤褐色冬季蘋果的季節了，我們得設法買上一袋才行。親愛的姑姑呀，妳看這是多大一堆銅板！簡直像一座銅錢山！」

凡納叔叔今天也乘機多次進出商店，他說：「做得好！做得好！我的農莊裡如果有這麼一位女孩，多麼好啊！上帝保祐，多麼活潑能幹的小女孩！」

「沒錯！菲碧是個好女孩。」赫絲芭皺起眉頭表示同意，「但是凡納叔叔，你和我們家認識多年了，你知道菲碧像品欽家的哪個人嗎？」

「不知道。」可敬的老人答道：「不只是品欽家，在別的地方我也沒見過。我是個見過世面的人，不僅在人家的廚房和後院，也在街角、碼頭上或任何其他做工的地方，見過許多人。但是我可以告訴妳，我從未見過像這個小姑娘一樣，事情做得和天使一樣好的人！」

凡納叔叔也許把菲碧讚美得太好了，不過這也是句微妙而真實的話。菲碧的舉止中帶有靈性。售貨這一行業務容易給人一種醜惡邋遢的印象，但是經過漫長而忙碌的一天，卻因為她從容不迫的天性，仍然令人們感覺輕鬆愉快。天使可以輕而易舉地完成工作，菲碧也一樣。

這兩個親戚——一老一少——在天黑打烊以前，已慢慢有了一點互信和互愛的情誼。像赫絲芭這樣隱世的女人，在不得已與人來往的時候，往往會相當坦率，至少暫時和藹可親。就像和雅各伯格鬥的天使一樣，當她一旦被征服，便會祝福你。[3]

老淑女帶領菲碧參觀屋裡的每一個房間，既傷感又驕傲。她細述每一個房間中曾經發生的往事，房間牆上掛著陰鬱的壁畫。她指著其中一個房間門板上的凹痕，說那是副總督用劍柄砸的，而品欽上校，這位當時已死的主人，就是在那個房間皺著眉頭接見他大吃一驚的訪客；赫絲芭認為，上校的怒氣至今仍壟罩這道走廊。她叫菲碧爬上一張高椅，去看品欽家那塊位於東邊土地的地圖，她用手指了一片土地，說上面有一個銀礦，品欽上校的備忘錄上註明確切的地址，但是必須等政府承認品欽家擁有東部的地產以後，才能公佈。因此品欽家的勝利也是整個新英格蘭的福氣。她也告訴菲碧說豪宅的四處，或是在地窖，或是在花園裡，一定也藏著無數的英國畿尼金幣[4]。

「如果妳在無意間發現這些金幣，」赫絲芭帶著冷峻但溫柔的微笑斜看菲碧一眼，說：「我們就可以永遠把商店那個鈴鐺收起來了！」

「是的，親愛的姑姑，」菲碧答道：「但是我現在聽見搖鈴的聲音呢！」

顧客離開以後，赫絲芭語氣漠然，細述一位名叫愛麗絲•品欽的祖先，這位生活在一百年前的淑女不但很有成就而且長得十分美麗。她醇厚和令人愉悅的性情就像香氣一樣至今仍徘徊在她居住過的地方，正如一朵存放在抽屜裡的玫瑰花，染香了抽屜一樣。愛麗絲遭遇某種神祕的大禍以後，忽然變得蒼白瘦弱，逐漸香消玉殞。然而據說直到今日，她的靈魂仍然徘徊在七角樓中。有許多次，尤其當一位品欽家人垂死的時候，都可以聽見她在彈大鍵琴，聲音優美悲愴。有一位業餘音樂家把這來自她靈魂的旋律譜成一首曲調。但是因為它曼妙婉約但又異常哀戚，所以沒有人敢聆聽。除了那些曾經身歷最大悲傷事故的人，才能體會到悲傷曲調中的深沉美麗。

菲碧問：「就是那架妳指給我看的大鍵琴嗎？」

「正是那架琴。那是愛麗絲・品欽的大鍵琴。」赫絲芭說：「當年我學音樂的時候，我父親不允許我打開那架大鍵琴，因而我只能用教師的樂器彈琴。我早已把所學的音樂忘光了。」

---

3 在《聖經》創世紀三二：二四—二九。雅各伯（或名以色列）與一位天使徹夜搏鬥，天使終於祝福了他。

4 「畿尼」為英國從前的金幣名，相當於二十一個「先令」。

然後，老小姐改口談起那位銀版照相師。因為那個年輕人似乎是個規矩正派的青年，而又生活於貧困之中，她便允許他住在七角樓裡面。但是在與荷格雷先生熟稔了以後，她卻又覺得不瞭解他。他有許多古怪的朋友；他們有些蓄長鬍子、穿麻質襯衫，有些穿著新奇和不合身的衣服；這些人是改革家、宣講節制情慾的人、或各種各樣的愁眉苦臉的哲學家；赫絲芭認為他們這些脫離社會的激進改革家不遵守法律，不吃固體食物，而是靠聞別人烹飪的香味維生，談到付錢，便一臉不屑的樣子。至於這位銀版照相師5，她曾在一份小報上看到一段報導，指控他在與那些土匪般的同伴發表演說，講的都是些狂野和破壞規律的事情。而她自己又認為他慣用動物磁力術6，如果今日仍然流行這樣的事情，也會懷疑他是在那間寂寞的房子裡研究黑魔法。

菲碧說：「可是如果這個年輕人這麼危險，那妳為什麼讓他住在這兒？他沒事做也許會把房子燒了。」

赫絲芭答道：「我有時也會自問該不該攆走他。但是他雖然古怪，卻是個安靜的人，我不瞭解這個年輕人，即使說不上喜歡他，卻也不想從此再也見不到他。像我這樣獨居的人，往往會希望擁有一兩個友伴。」

「但是他是個不守法之徒呀！」菲碧想勸她。

赫絲芭雖然是個守法的人，但也曾經痛恨法律。她毫不在乎的說：「我想他有他自己的法律吧！」

5 關於銀版照相術與其和本書的關係，參看阿弗烈・馬克斯著：「霍桑的銀版照相師：科學家、藝術家、改革家。」

6 十九世紀所謂的「動物磁力術」，是指催眠師對受催眠者意志和神經系統的支配力。

6 莫爾的水井

那天下午早茶過後，鄉下小姑娘蹓到花園裡去。花園的面積本來漫無邊際，但是現在已經縮成一小個範圍；一邊蓋起了高高的木籬、另一邊是隔壁房屋的棚舍。花園中央的草地旁是殘破的屋架，看起來像當年的涼亭。由去年草根長出來的蛇麻草正開始爬上別墅的牆，但還要一段時間才能在屋頂覆蓋一層綠色。七角樓的七組尖頂牆建築中有三組或是正面或是側面，幽暗莊嚴地包圍花園。

花園的土壤呈黑色。上面的落葉、花瓣以及漫生植物的莖和包種子的莢，經過長年的腐朽，把土滋養得很肥沃。隨著歲月逝去的邪惡自然會再度蔓延，這些雜草（就像是社會中的陰險黑暗）也總是悄悄潛行人類的居所。然而菲碧也看出有人日復一日井井有條的細心照料這片土地。在這個季節開始以後，雜草不曾四處蔓延，白色的一雙玫瑰樹又重新沿著牆壁扶植而生。花園中的果樹除了一排黑醋栗灌木，只有一棵梨樹和三棵李子樹，這些果樹最近也曾修剪過。還有幾種古雅的花樹，雖然並不茂盛，但周圍的野草也已經細心芟除，好像有什麼人出於愛憐或是好奇心，想把它們培養得盡可能完美。花園其餘的地方種植幾種精心挑選的可食用蔬菜，生長得很好；夏日南瓜幾乎已盛開金色的花朵，黃瓜的藤蔓由主莖上分枝出去，四處蔓延；兩、三排未成熟的豌豆正往桿子上爬。種在有陽光照射的一隅，是已經長得很碩大的番茄，看來可以早日豐收。

菲碧不禁納悶是誰在辛勤照料這片園地，種植這麼多蔬菜、土壤也整理得乾乾淨淨。當然絕對不會是赫絲芭，因為栽培花草這樣的事，對赫絲芭淑女身分而言是既無趣又無心緒的事——又加上她習於隱居生活，喜歡躲在豪宅黯淡的陰影裡面——是不會出來在天空之下除草，或在瓜豆植物之間掘地。

菲碧剛離開農村一天，覺得這個有青草綠葉、高貴花朵和平民蔬菜的小角落格外迷人。上天似乎帶著微笑眷顧它，也樂見自然在這塵囂都市中，仍能保留一塊可以呼吸新鮮空氣的地方。這個地方保持著野性之美，同時也有溫柔的一面，一雙知更鳥在梨樹上築巢，高高興興在樹蔭裡忙碌得飛來飛去。也許居住在數哩外農舍蜂巢的蜜蜂——說來也奇怪——也發覺這是個採蜜的好地方。從日出到日落，不知道飛了多少遍！雖然時候已經不早了，牠們仍然在南瓜花的深處辛勤工作，發出愉快的嗡嗡聲。花園中又有一個人類想據為己有而大自然卻視為己物的東西。那是個噴水池，池的邊緣長有青苔的老石頭，底部鋪著彩色斑斕的鵝卵石。泉水往上噴的時候激起輕微變化和躍動，使這些彩色的石頭像魔術般呈現稍縱即逝、無法辨認的有趣影像。泉水噴出來以後，漫出青苔石頭的水池邊緣，又沿著溝渠流出籬笆。

離噴水池不遠，在園圃較遠處的一角，又有一個古老的飼養家禽用的柵欄。現在裡面只有一隻公雞 1 、兩隻母雞和一隻雛雞。這些都是純種雞——品欽家族視為傳家寶的純種雞，據說當年曾經有火雞那麼大，而肉質鮮嫩，可以做為王公桌上的佳餚。為了證實這個著名傳說，赫絲芭甚至可以給人看一個大雞蛋的蛋殼——鴕鳥看了都會自嘆不如。話雖如此，現在這兩隻母雞只比鴿子大一些，而且外貌看上去有些古怪、頹廢且衰弱，走起路來跌跌撞撞，咯咯啼叫的時候也顯得昏昏欲睡或情緒低落。顯然由於主人太過注意保持雞隻的純粹品種，這個雞種已經退化，這也是其他許多高貴品種動植物的一般情形，這些品欽家的羽族保持特殊品種太久了，從牠鬱鬱不樂的神情看起來，牠們自己似乎也明白這一點。它們所以還活著、偶爾下一兩個蛋、孵個小雞，顯然不是為了自己的快樂，而是為了讓世人知道這一品種曾經存在。這兩隻母雞身上有著小得可憐的雞冠，和赫絲芭的頭巾相像地出奇，使菲碧深感不安，而又不可避免的想到這兩個可憐的兩足動物與自己的親戚之間有幾分相似。

女孩跑回屋子去，給這些家禽拿了一點麵包屑、冷洋芋塊等碎渣。她以奇異的聲音叫了一聲，而牠們似乎也瞭解這是什麼意思。雛雞爬出雞籠上的柵子，快步跑了過來。公雞和兩隻母雞斜著眼睛看了看她，而後互相咯咯叫，似乎在評論她的性格。這些雞看起來聰明而又高雅，使人覺得牠們不僅是高貴雞種的後裔，而且從七角樓興建的時候起便已存在，與它的命運合而為一。牠們屬於守護小精靈的品種或班希種，2只不過與其他守護天使的兩翼和羽毛有別而已。

菲碧說：「來吧！你這隻古怪的小雞，我給你吃一些可口的麵包屑！」

小雞外表雖然和母雞一樣端莊，卻繼承祖先的古風。它振翅往上飛，落在菲碧的肩上。

「這隻小雞在恭維妳呢！」菲碧身後傳來一個男人的聲音。

她驚訝轉過身，看見一個年輕的男子，他從另一個三角建築的一扇門走進花園。他手

1 原文此處用「強提里」一字。此字是公雞的通稱，原為中世紀野獸敘事詩中一隻公雞的名稱，又因喬塞的《修女僧侶故事》而知名。

2 在愛爾蘭和蘇格蘭的民間傳說中，據說班希這種超自然動物常在垂死的人窗下哭泣。

裡拿著鋤頭，當菲碧回屋子去找麵包屑的時候，已開始在翻動蕃茄根下的泥土。

他接著面帶笑容輕聲說：「這隻小雞真的把妳當作老朋友看待。牠們的脾氣一向不好。妳運氣不錯，這麼快就讓牠們喜歡妳！牠們認識我已經很久了，雖然我幾乎每一天都餵牠們吃東西，牠們卻從不和我親近。我想赫絲芭小姐又會說，這些雞以為妳也是品欽家的一份子。」

「其實，有個祕密，」菲碧微笑著說：「我懂得怎麼和母雞小雞談話。」

年輕人回答：「可是這些貴族母雞不屑去了解普通家禽的粗俗語言。我想是因為牠們能辨認出品欽家族的聲音。那麼妳是品欽家的人囉？」

女孩語帶保留，回答：「我的名字是菲碧‧品欽。」因為她瞭解這個新認識的人一定赫絲芭口中那個目無法紀的銀版照相師，因此對他印象十分差勁。「我不知道姑姑的花圃已經有別人照料了。」

「沒錯，」荷格雷說，我在這塊黑色的土地上掘地和鋤草。雖然曾經有許多人在此播種和收割，但是我想利用他們遺留下來的自然與純樸，振作自己的精神。我翻土是為了消遣。我的職業是在陽光下照相，為了不因此而頭暈目眩，我請赫絲芭小姐讓我住在豪宅一個幽暗的房間裡。雖然進屋子時，好像有條紗布蒙住了眼睛。妳願意去看一幅我的作品嗎？」

「你是說銀版相片嗎？」菲碧雖然對他懷著戒備的態度，但因為同樣是年輕人，態度也和善一點了。她問：「我不太喜歡那種相片。它們既刺目又嚴峻，感覺眼光閃爍不定，想躲避他人的目光。我想它們自知看上去不友善，因而不願讓人看見。」

藝術家看了菲碧一眼，說：「如果妳願意，我倒是想試試看銀版照相術能不能在一張和悅的臉上映照出令人不愉快的特點。妳說得沒錯，我照出來的相片看上去都不太和善，但那是因為相片中的人本身長相不友善。天堂來的明亮陽光有種驚人的洞察力。雖然我們認為它只能顯示表面上的現象，事實上它卻能拍出畫中人性格上的祕密——沒有任何畫家敢於繪畫或能覺察出的祕密。所以在我這個小行業中，至少沒有阿諛顧主這件事。我曾經再三拍攝手上這張照片上的主題，但至今仍然不能令人滿意。大約是因為在一般人眼底，他賦有與眾不同的表情。如果妳願意做個判斷，我會感到十分榮幸。」

他從一個摩洛哥山羊皮製的盒子裡，拿出一張用銀版照相術攝影的小畫像。菲碧只匆匆瞥了一眼，便把相片遞還給他。

「我看過這張臉，」她回答說，「它可怕的眼神已經跟隨我一整天。他是我那個清教徒祖先，他的畫像掛在客廳裡面。你的確想盡辦法抹去他的黑絲絨便帽和灰鬍子，又拿掉了寬大披風和領巾，而讓他穿上現代的外套和領結。不過，這些改變好像並沒有讓他看起來更順眼一些。」

「妳如果再多看一眼，便會發覺其中的差異。」荷格雷笑著用比較強調的口吻說道，「我可以向妳保證，這是張現代人的臉面孔，妳很可能已經見過這張臉。最重要的一點是，在世人眼中，以及他最親密的朋友看來，他具有非常和藹的容貌，是個仁慈、慷慨、坦率開朗的人。可是你看，太陽卻說出另一番面貌，我耐心嘗試了五六次之多，還是無法隱瞞一切。照片中的這個人狡黠、詭譎、嚴酷、專橫，而且像冰一樣冷酷無情。看看那雙眼睛！妳願意生活在這個人的支配之下嗎？看看那張嘴！它可曾微笑過？但願妳能看看他本人的仁慈微笑！更糟糕的是，他是個傑出的公共人物，所以這張相片將被刻版復印。」

菲碧放下銀版照相術拍出的小畫像說：「我不想再看它了。它實在很像原來那幅大畫像。但是我的姑姑赫絲芭小姐還另有一張畫像，一幅小畫像。如果畫中人仍在世，他會挑戰太陽，絕不會讓太陽把他的樣子變得令人畏懼和難纏。」

「妳見過那張肖像了？」藝術家很感興趣的驚呼道：「我自己還沒有見過，但我的好奇心很重。妳對那張臉孔印象不錯嗎？」

「沒有比他更可愛的臉了。就一個男人的相貌來說，他幾乎太柔和溫馴了。」

荷格雷說：「那個人的眼神沒帶著野性嗎？」他的表情十分認真。對於一個初識的人這麼隨便說話，使菲碧覺得太放肆了一點。「臉上沒有什麼邪惡的地方嗎？妳是否覺得畫中人曾經是名十惡不赦的罪犯？」

「你在胡說什麼？」菲碧有點不耐煩地說：「我們不該談論一張你從未見過的畫像。他曾經是個罪犯？你一定把他誤認成別人了！你既然是赫絲芭小姐的朋友，就自己請她給你看這幅畫像。」

「我比較想親自見見他本人。」銀版照相師冷靜回答，「至於他的品格，我們就不必討論了，因為法庭已有定論。但是別急著走，我還想跟妳說一件事。」

菲碧正要走開，卻又猶豫而轉過頭來。因為她不知道他的態度究竟是怎麼樣。他有點不禮貌，但卻說不上粗魯。他接下來要說的話也帶有一種古怪的權威意味，好像這個花園是他自己的，而不是赫絲芭惠允他進來的。

「如果妳不反對，」他說：「我很樂意把這些花朵和那些家禽交給妳照料。妳剛離開鄉下的新鮮空氣，自然需要這種戶外工作。我的工作與花朵樹木毫無關係。妳可以隨意修剪照料。如果妳不反對，我只想偶爾用我供給赫絲芭小姐的蔬菜換取一兩朵鮮花。這樣我們就為住在一起的勞工伙伴了。」

菲碧一面對自己的順從感到意外，一面安靜用心替一畦花床芟除雜草，而又忙著打量這個她無意間變得越來越親密的年輕人。她並不是很喜歡他。他的個性使這個鄉下小姑娘感到迷惑，事實上也會讓一個老成的人感到迷網。雖然他說話的音調大致輕鬆頑皮，但她卻認為其中隱含嚴肅冷酷的意味；如果他不是那麼年輕，他的音調簡直是嚴厲得令人畏懼。這位藝術家也許無意間對她表現出天性上的某種磁力，但她不屑一顧。

過了片刻，黃昏的夕陽加深了周圍果樹和建築的影子，花圃驟然間變得陰暗。

「該是停工的時候了！」荷格雷說，「妳剛才那一鋤砍掉豆子的莖！晚安，菲碧・品欽小姐！如果妳頭髮上戴一朵玫瑰花，在任何一個晴朗的天氣到我中央街的房間裡，我便會捕捉一線最純潔的陽光，替那朵花和妳照一張相。」他往自己幽寂廂房走回去，但到了門口，又轉過頭來對菲碧說話，語氣雖然含有笑意，卻也相當認真。

「小心點，不要喝莫爾井中的水，」他說：「也不要用它洗臉！」

「莫爾的井！」菲碧笑道：「是那口周圍石頭生著青苔的井嗎？我也不想要喝那裡的水。但是為什麼不能喝？」

銀版照像師接著說：「因為那口井就像一杯老太太的苦茶，被人施過巫術！」

他離開以後，菲碧又在園裡逗留片刻，不久便看見他進去的那棟建築，有一個房間劃過一道光芒，然後亮起穩定的燈光。回到赫絲芭的房間後，她發現那間天花板低矮的客廳十分陰暗，幽暗到眼睛捕捉不到影像，卻依稀察覺那位老淑女削瘦的身軀坐在離窗口不遠的椅子上。窗外射進來的微弱光線映照她蒼白的臉龐，她的臉側對著房屋角落。

「要不要我把燈點上？赫絲芭姑姑。」菲碧問。

「孩子，妳想點就點吧。」赫絲芭回答：「但是要把燈放在走廊角落的桌子上。我的眼睛不好，受不了燈光的照射。」

人類的聲音是多麼有力的工具！它能表達人類靈魂中的任何感情！在那一刻，赫絲芭的語氣中帶有醇厚的深度和溫潤，字眼雖然普通，卻像是浸染她心房內的溫暖。菲碧在廚房裡點燈的時候，彷彿聽見赫絲芭又在和她說話。

「我馬上就來，姑姑。」女孩回答道，「這些火柴一點燃就熄了。」

但是她沒有聽見赫絲芭的回話，卻聽見一個不認得的聲音在喃喃低語。它的話語很不清楚，不像一個個的字眼。粗糙的聲音像在表達感觸和情緒，而不是理智的話語，模糊到菲碧以為不是真實的聲音。她於是認為自己誤將別的聲音聽成人的聲音了，或者只不過是自己的幻想而已。

她把燈放在走廊上，又走進了客廳。赫絲芭身形的黑色輪廓在這個微光摻雜了暮色，變得比較清晰。不過房間中離燈光最遠的地方還是像以前一樣黑暗。

「姑姑，」菲碧說：「妳剛才在跟我說話嗎？」

「孩子，我沒有。」赫絲芭答道。

她更寡言了，但言語裡面卻含有同樣神祕的悅耳聲音，音調充滿感情，柔和、哀而不傷，好像從她內心的深井湧出。這種強烈的情感豐富而有感染力，影響到菲碧。女孩靜靜坐了片刻，不久，她的感官變得十分敏銳，她察覺到房間的幽僻一角傳來不規律的呼吸聲；她的身體一向十分靈敏健康，有一種來自精神的感覺告訴她，近處另有一人！

「親愛的姑姑，」她克服自己的心理障礙，說：「房間裡是不是還有人和我們在一起？」

「菲碧，乖孩子，」赫絲芭沉默片刻說：「妳今天一早就起床了，又忙了一整天，一定需要休息，快去睡吧。我想在這兒多坐一會，好好整理思緒。孩子，這是我多年的習慣，比妳的年紀還要長了！」

老淑女說著打發菲碧進房的話，一邊站起身來親吻她，又將她擁入懷中，她的心貼著菲碧的胸膛強烈地跳動著，在這顆淒涼衰老的心裡，怎麼會有如此豐沛的愛？

「晚安，姑姑，」菲碧對赫絲芭的態度感到意外。「如果妳開始愛我了，我很高興！」

她回到自己的房間，但沒有立刻睡著，即使睡著後也睡得不沉。夜深人靜後，她彷彿聽見有人上樓的聲音，腳步聲沉重但並不穩定有力。赫絲芭緩和的說話聲跟著那沉重的腳步聲一路傳上樓來。菲碧又聽見那奇怪的聲音若斷若續、模糊地回應赫絲芭的話語，這股奇怪的聲音有點像人類發洩感情時的不成形聲調。

7 賓客

第二天早晨，菲碧在窗外梨樹上的知更鳥聲中醒來，她聽見樓下腳步走動的聲音，於是匆匆下樓，只見赫絲芭已經在廚房裡了。她站在窗邊，拿了一本書貼近鼻子前方，好像希望嗅出那本書中的內容一樣，她的視力已經退化到無法閱讀書本上的每行字句。若世間存在這種能自己傳達智慧的書，那便是赫絲芭手中的這本；廚房裡裝滿精心調製的鹿肉、火雞肉、閹雞肉、醃松雞肉、布丁、糕餅和聖誕節水果蛋糕，香氣四溢。這是一本烹飪書，裡面有無數英國的佳餚美饌，上面附有插畫說明餐桌上的佈置，適合仕紳貴族在城堡中宴客之用。赫絲芭在這些祖父輩都不曾嚐過的佳餚中間，想找一些小而簡單的食譜，以配合她的手藝和現成材料做出一頓早餐。

不久，她放下手中的食譜，長嘆了一聲，問菲碧昨天那隻叫「斑點」的母雞下蛋了嗎，菲碧跑出去看了看，回來時兩手空空。不過正在這個時候，街上卻傳來魚販吹法螺的號角聲。赫絲芭重重敲響商店的窗戶，把魚販叫了進來，買了條鯖魚；他保證這是他手拉車上最好的鯖魚，也是本季節這麼早的時候最肥美的一條。她請菲碧煮一些咖啡，她說這咖啡是真正的阿拉伯摩卡咖啡[1]，而且已經陳年，每一粒咖啡豆都像黃金那麼珍貴。她在古老的壁爐裡放進一些燃料，照亮了廚房。鄉下女孩非常慇懃地想幫忙她，建議用母親傳授的方法做個印第安玉米餅[2]，她說這樣的蛋糕雖然不難做，如果做得好卻會比任何其他早餐蛋糕都香甜美味。赫絲芭欣然同意，廚房便瀰漫著準備食物的香味。簡陋的煙囪炊煙裊裊，或許是那些已逝廚娘的鬼魂從炊煙中納悶得向下望，或從煙囪管往下窺視，她們看不起菲碧準備的簡陋早餐，卻又渴望伸手抓向尚未做成的東西吃吃。餓得半死的老鼠也偷偷從藏匿的地方爬出來，用後腳站起來，嗅聞烘烤的香氣，渴望有機會一快朵頤。

赫絲芭沒有烹調的天分，她所以這麼削瘦，也是因為她寧可不吃晚飯，也不願在廚房裡使用鍋鑵。所以她這天在火爐旁的這份熱忱，是很壯烈的舉動。看到她在新生的爐火上烤著鯖魚，實在令人感動得落淚（除了老鼠和鬼魂，如果不是菲比這位唯一的觀眾也忙著

1 一種精品咖啡，最初出產於阿拉伯半島葉門省的摩卡港。

2 玉蜀黍粉製成的麵包。

做其他事情，一定會熱淚盈眶）。她平素蒼白的面頰因為火光和忙碌而紅光滿面。她以萬般溫柔全神貫注地看著鯖魚，有如——我們實在想不到其他形容詞——好像在煎鍋中煎烤她的心，而她一生的快樂都繫於每一次翻動魚身。

室內生活最愉快的一景莫過於擺放整齊的豐盛早餐。我們在一天中最神清氣爽的晨曦中走到餐桌前，此時是我們精神感官最敏銳的時候，能夠充分享受食物的滋味，這時不會有良知或口腹的苛責，也沒有服從獸性的任何慾望。這種想法常常會在親密好友間產生辛辣的愉快，可是在晚餐宴會中比較少見。赫絲芭的古老餐桌從優雅纖長的桌腳撐起，上面蓋了精緻的錦緞桌布，看上去很有愉快餐會的氣氛。烤魚的蒸氣就像一縷從野蠻人偶像神壇上中昇起的香氣，而摩卡咖啡甚至可以滿足守護神拉爾3嗅覺，這正是任何現代家庭早餐桌上的豐盛情景。菲碧的印第安玉米餅尤其甜美可口，它的色澤正符合一個純真的黃金時代的農村祭壇。它們呈現亮麗的金黃色，像希臘國王麥達斯想嚐的那塊麵包，國王點石成金的手指一觸摸到，麵包就變成閃閃發亮的黃金麵包。尤其不能忽略菲碧從鄉下農家帶來、送給她姑姑當作見面禮的牛油，她自己攪拌奶油製造出來這塊牛油；它散發出苜蓿的香味，將田園風光的美妙帶進這間黝暗的客廳。再加上燦爛光澤的古老陶瓷茶杯碟盤、紋上家徽的湯匙和銀質牛奶壺（赫絲芭唯一珍藏的金銀器皿，它的形狀像一只粗糙小碗），使餐桌氣派優雅。即使當年品欽上校最高貴的賓客入席時，也不會嘲笑它。但是上校那張清教徒的臉孔卻皺起眉頭，由畫像中俯視，好像餐桌上的東西都不能引誘他的食慾。

為了增添桌子芬芳優雅的光彩，菲碧從花園裡採集幾朵芳香美麗的玫瑰花，把它插在玻璃水罐裡；水罐的把手早已掉落，更適合用作花瓶。晨曦像往昔夏娃和亞當吃早餐時一樣清新，閃閃發光的陽光穿過梨樹枝椏，落在早餐桌上。現在一切都準備妥當。桌上擺了三份碗碟，桌前擺放三張椅子。一份屬於赫絲芭，一份屬於菲碧——姑姑是否在等待一位客人呢？

在忙碌準備早餐的過程中，赫絲芭的身軀一直微微地顫抖，菲碧可以看見爐火照在廚房牆上、陽光投射在客廳地板上，襯托出她戰慄削瘦的身影。這樣的顫抖表達各式各樣的意義，女孩也不清楚該如何解釋。偶爾似乎是愉悅的神情，在這種時辰，赫絲芭會展開雙臂緊摟著菲碧，像母親一樣溫柔親吻她的臉頰，彷彿赫絲芭的心中藏匿太多柔情蜜意，為了容納一點呼吸的空間，必須流瀉一些情感。下一刻鐘後，她又無緣無故改變先前不尋常

3 羅馬和伊特拉斯坎神話中的家宅之神。

的喜悅心情，像受到驚駭侵襲而披上一層悲傷的外衣，或是躲進她心房的地窖裡，銬上重重枷鎖，冷酷的悲哀代替了愉悅。她常常歇斯底里地狂笑幾聲，那笑聲比淚水更觸動人心，似乎想試探何者更感動人心，接著淚如泉湧；有時淚水和笑容同時出現，它們包圍著可憐的赫絲芭，像是一道蒼白朦朧的靈魂彩虹。她對待菲碧非常溫柔親切——在這段短暫的邂逅中，這種情感非常罕見，除了昨夜睡前的那個輕吻——但是她又不時發點脾氣、喜怒無常，言語時而尖銳刻薄、時而又一改保守的態度，請求菲碧原諒，但下一秒又會發出傷人的話語。

早餐完成以後，她用顫抖的手握住菲碧的手。

「孩子，請原諒我，」她哭著說：「我心情不好。饒恕我，我說話雖然難聽，可是我非常愛妳。親愛的孩子，請不要介意，我會漸漸變得仁慈。」

「親愛的姑姑，是否能告訴我發生了什麼事？」菲碧含淚微笑，關心問道：「是什麼事讓妳這麼激動？」

「噓！噓！他要來了！」赫絲芭趕緊抹去眼淚，低聲說道：「菲碧，讓他先看見妳，因為妳年輕美麗，所以自然會顯現燦爛笑容。他喜歡看見明朗快樂的臉龐。而我已經垂垂老矣，又常常泛起淚光。他討厭看人哭泣。把窗簾拉過來一些，好讓他的坐位不會晒到太陽；但也多放點陽光，因為他不像許多人那樣喜歡陰暗。可憐的克里夫，他一生沒有享受過陽光，總是生活在黑暗裡面。唉，可憐的克里夫！」

老淑女低聲喃喃說話，彷彿在自言自語。她躡足在房間裡面，來回走動，好像在最後關頭，做各種安排。

這時，樓上走廊傳來腳步聲。菲碧認為這和昨夜夢中聽見的步伐聲一模一樣。這位逼近的客人似乎在樓梯口停頓片刻，又在下樓途中停留了二、三次，到樓梯口，又停下腳步。每次停頓下來，似乎並無目的，只是因為忘記下樓的原因，或是意志薄弱、不由自主停止行動。最後，他在客廳門口停了一會兒，抓住房門的把手，但沒有轉動門鎖，就又鬆開手。赫絲芭雙手緊握、微微顫抖，像著了魔般瞪著那扇門。

「親愛的赫絲芭姑姑，請妳不要這副模樣。」菲碧因為赫絲芭的情緒和神祕的腳步聲，覺得彷彿有個鬼魂即將飄進房間，聲音顫抖著說：「妳嚇壞我了！什麼可怕的事情要發生了嗎？」

「噓！」赫絲芭低聲說：「說話輕聲細語，開朗起來！不論發生什麼事，都要開心點！」

陌生人在門口停留太久，赫絲芭忍不住內心的焦慮，走上前去打開門鎖，用手牽著陌生人的手。菲碧第一眼看見這位老人，身穿舊式的錦緞長睡衣，灰到近白色的頭髮留得非常長。長頭髮幾乎遮蓋住他的前額，可是他把頭髮撥到後面，茫然望著室內。打量過他的面孔後，就能使人明瞭他的步伐為何如此緩慢，又像孩子初次在地板上學步，搖搖晃晃。從他的外表看不出他無法邁出步伐。使這個人無法走路的因素是他的精神。他容貌上的表情——儘管仍然散發理性的光芒——卻似乎閃爍游移，且瀕臨死亡邊緣，無力再度復原。就像即將熄滅的火焰，我們凝視它時，它是火舌積極向上燃燒的熊熊火焰，它彷彿鼓起堅忍的氣質，燃起燦爛火光；或者它又會立即熄滅無光。

客人進門以後，一動也不動地站在原地，手還牽著赫絲芭，像是個需要大人帶領的孩子一樣。他看到了菲碧，她青春愉悅的樣貌替客廳增添不少雀躍的氛圍，就像陽光下的花瓶周圍散發出光圈一般。他鞠了個躬，老實說只能算是有意鞠躬而已。雖然它不完全，卻至少表達出想法，暗示一種難以形容的高雅態度，若未經過禮儀教養，是無法表達出這種氣質。但事後回想起來，卻又足以轉變他給予人的印象。

「克里夫，」赫絲芭帶著像安撫嬰兒的口氣說：「這是我們的侄女菲碧。小菲碧•品欽，是亞瑟的獨女生，你記得嗎？我們這棟古宅現在太寂寞了，她從鄉下來和我們住一陣子。」

「菲碧？菲碧•品欽！菲碧？」客人用奇異而沉重緩慢的聲音喃喃問道：「亞瑟的孩子！啊！我不記得了！沒關係，歡迎她來住！」

「來，親愛的克里夫，坐這張椅子。」赫絲芭把他帶到座位上，說：「菲碧，請把窗簾再放下來一點。好了，我們開始享用早餐吧！」

客人入座以後，以奇怪的眼神望著四周，顯然想看清楚現場的景象。他想確定自己置身在這間低橫樑和橡木鑲板的客廳裡，而不是在另一個烙印在他心中的地方。但是力不從心，他只能稍微辨到。他的思想和知覺漸漸離開肉身，而讓蒼老、衰弱憂鬱的軀殼坐在桌旁的椅子上；這個軀殼幾乎已成為沒有肉體的魂魄。但是過了一段茫然的時刻，他的眼睛又會閃現一絲光芒，證明他的精神已經回來，且盡最大力量燃起內心的火焰，在這棟注定黝暗、荒涼的孤獨宅邸中，點亮智慧燈火。

在這個從麻木中清醒的時刻，菲碧逐漸接受她原先否認的驚人事實，她眼前的這個人一定是姑姑赫絲芭那幅美麗小肖像中的主角。她以女性對服裝的鑑賞能力，立刻辨認出克里夫身上那件錦緞長睡袍，無論質料或剪裁，都和肖像上細筆勾勒出的那件衣服一模一樣。他身上那件褪色破舊的衣著已經失去光澤，衣服上難以描述的輪廓透露出他近年的不幸際遇，任何人都可以一目瞭然；似乎更能從體態、容貌上的蒼老與憔悴，感覺到更美麗優雅的儀態，那位技巧最傑出的畫師也無法描繪這種氣質。顯然，這個人的靈魂在塵世中曾遭遇一些冤屈。坐在那兒的他，和世界隔著一層腐敗而殘破的薄紗，但是偶爾也可以捕捉到畫家莫爾柏恩用喜悅的筆觸，屏息描繪出文雅高尚的夢幻表情。他相貌上依然具有某種與生俱來的特質，即使所有黯淡的歲月和災禍降臨在他身上，也不能完全毀滅它。

赫絲芭已經倒了一杯芳香撲鼻的咖啡，端到賓客的面前。當他倆四目相遇時，他似乎迷惘而不安。

「赫絲芭，是妳嗎？」他喃喃自語，似乎害怕被人聽見，用縹緲的聲音說道：「變得麼厲害啊！變了好多啊！她在生我的氣嗎？為什麼皺起那麼深的眉頭！」

不幸的赫絲芭！歲月、近視眼和內心的煩躁總是會讓她皺起這副可憎的怒顏！但是聽見他說得這麼不清不楚，她又浮現愛憐之心，臉上的嚴厲表情旋即消失了，逍逝在溫柔朦朧的光輝後面。

「生氣！」她說：「克里夫，生你的氣！」

她說這句話時，聲調哀怨而又隱含優美的旋律，不過仍然壓制不住遲鈍的人可能會誤解為刻薄的感覺。就好像某個卓越的音樂家用破損的樂器演奏出令人顫慄的甜美旋律，但是在美妙樂聲中，仍然可以聽見樂器破損的聲音——赫絲芭的聲音藏有深刻的感性！

「克里夫，這兒只有愛，」她又說：「除了愛，空無一物。你回到家了！」

客人微笑回答她，雖然表情依然憂鬱，而且轉瞬即逝的笑容仍然燦爛迷人。隨後又露出一種粗鄙的神情，即使在他的外表和禮節上也會有這種庸俗表情，任何智慧都無法控制。那屬於食慾的表情。他狼吞虎嚥，旁若無人，似乎渾然忘記自己的存在，只看到滿桌豐盛的食物。在他天生纖細靈巧的身軀中，口腹之慾或許來自於遺傳；這種天性若是被加以制止，也許能轉變成其他成就，成為人類文化中的一部分，使他更具靈秀的性格維持一種活力。但是目前的情景，卻只讓菲碧垂下眼簾。

過了片刻，他又聞到咖啡香醇的氣味，他一飲而盡杯中的咖啡。這微妙的飲料對他來說像是久旱後的甘霖，使他的動物本能消逝無蹤，至少慢慢消褪，一道靈性的光輝穿透出來。

「再來一點，再來一點！」他氣急敗壞的呼喊：「這正是我所需要的，再來一點！」好像急著把握住這個稍蹤即逝的光芒。

喝了咖啡以後，他精神為之一振，身體坐得更挺拔，眼睛注視四周時，目光好像變得更亮；表情隱約生動靈活，但是所謂的道德天性也無法在他身上強烈展現出來。那是人生美好性情的時刻，沒有發揮到最極致，但或多或少表現出一些端倪，可以用來掌握及鑑賞美好事物。人生應全心全意致力於這個目標，它賦予人細膩的品味、對幸福的敏感度，美佔據他的生命，而為了使他的外型及軀體互相協調，他自己也將達到美的境界。這樣的心中沒有哀愁，沒有庸俗，只是以無限的化身，等待充滿意志、良知的人，一起與世界搏鬥。對這些英雄式性格的人來說，殉道精神是世界上最貴重的獎品。在我們面前的這個人，那只是呈現一種悲傷，像刑罰一樣沉重。他無權做一名烈士，他只能夠過著幸福溫順的生活；我認為一個慷慨、高貴的靈魂會犧牲那些為他安排的享受——他會拋棄希望，這對他而言微不足道——只要我們冷酷社會裡的悽苦風雨不在他身上肆虐。

克里夫天性是個逸樂之徒4，耽於感官享，我們不願用刻薄輕蔑的態度指責他。即使在這間古老陰暗的房間裡，也可以看見他目不轉睛地看著窗外陽光搖曳在蓊鬱的樹葉間，閃爍不定。他注視到桌上那瓶花，並熱切吸吮它觸動感官的芬芳。當他望著菲碧時，不自覺流露出微笑，因為菲碧朝氣蓬勃的少女身軀比陽光和鮮花更加美麗可人。處處可見他衷愛美麗事物的跡象，他四處張望，目光不停留在赫絲芭身上。這是赫絲芭的不幸而不是克里夫的過錯；她面黃肌瘦、滿臉皺紋、表情哀淒，更別提她頭上戴著古舊的頭巾，眉間又皺起扭曲的憤怒神情，他怎麼可能多注視她幾眼？難道她默默為他付出深情厚意，他竟無法回報嗎？像克里夫這樣的人，不會賒欠這種人情債。我們無意批評，也不想苛責另一型人的性格——總是自私自利；關於這一點，我們無須闡述，只能不求回報地付出壯烈無私的愛。赫絲芭明白這種道理，至少她這麼做了。她與克里夫過往的親密感情已經疏遠已久，她雖然也嘆息一聲，回到自己的臥房洒淚，但是依然樂於見到克里夫眼前有個青春可愛的人物；她已經人老珠黃了，從來就不迷人，即使她曾經擁有美貌，也因為長年為他悲傷而蕩然無存了。

客人靠在椅背上，臉龐上掛著夢幻般的喜悅，也有種不安和困惑的表情。他想充分明瞭周圍的情景，擔心它只是一場夢境或幻像中的一齣戲，他極力在這美好的時刻上增添光彩和歷久彌新的幻想。

「眼前情景多麼愉快！多麼可人！」他喃喃自語：「它是否會旋即消逝無蹤？窗口吹進來的空氣多麼芬芳暖和。那扇敞開的窗戶！陽光多麼美好！那些鮮花又是多麼芬芳！那位少女的臉孔又是多麼青春可愛，她是一朵垂掛露珠的鮮花，沐浴在陽光下！這一定是一場夢！一場美夢！卻被藏身在四堵石牆之中。」

說完這句話，他的臉色又黯淡下來，好像籠罩在地下室或地牢的陰影之中；他的表情

4 對於頹廢和耽溺感官快樂者的通稱。典出於義大利半島南部的古希臘城市塞巴瑞斯。塞城以耽於感官快樂知名。

不再有光彩，就像監獄鐵窗阻擋陽光進入——而且越來越暗，讓他深陷到更幽暗的地方。菲碧天性敏捷積極，很少不參與周圍事物，她覺得應該和這位陌生人談話。

「這是一朵新育的玫瑰種，我今天早晨在花園裡採到的，」她一面說一面從花瓶中挑揀一朵深紅色小花，「這個季節裡，玫瑰花叢頂多只有五、六朵花，這一朵尤其最完美！上面沒有任何斑點或蟲害。而且多麼香！比任何玫瑰花都香，這種香味令人永難遺忘！」

「讓我看看，讓我拿拿！」客人急忙抓住玫瑰花，記憶中的香味魔法在花香的薰陶下捎來無數懷念，他說：「謝謝妳，這真是好極了。記得以前我很鍾愛這樣的玫瑰。很久很久以前了！或者說彷彿昨日？我覺得自己變得年輕了。我還年輕嗎？如果不是因為這件事記憶猶新，就是由於此刻知覺非常模糊。妳這個漂亮的女孩多麼善良！謝謝妳！謝謝妳！」

這朵深紅色小玫瑰花為克里夫帶來興奮和欣喜，他在早餐桌上度過最愉快的一段時光。但是這一刻轉瞬即逝，因為不經意之間，他看見那位老清教徒的臉；這位祖先像一個脾氣暴燥的惱怒鬼魂，從骯髒畫框和黯淡畫布間俯視餐桌。克里夫做了個不耐煩的手勢，像是被寵壞的孩子般，怒氣沖沖對赫絲芭吼叫：

「赫絲芭！赫絲芭！」他扯開喉嚨喊著：「妳為什麼在牆上掛著這幅討厭的肖像？這就是妳惡劣的品味！我告訴過妳一千遍，它是這棟房子裡的惡魔，尤其是我的惡魔！立刻把它取下來！」

「親愛的克里夫，」赫絲芭悲傷地說：「你知道這是辦不到的！」

「那麼就用張寬褶的深紅色簾幔把它遮起來。」他又大聲說道：「再配上金色鑲邊和流蘇？我受不了它，不能讓他盯著我看！」

「好吧，親愛的克里夫，我就把它遮起來吧。」赫絲芭撫慰他：「樓上箱子裡就有一張紅色簾幔，但是褪色了，也有蟲蛀的痕跡。菲碧和我會把它整理好。」

「記住，今天就要整理好！」他說，然後又低聲自言自語：「為什麼我們要住在這棟陰暗的房子裡？為什麼不搬去法國南部？或去義大利、巴黎、那不勒斯、威尼斯、羅馬？赫絲芭說我們沒有盤纏。多麼可笑啊！」

他對自己微笑，然後嘲弄的目光瞥向赫絲芭。

在這短短一段時間裡，他經歷了各種不同的細緻的情緒變化，他感到有些疲倦了。也許他已經習慣度過悽涼乏味的生活，宛如一條凝滯的河流，在他的腳邊形成一灘死水。睏倦彷彿一層面紗，披上他的容顏，在他精緻優雅的輪廓上增添某種效果，宛如濃霧罩在大地景致中，四處擴散。他幾乎變得麻木遲鈍。如果他曾經表現出一絲審美的興趣——即使是毀壞的美——旁觀的人現在也會感到疑惑，認為剛才在那雙朦朧雙眼中看見的光輝，純粹是自己的幻想。

當他沉沉睡去之際，傳來商店急促的鈴鐺聲。叮噹聲刺激了克里夫的聽覺和感官，他驚嚇得從椅子上跳起來。

「赫絲芭，怎麼這麼吵？」他嚷道，習慣性、理所當然的對世界上唯一愛他的人發洩脾氣。「我從來沒有聽過這麼可怕的噪音。妳怎麼會准許這種事發生？到底是什麼奇怪的聲音？」

即使是這些微不足道的小事——像是畫布上的陰鬱人像——也能使克里夫的性格發生巨大變化。其中的奧秘在於，這類型的人往往因為對美及和諧的感受受到刺激而動怒，並非由於他內心的感受。更可能的是——類似的前例也經常發生——若是克里夫在他早年的生命裡盡情追求品味和極致的完美，卻完全吞沒他的情感。我們是否可以說，他長久以來的災難對他的情感，加劇落井下石的效果？

「親愛的克里夫，但願我能阻止鈴鐺聲傳到你耳朵裡去，」赫絲芭羞愧的神情漲得通紅，她耐心說道：「我自己也不喜歡這個聲音。可是克里夫，我告訴你，這個頑皮的叮噹聲來自於我們商店門鈴！菲碧，快去看看是誰光顧商店！」

克里夫面露困惑的神情，問道：「商店的門鈴？」

「沒錯，我們商店的門鈴，」赫絲芭帶著與生俱來的尊嚴和深雋的感情說：「克里夫，你必須知道，我們非常窮困，除了接受那個人的援助以外，我們沒有其他經濟來源；但是我寧願推開他的雙手（你也會這麼做！）；與其向他乞求，我寧可自力更生。如果只有我一個人，也許我願意忍受飢餓。但是現在你就要回來了，哦，親愛的克里夫，你真的覺得，」她露出扭曲的獰笑，「我在七角樓大門口開間小雜貨店，是讓這棟祖宅蒙羞嗎？我們的曾祖父在比我們優渥的時候，也曾開店做生意！你看不起我嗎？」

「可恥！不名譽！赫絲芭，妳在對我說這些話嗎？」當一個人的精神徹底崩潰，也許會對一些小事斤斤計較，面對大事時卻淡然處之。所以他用哀傷的語調說道：「赫絲芭！妳不該這麼說，現在我還會懼怕什麼恥辱？」

然後，這位失去勇氣、原本應享盡榮華富貴卻一生際遇坎坷的人，此刻像女人一樣哭泣。那是他悲傷的延續，不久他情緒平復下來，微笑看著赫絲芭，眼底隱含嘲謔的意味，那是她所不能理解的神情。

「我們真的很窮困嗎？」他說。

最後，克里夫在厚軟椅墊上的位置睡著了，聽到他起伏均勻的呼吸聲（他的呼吸沒有強健的氣息，只是虛弱的微動，如同他性格中缺乏的活力。）赫絲芭乘機細看他的臉龐，這是她從前不敢做的事，她的心在淚珠裡溶化了。她從靈魂最深處輕輕發出一聲喟嘆，溫柔低沉又帶著無法言喻的哀傷。看著他年邁、蒼白的臉孔，她感到悲傷和憐憫，卻並未心存敬。不久，她好奇地長久凝視那張臉龐，感到某種釋懷的寬慰，勝過良心的譴責；她放下窗簾、遮擋照射進來的陽光，讓他在此處安穩入睡。

8 今日的品欽家

菲碧進入小商店以後，立刻看到那位小客人——我們已經很瞭解他的為人——曾經吃過薑餅人、大象餅、駱駝和火車頭餅的小野蠻人。他在兩天前因為買這些奢侈品，已經把自己的零用錢全花光了。這位小先生現在是來替母親買三個雞蛋和半磅葡萄乾。菲碧把這些東西遞給他，為了表示對這位老主顧的感謝，又送給他一條鯨魚形薑餅！這條大鯨魚曾經吞食先知約拿[1]，現在這條大鯨魚逆其道而行，立刻進入小傢伙的腸胃，追隨先前那個有各色各樣成員的旅行隊伍。這個不尋常的頑童象徵了時間，因為他無所不吃，吞下萬事萬物，也像時光老人一樣，吃完這麼多生物後，又像初生時一樣年輕。

---

1 天主吩咐約拿先知去尼尼微傳教，他想逃到塔塔去。但同船的人把他拋下大海，遂為一條鯨魚吞沒（聖經〈十二小先知書〉約拿第一章，一—一五；第二章，一—二）。

孩子半掩店門，又回頭囁嚅地對菲碧說話。因為鯨魚才吞下去一半，菲碧聽不清楚他的話。

「小朋友，你想說什麼？」菲碧問。

「我母親想知道，」奈德・希金以比較清晰的聲音重複道：「老處女赫絲芭・品欽的哥哥還好嗎？大家都說他已經回家了！」

「赫絲芭姑姑的哥哥？」菲碧驚訝地說，知道赫絲芭和賓客之間的關係，不禁感到非常意外：「她的哥哥！那他從前在哪裡？」

頑童只是用大拇指按在他寬扁的鼻子上，一副古靈精怪的樣子，就像常在市井街道遊蕩的小孩子。菲碧還沒有回答他的問題，他便轉身離開了。

小男孩剛走下樓梯，就有位紳士登上台楷，走向店裡。那是個身材魁梧的人，從他嚴肅的外表看得出來他已接近暮年，穿著一件薄布料裁的黑色衣服。一支昂貴罕見的東方木料所製成的手杖，在他的高貴儀表上增添幾分光彩；純白的領結和擦得光亮的靴子，更增添幾分氣派。他眉毛粗濃，黝黑方形的臉龐十分深邃，予人深刻印象。如果這位紳士沒有用親切和藹的表情減輕他凶狠的表情，那麼這張臉必定會讓人感到相當嚴峻。由於他的下巴堆積大量贅肉，看上去油腔滑調，缺乏修養的氣質，也許是一種他自己也不太滿意的肉慾光輝。總之，多愁善感的人看到他，會認為他不過是個偽裝寬厚親切的人而已。如果看到他的人不僅敏銳易感、性情刻薄，同時也富於觀察力，便會說他臉上的笑容與他皮靴上的光澤非常類似，他和擦鞋匠都是花費很大力氣才能保持這種光輝。

由於第二層樓突出的部分和榆樹枝椏的濃蔭、櫥窗裡擺設的貨物，交替相映出一種灰暗的色調。陌生人走進小店，他的微笑越來越深沉，好像決定用他容貌上的光澤照亮這家店（除卻赫絲芭和她的憂鬱囚犯）。陌生人沒有看見削瘦的老婦人，卻見到青春美貌的少女，難掩驚喜的表情。先緊皺了雙眉，然後開始油腔滑調地微笑著。

「啊，我明白了！」他低沉的聲音說道，如果這個聲音出自於一個毫無教養的人的喉嚨，會顯得粗暴，但此刻一位受過訓練的紳士口中發出這種聲音，便顯得悅耳。他說：「我不知道赫絲芭小姐生意竟然經營得如此興隆。我猜，妳是她的助手吧？」

「的確如此。」菲碧答道，旋即想到這位看似彬彬有禮的客人，顯然把她當成賺取工資的年輕人了。因而擺出一點淑女的儀態，說道：「我是赫絲芭小姐的姪女，是來拜訪她的。」

「她的姪女？從鄉下來的？那麼請原諒我，」紳士微笑一鞠躬，他的神情彷彿從來沒有人對菲碧鞠躬或微笑似的。「我們必須多多熟識彼此；除非我弄錯了，因為妳一定也是我的親戚囉！瑪麗？桃麗？菲碧？對了，一定是菲碧！妳就是我親戚兼同班同學亞瑟的女兒？菲碧・品欽嗎？啊，妳的嘴巴長得像妳爸爸。親愛的，妳是我的親戚，我們應該要親近一點。妳一定聽說過品欽法官吧？」

菲碧彎腰行禮作為答覆。由於他們是近親年紀又差距這麼多，法官於是俯身向前，想親吻她以示仁慈和藹的愛意。但在這重要的一刻，菲碧不經意退後一步，以至於這位尊貴的親戚隔著櫃台撲空了，難堪地親吻了空氣。這種情形，宛如古代神話人物伊克西翁擁抱一片浮雲2，但更為荒謬可笑，因為法官一向以避免任何空虛事物而自傲，從不以會將幻影誤認為實體。但真相是——這也是菲碧唯一的藉口——如果品欽法官溫和的外貌隔個一條街，或是隔著一間不算小的房間，女性來看了不會感到不愉快，然而當他黝黑肥胖的面孔（他的鬍子粗糙得沒有一把剃刀可以讓它變得平滑）靠近，要和她做肢體接觸時，似乎太過分了。法官這個人的舉動中太過突兀，她的雙眼低垂，在他的注視下，不自覺臉色通紅。她也曾經多次接受親戚的親吻，而不覺得害羞；這些人有的固然比品欽法官年輕，但有些年紀甚至比他還老。那麼，為什麼她不讓這位雙眉深濃、滿臉鬍鬚、戴著白領結、和外表慈詳的法官親吻她呢？

菲碧抬起頭來以後，看見品欽法官臉色大變，不免嚇了一跳，極端得彷彿萬里晴空下的景致，驟然間烏雲密佈，雖然不像暴風雨將至，卻終日如一片濃厚的烏雲，臉色陰森、冷漠和嚴厲。

「天啊，這下子該怎麼辦？」鄉下女孩自忖：「他看來僵硬得像塊岩石，而又不像和煦東風。我對他沒有惡意。既然他是我的親戚，我剛剛應該讓他親吻我一下。」

然後，菲碧突然想起來：那個銀版照相師曾在花園裡給她看一幅小畫像，這位品欽法官正是肖像本尊，而他現在臉上那種嚴厲和殘忍的表情，就像那天陽光栩栩如生揭示出來的模樣。所以，這不是他瞬間的心情，而是他生活中真正的性格？而且還不止如此，他從祖先那兒繼承某種性格，由那位蓄留鬍鬚的祖先傳承給他的傳家之寶嗎？在那位祖先的畫像中，已經以奇特的方式預示今日的品欽法官會重現這樣的神情和面貌，一位比菲碧更深沉的哲學家會發覺這個想法十分可怕。這表示上一代會把人性的缺點、暴戾、卑鄙性格以及導致犯罪的道德弱點，傳給下一代，比人間富豪為了傳遞財富、身分，精心制定的法律更加可靠。

2　古希臘主神宙斯神因為伊克西翁想引誘宙斯神之妻希拉女神，而處罰他，利用她的一片雲彩的形象蒙騙他，然後把他拴在轉輪上。

但是，當菲碧再次注視法官時，他那醜惡的嚴峻表情幾乎完全消逝。她發覺自己被包圍在這位傑出人物內心所散發出來的慈愛、酷暑之中——像是一條蟒蛇的魔力，據說牠會在周圍的空氣中散發獨特氣味。

「菲碧，妳是對的！」他用力點頭表示嘉許，「我非常高興。小侄女！妳是個好孩子，懂得照顧自己。一個年輕的女孩——尤其是容貌出眾的少女——不能隨便讓人親吻。」

「沒錯，先生，」菲碧想要一笑置之，「不過我無意不禮貌。」

話雖如此，不知道是否由於他倆結識過程隱含不祥的開端，她一反平日的坦率誠懇的天性，而對他採取保留的態度。她腦海中一直存有某種幻想、揮之不去，就是眼前走進店裡的客人便是那位清教徒祖先；她聽過許多關於清教徒的傳說，知道他是整個新英格蘭品欽家族的祖先，以及七角樓的創始者，又在這座宅邸中離奇死去。在今日這個時代，一切都可以輕易安排妥當。他從另一個世界回來以後，只需花費十五分鐘的時間，在理髮館把大鬍子修剪成一對灰白的落腮鬍，然後去成衣店脫下身上的絲絨緊身上衣、黑貂外套，以及下巴下方的華麗領帶，再換上穿白色的衣領和領結、外衣、背心和馬褲，最後放下鋼柄的寬劍、握著一根頂端裝飾金漆的手杖。如此一來，兩百年前的品欽上校瞬間變成眼前這一位品欽法官了。

當然，菲碧是個理智的女孩，對於這種念頭只不過會心微笑而已。而且，如果這兩個人並肩站在她的面前，可以看出他們之間存在許多不同點，他們只不過是外表大致相像罷了。他們兩人之間相隔了太多歲月，孕育出那位英國人祖先的環境也與今日迥異，他這位後代子孫的體質必然也發生明顯的變化。法官的骨骼肌肉遠遜於上校，力氣也相對較弱。雖然品欽法官與同代人相比，噸位相當重，體格也發育得很好，適合坐在法官席上，然而如果和他祖先品欽上校在同一個磅秤上衡量，至少相差五十六砝碼3。此外，品欽上校飽經風霜的陰沉臉孔仍然透露些許英國人的紅潤色彩，而品欽法官卻像他的同鄉一樣，膚色蠟黃。我們也不能遺漏人們或多或少隱露出的緊張情緒，即使是眼前這位清教徒後裔，也不例外。所以他的容貌比英國人更敏捷靈活，卻因此而失去堅定的神情。我們應該知道這段過程是人類演化的正常現象，每傳下去一代，就會流失一小部分的原始獸性，使人類精神的心靈層次逐漸提高，精煉肉身的粗劣本能。如果真理如斯，則品欽法官和像他那類的

3 俗語中所謂的體積二一五〇·四二立方英吋的溫徹斯特蒲式耳。一八三二年，它成為美國海關乾糧的標準。所以稱為一個「五十六」，是因為一蒲式耳的小麥重五十六磅。

人，應該再經歷一、兩個世紀的鍛鍊。

在智慧和德行上之間，品欽法官和他祖先之間非常相像，至少與他們體態、容貌上的風采一樣相似。牧師當年在老品欽上校的喪禮上褒揚這位已故的教區居民，好像在教堂的屋頂上開了個通道，由此通往穹蒼，遠望可以看見他手持豎琴，列席於靈魂世界的榮耀唱詩班。他墓碑上的誌文也極盡讚美之能事，雖然他不能在史書中佔有一席之地，但墓誌銘十分歌頌他的正直、忠誠的性格。因此，對於今日的品欽法官，任何牧師、評論家、墓碑文字、歷史家與政治家，都不敢否定這位傑出人物作為基督徒的虔誠信仰、高尚的人格、擔任法官時所表現的正直作風、擔任當地政黨代表時所表現的勇氣和毅力。但是，這些冷靜、嚴峻和空洞的字眼，除了墓誌銘、人們口耳相傳、可供給當時公眾與後世寫作的題材，當時還有許多關於祖先品欽上校的傳說、品欽法官私人生活的蜚短流長，都不是空穴來風。想衡量一位公眾人物，最有建設性的方式便是聽取婦女們私下流傳的八卦，就像那些肖像畫及畫布底層鉛筆素描之間的差異，是世上最奇異的差別。

例如，傳聞說清教徒品欽上校貪圖財物；而品欽法官雖然在表面上花錢大方，實際卻是個非常吝嗇的人。祖先品欽上校以嚴肅和藹的容貌、粗魯坦率的言行包裝自己，讓人們覺得他是個古道熱腸的人，他真正的性格隱藏在濃厚的簾幕後面。他的後代為了配合一個比較美好的時代，已把這種粗魯的慈藹轉化為寬厚的微笑，他走在街道上，帶著豔陽般的微笑，和朋友相聚時，就像客廳中的熊熊爐壁爐。至今仍有人低聲傳說著關於清教徒品欽的奇異故事，據說他曾經犯過不少罪，不論任何宗教信徒，都可能會因為內心的原始獸性而犯下這些罪行，除非我們撲滅內心的不潔或塵世間物質慾望的引誘，此處，我們不想用關於法官的醜聞閒語碎語加以指責他，以免玷污這本書。清教徒品欽在自己家中是個專橫的君主，先後折磨死三任妻子；他在婚姻生活中非常冷酷無情，讓她們一個接著一個心碎地走向墳墓。在婚姻上，清教徒上校、品欽法官他們也有相似的失敗，品欽法官只結過一次婚。結婚後三、四年，她就撒手人寰，關於這則傳說——我們可以姑妄聽之，畢竟以品欽法官的婚姻生活來看，可能也會發生——她在蜜月期間受到致命打擊，從此再也沒有笑過；而且她丈夫強迫她每天早上把咖啡送到床邊，因為他是她的君王和主人。

遺傳其實是個複雜的問題，在代代相傳中重複出現的性格實在難以計量，每個人都背負著一兩世紀以來的祖先遺傳。根據傳說——爐邊的閒談總是流傳人物性格最真實的一面——清教徒品欽是個大膽、傲慢專橫、無情和老奸巨猾的人，為達成自己的目的不擇手段；他蹂躪弱者，必要時也打擊強者。至於法官品欽像不像他，且聽下文分解。

上述這些特點幾乎不能適用於菲碧身上。她在鄉下地方長大，對於流傳在品欽豪宅中的傳說知道甚少，那些傳說像是蜘蛛網或煙垢般縈繞在七角樓裡。然而還是有件小事讓她感到畏懼。她聽說當年被處決的巫師莫爾曾經詛咒過品欽上校和其後人——「上帝會讓他飲血」——還有傳說影射，某些時候真的聽見品欽家人的喉頭發出咯咯咳血聲。身為一個有理智的人，以及品欽家族的一份子，她認為後者這個說法非常荒謬。然而古老的傳說往往浸淫於人類心中而成形於人類氣息之間，在一代又一代口耳相傳中，自然充滿真實的氣味，爐邊的炊煙也會不斷薰陶它。它夾雜在家庭裡傳襲而下，漸漸變得類似家族事實，而為人所熟悉，這些傳說根深柢固的影響力比我們所想像的還要大。所以當菲碧聽見品欽法官喉頭咯咯的響聲時——也許那是因為習慣性而發出的聲音，並不特別，除非是支氣管疾病，或中風的徵兆——當她聽見這詭異的聲音時（作者從未聽過，所以無法形容），她驚嚇地緊握雙手。

菲碧被這樣的小事嚇得花容失色，實在非常荒謬，但更不應該的是她在對方面前，表現出心慌意亂的神情。然而這樁意外和她先前的幻想發生共鳴，在她腦海裡立刻混淆上校和法官的形象。

「小姐，妳怎麼啦？」品欽法官狠狠瞪她一眼，「妳害怕些什麼？」

「哦，沒什麼，先生，」菲碧強顏歡笑說，「絕對沒有什麼！也許你想找赫絲芭姑姑？

需要我叫她出來嗎？」

「稍待一下吧，可以嗎？」法官臉上又閃耀著笑容，「今天早晨妳似乎有些緊張兮兮。習慣鄉下生活的人也許不適應城裡的空氣。發生讓妳煩心的事？赫絲芭家裡發生不尋常的事嗎？也許有訪客？噢，我想如此。難怪妳魂不守舍。和這麼一位客人同住在一棟房子裡，肯定會嚇著一個像妳這麼天真無邪的年輕女孩！」

「先生，我不懂你的話。」菲碧狐疑的目光注視著法官，她回答：「家裡面沒有什麼可怕的客人，只來了一個可憐的、像孩子一樣的人，我想他是赫絲芭的哥哥；先生，你一定比我更清楚，他的神智不健全。不過他溫和安靜，任何母親都會把自己的孩子託付給他，而且他也會和孩子相處得很好，彷彿自己只比孩子大幾歲而已。他嚇著我了？不，絕對不會！」

「聽妳這麼坦白的形容我的親戚克里夫，又把他說得這麼好，我很高興。」仁慈的法官說，「許多年前，我們一塊兒長大的時候，我就非常喜歡他，到現在也還是很關心他。菲碧，妳說他智力不健全。至少上天賜給他足夠的智力去痛悔過去的罪行！」

「我想任何人，」菲碧說，「都有悔過的智慧。」

「親愛的，」法官帶著憐憫的神色說：「妳從未聽過克里夫•品欽的名字嗎？妳完全不知道他的往事嗎？不要緊，看來妳母親很在意她婆家的名聲。希望妳相信這個不幸的人，並且祝福他！基督徒互相批評的時候，必須遵守這種金科玉律。近親之間尤其如此，近親的名譽彼此相關。克里夫在客廳嗎？我想進去看看！」

「先生，或許我最好先叫赫絲芭姑姑出來。」菲碧不知道該不該阻擋這位慈祥的人走進七角樓的私人區域。「她哥哥正在吃早餐，現在似乎剛睡著，我想她不希望有人打擾他。先生，請容我通知她一聲！」

但是法官決定不經通知就進去。菲碧是一個充滿生命力的人，未經思考就跑到門前去。法官不客氣的把她推開。

「不，不，菲碧小姐！」品欽法官的聲音像隆隆雷聲那麼低沉，皺起的眉頭就像密布的烏雲「妳待在這！我很熟悉這棟房子，也認識赫絲芭和克里夫，不需要妳這個從鄉下來的小侄女通報！」說到後來，他態度緩和了。「菲碧，妳記住，我在這裡就像在自己家一樣，而妳卻是個陌生人。我只是要進去看看克里夫好不好，告訴他和赫絲芭，我惦記他們也祝福他們。在這個時候我應該親口對他們說，我很想幫他們的忙。哈！赫絲芭自己來了！」

赫絲芭本來坐在客廳看護安睡中的克里夫，聽到法官的聲音便走出來。好像童話故事裡保護美麗公主的一條大龍那樣，想擋住門口不讓法官進去。她的眉頭因盛怒皺起，不只是因為單純的近視，品欽法官狼狽地發現，即使她嚇不了他，也能充分感受到她深深的厭惡。赫絲芭直立在門口揮手叫他走開。然而，我們必須背叛赫絲芭，說出她的祕密，她性格中與生俱來的膽怯讓她不斷顫抖，她自己也可以感覺到她的每一個關節在震顫。

但法官也明白赫絲芭凶惡外表下，並不是鐵石心腸。他是一個堅強的紳士，不久便神態自若、面露微笑伸出手來。他採取明智的措施，露出非常熱情的笑容，似乎只要表現出一半的溫情，便可以立刻將藤架的葡萄變成紫色。也許這就是他的目的。他想就地溶化赫絲芭，好像她是一尊黃色的蠟像。

「赫絲芭，親愛的堂妹，我很欣慰！」他叫道：「現在妳的人生終於有了目的。不錯，妳的親友生活的意義比昨天更豐富了。我急忙趕來，是為了想出力幫助妳安頓克里夫的生活，讓他過得更舒適。他屬於我們。我知道他喜歡的一切——正如以前他所需要的那樣——精緻美麗的東西。我家裡面的書、畫、酒和桌上的佳餚，他都可以支配！如果能讓我看看他，我會非常高興，現在我可以進去嗎？」

「不行，」赫絲芭答道：「他不能見客！」她的聲音顫抖得不能再多說幾個字。

「『客人』，赫絲芭，妳竟然叫我客人？」法官的感情似乎受到這個字眼的傷害。「那麼就讓我當克里夫的主人吧，也當妳的主人。你們立刻搬到我家來吧！鄉下的空氣和我家中的佳餚如一顆仙丹，會對他產生奇效。我們也可以共同設法努力讓克里夫快樂。來吧！何必多說些什麼？這本來就是我份內應盡的責任。現在立刻到我家吧！」

菲碧聽到他對自己的親戚是多麼得友愛，又這麼想慇懃款待，不禁想跑上前去擁抱他，自動獻給法官剛才她所拒絕的那一吻。但赫絲芭的反應卻大不一樣。法官的笑容對她內心的辛酸、苦澀來說，猶如陽光照在葡萄藤架上面，使它比以前更加酸澀。

「克里夫，」她仍然激動地無法一口氣說完一句話，「克里夫的家就在這裡！」

「但願神會原諒妳，赫絲芭。」品欽法官恭敬地仰望天空，好像在對上帝祈求，「如果妳還記著舊日的偏見和仇恨，那麼我現在張開雙臂、急切想接納妳和克里夫。請不要拒絕我的誠意，為了你們的幸福，我提出這個誠摯建議！無論如何，你們是我最親的骨肉。如果妳哥哥可以享受鄉間房屋的遙遠自在，妳卻堅持把他關在這棟陰暗、且又不透空氣的屋子裡，那麼，妳的責任就很沉重了。」

「你那兒不適合克里夫。」赫絲芭仍然只有一句簡單的話。

「女人！」法官滿懷憤恨，口出怒言：「妳這是什麼意思？妳有其他的收入嗎？我才不相信呢！小心一點，赫絲芭，妳最好小心一點！克里夫現在是站在毀滅的邊緣。可是我和妳這樣的女人還有什麼可說的？走開，我一定要見到克里夫！」

赫絲芭用骨瘦如柴的軀體擋住門口，因為她內心充滿恐懼與憤怒，身軀竟好像大了一些，表情也更加可怕。正在品欽法官想要推開她進去時，裡面傳來說話的聲音；一個微弱、顫抖的哀嚎聲，就像是一個驚慌無助、沒有自衛能力的嬰兒。

「赫絲芭！赫絲芭！」那個聲音哭叫道：「妳跪在他面前吧！親吻他的腳！懇求他別進來！求他大發慈悲吧！慈悲！慈悲！」

片刻之間，猜不透法官會不會貫徹他的堅決意志：推開赫絲芭，再跨過門檻進入那間發出斷續無力、低聲哀求的房間裡去。約束他的倒也不是憐憫，因為他剛聽見那個虛弱的聲音，兩眼便冒出怒火，帶著說不出的凶狠和嚴酷表情向前衝。看到這一刻的品欽法官，便可以瞭解他的為人。揭露這種個性以後，就算他露出再溫暖和煦的笑容，即使葡萄因此成熟、南瓜變黃，也無法消除目擊者腦中烙下的深刻印象；即使他不憤怒或憎恨，也讓人感到畏懼，因為他是一個為達目的不惜殲滅一切的人物。

可是，我們是不是在誹謗一位傑出又和藹可親的人呢？看看眼前這位法官！他顯然察覺到自己所犯的錯誤，過分脅迫他人接受恩惠，對方也不能接納他的仁慈和關懷。他也只能等待他們心情好轉，然後再提供此刻的建議。離開客廳門口時，他一臉仁慈寬厚的表情，望著赫絲芭、小菲碧和那個無緣會晤的克里夫以及周圍整個世界，他把他們都放進自己博愛的心胸，讓她們沐浴在他的溫情河流。

「親愛的赫絲芭，妳冤枉我了。」他向赫絲芭伸出仁慈的手，然後再抽回來、戴上手套準備離去，他說：「妳實在錯怪我了，但是我原諒妳，也會想辦法讓妳改變想法。克里夫既然情緒不佳，我當然也不便在此刻堅持和他談話。但是我願意把他當成自己的親兄弟，加以照料。有一天你們會接受我的好意。到了那個時候，我也不會報復，只希望妳能接受我的一片好意。」

法官對赫絲芭微微一鞠躬，然後像父親般慈愛，對菲碧點了點頭，帶著微笑離開小店一路走向街道。像是意欲取得人們尊敬的富人，為了躋身於社交名流之列，對於認得他的人，他會表現一副慷慨和誠懇的態度，並為自己擁有的財富和地位致歉，但若對方是有識之士，他會報以自然誠懇的態度；當他和地位卑下的人致意時，對方越謙卑，他便越顯得尊嚴，這證明他自恃優越的條件，而心生高傲的自覺，彷彿他走在街道上，前面有隊僕人替他開道一樣。在這個不尋常的上午，品欽法官看起來容光煥發，至少城鎮上謠傳著：陽光如此普照，必須叫水車多走一趟，以便清理日光所揚起的灰塵。

他的身影消失後，赫絲芭臉色一陣慘白，踉踉蹌蹌地走向菲碧，把頭靠在少女的肩上。

「啊，菲碧，」她低聲說：「那個人是我一生中最畏懼的人。我永遠不會有那份勇氣——

我的聲音片刻也不能停止顫抖，以便讓我告訴他，他究竟是什麼樣的人。」

「他真的那麼可惡嗎？」菲碧問：「不過他的提議倒是很大方呀。」

「別再提那些了，他是個鐵石心腸的人！」赫絲芭回答。「去和克里夫說說話！讓他高興、平靜下來！看見我這副激動的模樣，會讓他非常不安。去吧，親愛的孩子，現在讓我來看顧小店。」

菲碧順從地走了，但是心中不免納悶，剛才目睹的那幕場景充滿了懸疑。她也納悶那些法官、教士，和其他顯赫、受人尊敬的上等人物，是否為真正公平和正直的人？對於像這位小鄉下姑娘一樣純潔、規矩和節制的人來說，這樣的懷疑令人感到不安。而且，如果那些懷疑屬實，則會在她身中投射可怕而驚訝的影響力。生性較為大膽思索的人對於這樣的發現，也許會感到冷漠的樂趣；既然世間一定存在邪惡，那麼地位高的人也像地位低的人一樣，會犯下罪惡。

如果視野較廣，見識較深，那麼就可以明白：階級、尊嚴和身分地位都是過眼雲煙，但世界並會因此而陷入混亂。但是菲碧為了保持舊日的世界秩序，強迫自己壓抑對品欽法官品行的直覺觀感。至於赫絲芭對他的毀謗，她認為那不過是由於家庭裡長久以來愛恨交織、含有毒液的糾紛和宿怨。

克里夫和菲碧

年老而又不幸的赫絲芭，天性中有慷慨高貴的成分。或者也可以這麼說，那便是她的生活被貧困充實，悲傷使她成長，對於人生強烈孤獨的情感又將她提升，使她具有一個人在幸福的情形下不會有的英雄氣概。在那些淒涼的歲月中，她一直絕望沒有信心，但她總是企盼今天這種情形來臨。她熱愛、敬佩克里夫，不論別人怎麼想她都對他保持信心，而且無時無刻不堅持這種感情。她只祈求上帝一件事，那便是給她一個機會專心照顧這個哥哥。而此刻他在經過長期而且奇特的不幸遭遇之後，果真又回來依賴她為生了，不僅是在物質上，也在精神上依賴。而她也回應他的需求。貧窮而又骨瘦如柴的赫絲芭，穿著褪了色的黑絲衣，她的關節僵硬，臉上慣性皺著眉頭，挺身向前，盡她最大的努力，事實上即使是比這重大一百倍的祈求也願意接受。在克里夫回來的這個第一天下午，有些令人落淚的場景——若是我們想起時不禁莞爾，願上帝原諒我們——以及一些真正令人感動的場景。

她挖空心思想用自己的愛保護他，希望他的世界只有溫暖和幸福沒有一點冷酷無情。

她的一舉一動是如此慷慨而又可憐！

她想到他早年喜歡詩歌和小說，因而打開上鎖的書架拿下當日最好的書。其中有一冊含英國詩人亞歷山大・波普的敘事詩《秀髮浩劫》，另一冊是英國作家理查・斯提爾和約瑟・艾迪森所辦的《三日刊》，還有英國詩人及劇作家約翰・德萊敦的一本雜錄[1]。這些書封上都有已經褪色的鍍金，裡面的思想也有一點陳腐。克里夫並不愛看。這幾個上流社會的作家，他們的書剛問世時像新織的地毯一般亮麗，但是過了一、兩個時代以後已不能使所有的讀者滿意。而像克里夫這樣心智已經完全失去對世態判斷能力的人來說，更不具吸引力。赫絲芭而後拿起《瑞絲拉的歷史》[2]，開始朗誦《快樂谷》，希望裡面所詳細描述的知足常樂祕密，至少讓克里夫和自己快樂度過這一天。但是「快樂谷」上卻烏雲密佈，

1 亞歷山大・波普一七一四年的詩《秀髮浩劫》，乃是為諷刺優雅時代的荒唐輕浮，而寫的模擬有關英雄事蹟敘事長詩。《三日刊》（一七〇九－一七一一）是理查・斯提爾和約瑟・艾迪森所寫的一系列期刊論文，旨在諷刺當時的浮華與虛假。約翰・德萊敦的雜錄最初於一六八四年問世。

2 約翰生的《瑞絲拉的歷史》（一七五九）乃是個故事，描述一個年輕人逃離神祕的「快樂谷」而進入真實世界，卻又發現真實世界上永遠也找不到快樂。

而且赫絲芭又喜歡一再強調書中的要旨，這個情形讓克里夫不大高興，雖然他不在意書的內容，事實上，他沒有認真聽她說些什麼，他只感到枯燥無味而沒任何好處。他姐姐的聲音生來粗糙，由於長年的哀痛，現在更是嘶啞，當它進入人類的喉嚨，就像是抹不去的原罪一樣。不論男女，這種嘶啞聲不論說的是哀傷或喜悅的話語，永遠都難以脫離憂鬱的情緒，只要它發出聲音，即使是最輕的聲音都表達出一切歷史的不幸。嘶啞聲染黑了她的聲音——或是我們換一個更恰當的比喻——它正如一個人的言辭像水晶珠子般串在上面的那條黑色絲綿，把言辭都染上黑色。這是哀悼人生各種絕望的聲音，事實上本應該和絕望同時埋葬。

赫絲芭發現書本不能讓克里夫高興以後，便在房子裡找來找去，想給他找一點其他的娛樂。一度她偶爾看見愛麗絲‧品欽的大鍵琴。這是十分冒險的一刻，因為——傳說對這個樂器有敬畏之情，而且據說愛麗絲的鬼魂在上面彈奏輓歌——可是赫絲芭所以想用這台大鍵琴自彈自唱，為了讓克里夫高興。可憐的克里夫！可憐的赫絲芭！可憐的大鍵琴！這三者配合起來會悲慘到不堪設想的。可是就在這個時候，也許是由於過世已久的愛麗絲本人的干預，這件不幸的事情沒有發生。

但是最糟糕——那是令赫絲芭最難以忍受，或許對克里夫也是如此——他對她醜陋的外表的憎惡。她長得本來就不好，現在由於年紀和哀傷，又因為他而憎恨世人，面貌更是難看；加上她的衣著，尤其是那條頭巾，以及長年孤寂生活自然養成的古怪舉止態度，對於天性愛美的克里夫來說，實在是難以入目的。這是一件無可奈何的事。他在臨終的一刻，無疑會按著赫絲芭的手，熱忱的感謝她過度慷慨的愛，而後閉上眼睛，但是閉眼睛不是因為死去，而是為了不必再看她的臉了。可憐的赫絲芭，她細想該怎麼辦，她想到在頭巾上加幾條絲帶。可是還好立即有幾個守護天使前來打斷這個念頭，否則便會把克里夫嚇死！3

簡言之，赫絲芭除了外表不好看以外，她做事也有令人不舒服的感覺，她用任何東西都很笨拙。她知道自己令克里夫不悅。無計可施之餘，她求助於菲碧。為此她心中並無妒忌之感。如果上帝要她的一生以克里夫的快樂為主旨，那麼她的過去與辛勞都值得上千次的狂喜歡呼。但這卻是不可能。因而她轉而求助菲碧，把這個任務交給她。後者愉快地答應了，但她不把這當成是一件任務由於這一單純的動機，因此做得非常好。

3 典出亞歷山大・波普的《奇髮記》一詩（I, 145－6），描寫忙忙碌碌替上流社會淑女碧玲達梳粧的幾個體態輕盈少女。用不適當的典故，增加其滑稽。

菲碧天生和藹可親，旋即成為這兩個老人家每日生活中的慰藉。七角樓的污穢不潔，自她來了以後似乎不見了，它的木材輪廓也不再腐蝕，灰塵也不像以前那樣由天花板落在地板和傢俱上了，換言之，他們有了一個小主婦以輕盈的腳步像微風吹過花園芳徑一樣走來走去，把髒汙一掃而盡。逗留在七角樓各個房間的愁雲慘霧、往事陰影以及死亡所留在許多臥室中的沉沉死氣，都不如一顆年輕、活潑、健美的心房淨化豪宅各處空氣中的影響那麼強有力。菲碧身上沒有任何「病態」可言，如果她身上有，那麼七角樓便會把它變化成無可救藥的疾病。可是現在她的精神卻像是赫絲芭一口鐵皮色的大箱子中的少量玫瑰油一樣強而有力，她的香氣滲透到箱中所放的各種麻布和精製花邊、手帕、頭巾、長襪、摺疊的衣服、手套等等上去。正如大箱子中的每一件東西都因玫瑰油的香氣而更為美好，赫絲芭和克里夫雖然鬱悶，卻也因和菲碧日夕共處而比較快樂。她體力、智力和心靈的活動，驅使她不斷處理周遭的日常家事，思考當下應有的思想，又在知更鳥由梨樹上發出的歡樂啼聲中，盡心同情赫絲芭深沉的焦慮和她哥哥的低聲呻吟。這樣巧妙的適應能力表現了她健康，也保持了她的健康。

像菲碧這樣的天性必然是有一定的影響力的，雖然很少為人欣賞，但是她的精神力量卻可以從下面這兩件事估量：她能夠在七角樓如此嚴峻的環境中立足，也可以在比她高大的女主人身上發揮影響力；因為赫絲芭骨瘦如柴的身軀和四肢，和菲碧的嬌小玲瓏比起來，大約就是一個成年女人和一個少女的精神質量的比例。

對於赫絲芭的哥哥克里夫——菲碧現在叫他克里夫叔叔——來說，菲碧這個人尤其是不可或缺。他並不是可以真正和她相談甚歡，也不常能明確表示和她在一起很快樂。但是如果她走開的時間久了一點，他便容易發脾氣和煩躁不安，在房間裡面來回搖搖晃晃的走來走去，或是坐在大椅子上，把頭埋在手中沉思，赫絲芭想安慰他的時候便突然「活過來」大發脾氣。他需要的是菲碧的陪伴，以及她青春的活力接觸他衰老的生命。她的天性活潑晴朗，像噴泉一樣不斷湧出、潺潺作響。她有歌唱的天賦。這種天賦是與生俱來，沒有人會問她是從哪兒得到的，或是由什麼老師教給她的，就像我們也不會向一隻小鳥提出同樣的問題，因為我們在鳥的啼聲中認出造物者的聲音，像聽見祂的雷聲一樣清楚。只要菲碧唱歌，她便可以任意在豪宅裡外遊蕩。不論她優美樸素的聲音是來自樓上的房間、或來自去商店的走廊、或是透過花園陽光閃爍的梨樹葉子傳來，他會面露微笑安祥的坐在那兒靜聽。歌聲近了就笑得更高興一點。不過最使他高興的事，莫過於有她坐在他膝前的低矮腳凳上。

以菲碧的個性來說，她往往喜歡唱哀感動人而非輕快歡樂的曲子是很奇怪的。不過在年輕快樂的生命中加上一點透明陰影倒也不是什麼壞事。而且菲碧歌聲中的深沉的哀痛和她愉快的天性交織出美麗的旋律。餘音裊裊，聽到的人在哭泣之餘心中仍很暢快。明朗的喜悅神聖地現身在這黑暗不幸的地方，以莊嚴的交響曲為基調為赫絲芭兄妹的一生譜出不和諧又刺耳的樂曲。所以菲碧選擇哀傷的歌曲，而她也注意到當她歌唱時他們就不再那樣悲傷。

習慣了菲碧的陪伴，克里夫很快便表現出他天性中吸取喜悅色調和快樂光芒的能力。每當有她坐在身邊，他便好像年輕了一點。她的美——即使表現到了極致仍然不真實，畫家在長久的注視下也無法把它畫下——然而卻不僅僅是一場夢，有時會照亮他的面容。不僅如此，還使他換上精神愉快的表情。一時之間，他飽經憂患而長的滿頭灰白頭髮和深鎖的眉頭間記下的悲哀憂愁似乎都消失了。目光同時溫柔銳利的人大約可以看出他本來陰鬱的樣子。但是歲月如流，蒼然暮色卻自遠而至，使人想與命運爭辯，這個人根本不該來世間為人，讓他生而為人似乎是根本沒有必要的一件事；他似乎沒有呼吸活下去的理由，世人從來也不想要他。但是既然他已生了下來，便應該呼吸著溫和的夏日空氣永遠過得好好的。

菲碧本人對於她帶給幫助的這個人大約也不甚了解，也沒有這個必要。就像家中的爐火可以溫暖周圍的人，但是卻不需要了解其中任何一個人。確實，克里夫的性格中過於細緻纖細的地方，不是像菲碧這樣實際的人所可以完全體會的。然而，就克里夫來說，這個女孩子的實際、樸實和單純卻異常迷人。「美」的確是不可少的。如果菲碧面目可憎、身型粗笨、聲音刺耳、態度粗魯，那麼即使她在這種不幸的外表之下有許多天賦的能力，只要她是一個女人，她缺少美貌便會使克里夫失望。但是菲碧卻是一個絕世佳人，沒有人比她更美麗——至少，沒有人比她更漂亮。克里夫這個不幸的男人，他迄今不幸又無法觸及的樂趣到頭來只不過是一場美夢而已。他對女人的印象愈來愈冷淡而又缺乏實質，已經像孤寂中藝術家的畫作一樣凍結為冷冰冰的理想。對他來說，在現在這樣歡樂的家庭生活中的這個小姑娘，正是他人生復甦所需要的。因為飄泊流浪或被驅逐而離開人生常軌的人，即使到了更好的地方，最希望的仍是被引領回來；因為不論是在山巔抑是在地牢，他們都是在寂寞中顫抖。菲碧的出現使七角樓像個家，一個流浪者、囚犯、權貴、可憐蟲、人上人、以及處於社會以外的人都渴望的地方——家。她是真的！握著她的手，可以感受到什麼，一種溫柔的、實質而溫暖的：你可以感受到她就在你的掌握裡，那麼的柔軟，使你確定你在人類天性中的同情裡佔有一席之地。人世不再是一個幻想而已。

再朝這個方向進一步往前看，我們也許可以給一個經常被認為難解的事找到解釋。為什麼詩人在選擇配偶的時候不挑和他有相似詩才的女子，而挑能使最粗魯的工匠快樂，也能使最有性靈的藝術家快樂的人？或許是因為他在神采煥發、妙悟泉湧的高峰時也許不需要與什麼人交流，但是由高峰下來以後，卻不想像一個陌生人那樣落落寡歡。

菲碧和克里夫這兩個人之間逐漸建立起美好的關係，他們非常親密，有如相差在他們之間的年歲是一種浪費。對克里夫來說，這是他天生便被賦予的對女人的感知力，但是他從未與任何女人熱戀過，也明白現在為時已晚。

他的智力雖然已經退化，但本能的明白這個情形，因而對菲碧的感情雖非父親的感情，卻像對女兒一樣純潔。他誠然是個男人，也明白她是個女人。她是對他來說女性唯一的代表。他注意到她的每一個迷人之處，她雙唇的豐滿、和已經發育的少女胸脯。她像在一棵年輕果樹上所開的花朵一樣，她所表現出的女性特質都能感動他使他心中泛起陣陣快感。在這個時候——這樣的效果很少持續——這位接近麻木的人便會充滿和諧的生命力，一如一架久已寂靜的豎琴又有音樂家彈奏一樣。但這畢竟不是他個人的感情，而只是一種感覺或同情。他像讀一個甜美和簡單的故事一樣研究菲碧，他聆聽她，好像她是一首家喻戶曉的詩歌，是上帝為了補償他淒涼黯淡的命運而允許某個能憐憫他的天使在這棟豪宅中歌唱的。對他而言，她不是一個具體的存在，而是他在世間所缺乏的一切，如今帶來溫暖的補償。因而，這雖然不過是個象徵或栩栩如生的畫面，幾乎有了真實的慰藉。

但是這個意念卻不是能用文字說清楚的。它所給我們的美和深沉傷感是無法充分表達的。這個為了應該快樂的生命，卻被命運剝奪幸福——他的天分受到了可怕的挫折，在不知道多久以前，他失去了自己本來在道德上或思想上本來就不堅強的性格中的彈性，成了一個愚鈍的人。這個由極樂島4出發，在暴風雨中漂流的不幸孤獨旅客，被如山高的最後的一個巨浪打沉沖進了平靜的港口。當垂死的他躺在海濱上時，卻嗅到一朵塵世玫瑰花蕾的芬芳氣味，讓他憶起和想到現世的美他本當生活在其間的美。他以天生對快樂力量的敏感，把這細微靈妙的狂喜吸入體中，然後斷氣。

那麼，菲碧對克里夫又是什麼看法呢？她對人性中奇異和不尋常之處不感興趣。她最適合過一個平常人的生活、與平常人為伴。有的女人也許會認為克里夫神祕的身世有趣，但她卻認為這不過是件討厭的事而已。但是她仍然一本天生的仁慈而善待他，不是因為他的不幸處境，也不是因為他為人的細緻，而只是因為他孤寂的一顆心感動了滿懷同情心的

4 荷馬和海希奧德最初提到的布拉斯特群島或艾利西安，是一個在地球末端的神祕地方。那兒已經死亡的人又被免除一死，化為神仙。霍桑用它指一種非生非死的狀態。

她而已，她愛憐的關懷他，因為他需要愛，而得到的愛又太少。她很機智，感覺又敏銳，知道什麼是對他好，而且就照這個感覺看顧他。她忽略他思想和經驗中的病態，因此保持彼此之間健康的互動，這種坦率正是上天賦予她的自由。身心有病的人，由於周遭的人態度因其疾病而不友善，生活於黑暗和無望之中，病情日深，被迫無休無止的再吸進自己所呼出的毒氣。但是菲碧卻供給他純淨的空氣。她在空氣中注入花香——不是野花，因為狂野不符合她的特質——她具有的是玫瑰花、石竹花芬芳的香氣，那是自然與人類的結合，使它們由一個夏天生長到另一個夏天，由一個世紀生長到另一個世紀。這樣一朵花便是菲碧與克里夫的關係，他欣然吸入她的歡愉香氣。

但由於周圍沉重的空氣，她的花瓣有時也會枯萎一點。她變得比以前想得更多。她看見他態度不再優雅而思維能力也幾乎消失，不禁想知道他過去的情形會是什麼。他一直便是這個樣子嗎？自生下來就蒙上這層陰影嗎？他的靈魂為這層陰影所掩蔽，而看不清外面真實的世界嗎？還是由於經歷了什麼重大的災難他才蒙上這層陰影？菲碧不喜歡猜謎，也希望不必去解這個謎。不過默想克里夫的個性也有一個好的結果。她無意間的臆測和各種奇異的情形所告訴她的一個事實是：他的個性對她不會有什麼不好的影響。不論世人曾經怎麼對不起他，她對克里夫了解太深——或是自以為如此——不會因為他瘦弱纖細的手指的碰觸而發抖。

這位不平常的人住入之後不過才幾天，我們故事裡的老房子中的生活便步上了常規。克里夫每天在用過早餐後不久便在椅子上睡著。除非有什麼意外的事情擾了他的清夢，他便要一直到中午才會由縹緲的迷霧中醒來。這幾個睏睡的鐘頭是赫絲芭照顧她哥哥的時候，商店此時便由菲碧看管；公眾很快便了解這種安排，由於喜歡和年輕的店員打交道，他們大半在上午來買東西。午飯以後赫絲芭拿起正在為克里夫過冬所織的灰綿長襪，嘆了口氣，皺起眉頭親熱的向哥哥道別，囑咐菲碧好好看著他，而後去商店坐在櫃台後面。現在輪到這個年輕女孩照顧、保護、和娛樂灰髮的克里夫了。

10 品欽花園

克里夫是一個懶散的人，除非是有菲碧鼓動他，便會從早晨到黃昏坐在椅子上發呆。但是菲碧常勸他到花園去走走。凡納叔叔和銀版照相師已經把破舊涼亭的屋頂修好，這個亭子現在是個可以遮陽擋雨的地方。它的四面已經長滿繁茂的蛇麻草藤，使內部青蔥幽僻。由藤隙可以瞥見外面寂靜的花園。

菲碧常在這個光線閃爍不定的蔥綠地方唸書給克里夫聽。她的藝術家友人是一個有文才的人，借給了她幾本小冊子的小說和幾冊詩。這些書的風格趣味都與赫絲芭給他哥哥挑的那些書完全不一樣。不過菲碧的朗讀效果比赫絲芭好，他有時會向她道謝，那卻不是由於書本的差別。菲碧的聲音甜美如音樂，輕快的音調可以使克里夫精神為之一振，潺潺流水般的節奏又可撫慰他的心靈。鄉下姑娘不習慣小說這個性質的書，往往深受感動。但唸給他聽他卻並不感興趣。他不能欣賞書中對人生生動的描寫、熱情和感性的情景、機智、幽默、和使人悽惻的力量，或許是因為他缺乏可以測驗其真實性的經驗，又或許是由於他自己的悲傷已不是虛構感情所能撼動的試金石。每當菲碧唸到有趣的地方高興得笑起來時，他不時也陪著笑一笑，不過大半時候是大惑不解的看看她。如果她讀到哀傷的地方不禁流下眼淚，那麼克里夫或者以為真是有什麼不幸的事情發生了，或者發脾氣叫她把書放下。說來他也算聰明。難道這個世界還不夠可悲，而世人還需要再拿虛構的悲哀故事當消遣嗎？

若是詩歌就比較好一點。他喜歡聽抑揚頓挫的節奏和重複押韻的和諧。克里夫也不是不能感覺詩歌中的感情，只是對其飄逸和靈巧的地方特別有感覺。到底哪一首精彩的詩能令他了悟是不能預先知道的，但是當她讀到一半抬頭看他時，可以看見詩中的情意在他臉上展現智慧的光芒。不過在這一剎那的神采煥發過去之後，他卻久久愁眉不展，好像光芒逝去後，他也意識到自己失去知覺和力量，而在摸索著找它，就好像一個盲人在找自己已失去的視力一樣。

最讓他高興的莫過於和菲碧說說話，聽聽她把對過去事物生動的描述和評論灌溉進他心裡。花園裡面可談的事很不少，而且最符合克里夫的興趣。他常問今天又開了些什麼花？他對花的感覺非常敏銳，這種感覺不是品味而是感情；他喜歡手上拿著一朵花坐在那裡盯著看，看看花瓣而後又看看菲碧的臉，好像這朵園中的花是家裡面這個少女的姐妹一樣。克里夫不僅是喜歡花朵的芬芳和嬌豔，也感覺到其生命力和特性，他愛園中的這些花朵，好像它們具有天賦的感情和智慧。對於花朵的這種感情和愛好幾乎是女人才會有的。男人即使天生愛好花朵，不久也就會因為接觸粗俗的世事而失去、遺忘、和看不起對花朵的愛憐。克里夫也久已如此，但是現在他逐漸由冷漠呆鈍的生活中復甦以後，又失而復得。1

奇妙的是只要菲碧有心在這個與外界隔絕的花園中找尋快樂，許多賞心樂事便接踵而至。她在初次進入花園的那天曾看到或是聽到一隻蜜蜂，之後經常——不停地，事實上——前來的蜜蜂就源源不斷。靠近牠們蜂窩的地方必然有大片大片的苜蓿田和各種花園菜圃，只有上天知道牠們為何到赫絲芭的花園來，或是為了什麼樣的對遠方甜食的強烈嗜好而來。不過牠們卻源源不絕而來一頭鑽進南瓜花中，好像在一日的飛程中沒有其他的南瓜藤一樣，或是因為赫絲芭花園中的土壤所培育出來的產品，品質正是這些勤勞的小妖精為了把海米圖斯山的氣味帶進新英格蘭的整個蜂窩系統所必需的。2每當克里夫聽見蜜蜂由那些大黃花內所發出的低弱而愉快嗡嗡聲，便會帶著快樂和溫暖的心情欣賞周遭的景致，藍蔚的天空、翠綠的草地，以及上天賦予的，從地面直達天空的自由空氣。也許我們不必問這些蜜蜂為何到這滿是灰塵的城裡蔥綠的一角來。是神派牠們來讓不幸的克里夫高興的！為了回報一點蜂蜜，牠們帶來濃郁的夏日。當各種豆藤開始在杆上開花時，其中有一種開鮮豔的紅色花朵。銀版照相師最初在一堵三角牆閣樓中的舊櫃子裡找到這種豆子。過去曾有一位喜好園藝的品欽家人把這些豆子珍藏在這個舊櫃子裡，預備夏天種在花園裡，但是不幸的是他自己卻先一步進入墳墓。荷格雷為了想試一試這些老豆子中是否還活著，便在花園種了一把。結果他的實驗長出很好看的一排豆藤，它爬上杆子，自上到下都盛開著紅色的花。而自第一個花蕾綻放以後，就引來許多蜂雀。有時候似乎好幾百朵花的每一朵都有一隻這樣的小蜂鳥。這些不過拇指大、羽毛亮麗的小東西，在豆杆四周盤旋撲翼。克里夫帶著孩子般的欣喜心情注視這些小蜂雀，對牠們有形容不出的興趣。他往往把頭輕輕的伸出涼亭，以便更看得清楚一點，並且示意菲碧安靜，他看見她臉上的笑容，因為有她的同好而更為歡喜。他不僅是變年輕了，他簡直就又成了個孩子。

赫絲芭每當看見這個情形，就會搖搖頭，臉上有似母親又似姐姐的表情，心中又喜又悲。她說克里夫由嬰孩的時候起，每當蜂雀來臨便是這個樣子，而他對蜂雀的喜好是他對

1 霍桑的《美國散記》，一八四二年八月六日條：「我妻喜愛花朵。女人不喜愛花朵便是怪物。男人如果可能最好也有此愛好。」

2 希臘中東部的一座山脈，以出產蜂蜜知名。

美麗事物愛好的最早表徵。這位老淑女心想：那個藝術家，竟會就在克里夫回來的這個夏天種下蜂雀四處所尋找的紅花豆苗，可以說是一個美好的巧合；品欽花園不種這樣的豆子已經有四十年了。

赫絲芭熱淚盈眶，她躲到了角落以免克里夫看見她內心的激動。事實上這一季節所有的歡樂，都是會讓她激動得流下眼淚。這個夏天來得這麼晚，很像是個小陽春，暖和的陽光中帶著薄霧，而俗麗的喜悅中卻也帶有衰退和死亡。克里夫愈是嚐到孩童般的快樂，這種差別的可悲便愈形明顯。他神祕和可怖的過去已經摧毀了他的記憶力，前途又是茫茫，他擁有的只有這個空幻難解的當下可言。但如果你仔細思索，他現在其實是一無所有。而他自己也顯然明白，他的喜悅已成為幽暗的過去，眼前這些只不過是場兒戲而已，並不能完全相信，只是在表面上高興罷了。也許克里夫由他較深一層意識的鏡子中看出，他只是造物主在這互相矛盾的世界中放入的一個例子和代表：祂不遵守天性的承諾，不肯給他們正當的食物，讓他們在宴會上只有毒藥吃；而在本可輕易改正的時候，卻讓他們生活在不自在、孤寂、和折磨中。如同一個人學習外語，他的一生都在學習如何受苦；3過往的教訓深植他的內心，使他無法放心享受，即使是小小的歡愉。他的眼神中往往有一點懷疑的陰影。他會說：「菲碧，握住我的手，用妳的小手指用力地捏它一下！給我一朵玫瑰花，讓我可以摸摸它的刺，扎痛我的手而證明我還醒著。」他顯然想藉著這少許的痛苦分辨真實或幻覺，這個花園、這些飽經風吹雨打的三角牆、赫絲芭皺起的眉頭以及菲碧的微笑都是事實。如果沒有這一肌膚之痛，他也許不能相信這些是實在的，只以為它們不過是自己虛幻的想像而已，因為他已習慣用幻想來餵養自己的心靈，直到他耗盡這些可憐的精神食糧。

作者深信這個寫法是讀者可以接受的，否則便不敢隨便詳細敘述許多顯然微不足道，但對於構成品欽花園中的生活卻又是必要的事情。這是給被雷電擊過的亞當的伊甸園，他由同樣悽涼和危險的荒野中逃進來避難，而這正是原來那個亞當被逐出的伊甸園。

菲碧最常用來給克里夫解悶的是那些雞。我們已經說過母雞的雞種是品欽家族的一件傳家之寶。為了順應克里夫不願看見牠們給關在籠中的念頭，菲碧已經把牠們放了出來，牠們現在是自由自在的在花園四處遊蕩，搗點小蛋；花園被建築物及籬笆圍住所以牠們出不去。牠們大半的時間是在莫爾井周圍轉悠。這兒蝸牛很多，是這些家禽的美食。而令人

3　霍桑這一奇怪的比喻可能是由於他自己很難學好德文。他在《美國散記》一八四三年四月二十五日條中說：「德文裡面那些長字簡直是讓我受不了。」

作嘔的井水又是牠們最喜歡喝的。牠們先是嚐一嚐，而後仰首吞下，咂咂嘴，就像一群酒鬼嘗試新酒一樣。牠們從肥沃的黑土中抓蟲子或好吃的植物時，常輕聲而又活潑的自言自語，或彼此交談，閒話家常。令人納悶為什麼關於家中事務，人類或禽獸都不能有正常規律的意見交換。所有的雞都是值得研究的，因為牠們的行為多彩多姿；但是卻不可能有任何其他的雞比這些祖傳的雞的外表和行為更怪異。或許是透過蛋蛋相傳，牠們具有歷來祖先傳統的所有怪癖；否則便是這隻公雞和牠兩個妻子由於牠們孤寂的生活方式或由於對女主人赫絲芭的同情，而變成富有幽默感，同時又有一點精神錯亂。

這些雞的外貌也實在古怪。那隻公雞雖然舉止帶有祖傳的尊嚴，兩條高蹺般的腿高視闊步，但體積不比一般的松雞大多少；牠的兩個妻子只有鴿子那麼大。而那個小雞雖然小到仍可以放進雞蛋裡，同時卻又衰老、憔悴、皺縮、和老練到像是這個古老雞種的始祖。牠不像是現在這窩雞的最年幼一份子，而像是集其當代長輩和歷代祖先的年齡於一身，牠們的優異和古怪都已壓縮進牠的小身軀。牠的母親顯然視它為世間一隻最獨特的小雞，世界的延續有繫於牠、國家和教會當前事態的平衡仰賴牠。由於視自己這隻小家禽如此重要，牠孜孜不倦的保護牠，把羽毛振起來有自己身軀的一倍大，有任何人敢看牠這個前途光明的後裔一眼便大膽反抗。由於視自己這隻小家禽如此重要，牠不屈不撓的以爪挖掘地上的泥土，寡廉鮮恥的掘起最好的花朵或蔬菜，找在下面的胖蚯蚓。當小雞偶爾藏在長草之中或南瓜葉子下面，牠便緊張得咕咕叫。當知道牠安然的在自己的羽翼之下時，牠便心滿意足的嘎嘎作響。鄰居的貓是牠的死敵，每當看見牠趴在高籬的頂上，牠便難掩恐懼之情，喧嚷示威。一天之中幾乎無時無刻不會聽見一種這樣的聲音。看到這個情形的人，也逐漸和這隻母雞一樣對這隻名種小雞感到興趣。

菲碧在與這隻老母雞熟識以後，有時也獲准把小雞握在手中；她的手足以掌握牠不過一、兩寸立方吋的身體。她說每當她好奇的看牠祖傳的特徵，如羽毛上奇特的斑點、頭上那一束滑稽的羽毛、和兩條腿上各有的一個結時，這個小傢伙就會伶俐的對她眨眨眼。銀版照相師有一次輕聲對她說小雞身上的這些特徵證明了品欽家族的怪癖，小雞的本身便是這棟房子中生活的象徵，包含對牠的解釋，這樣的說法並不聽明但也具有一點深意。牠是一個帶有羽毛的謎，一個由雞蛋裡面孵出的祕密，也好像腐壞雞蛋那麼神祕。

公雞的第二個妻子，自菲碧來到以後，總是意氣消沉，事後想起應該是因為牠不能生蛋。然而有一天牠卻仔細查看花園的角角落落，一面自鳴得意的咯咯叫，昂頭闊步，眼睛斜翻，原來這隻母雞雖然被世人小看了，卻身懷了個非黃金或寶石所可以估量的寶貝。[4]不久之後，公雞一家子爆發驚喜的咕咕啼聲，包括那隻皺巴巴小雞在內，牠像牠的父母和婕媽一樣知道怎麼回事。當天下午，菲碧就發現被狡猾的藏在紅醋栗灌木下面，去年乾草莖上一個小蛋；顯然它太珍貴，不能託付給雞窩。赫絲芭一聽見這個，由於知道這些雞蛋是有名的味美，便把它給克里夫當了早點。這位老小姐蠻橫無理犧牲了一個古老羽族的傳宗接代，只為了給她哥哥不到一茶匙的美食而已。憤怒填膺的公雞，隔天早上帶著那隻失去雞蛋的母親，站在菲碧和克里夫面前長篇大套、滔滔不絕的高聲發表了一頓議論，但菲碧只覺得很有趣。而後，這隻被惹火的家禽又昂首闊步地走了，不再搭理菲碧和任何其他的人。菲碧只好和牠言和，餵給牠加有香料的糕餅，除了蝸牛以外，香料品最符合牠貴族式的品味。

我們顯然是在流過品欽花園的這條微不足道生活小河之傍逗留得太久。但記下這些瑣事樂事也是情有可原，因為它們對克里夫很有好處。它們會有泥土的氣息，於他身心的健康有益。但有些事情卻對他不大好。例如，他很喜歡俯身莫爾井上，看那些不斷移動的連續雜亂幻像——動盪的泉水在泉下彩色小圓石上造成的幻像。他說下面有許多的面孔在看他；這些瞬間的面孔美麗愉快，笑容又是燦爛迷人，因此他對於它們的消逝感到遺憾，直到新的臉孔浮現上來。但是有的時候他又會突然大叫：「有張陰沉的臉在瞪著我看！」然後便一整天都是很痛苦的樣子。可是當菲碧站在克里夫的旁邊朝莫爾井下面看時，卻不論是美是醜都什麼也看不見，只看見許多彩色的小圓石，湧出的泉水正在搖動擾亂它們，而困擾克里夫的那張黑臉，又不過是因為西洋李子樹一個樹枝的陰影遮住了莫爾井內部的光線而已。實際上的情形是，他的想像力比意志力和判斷力甦醒得快，也比它們強有力，因此產生了各種象徵他本性的美麗形狀，偶爾也產生了一個代表他命運的恐怖形狀。

菲碧禮拜天如果不上教堂去祈禱、唱詩、聽道或祝福便於心不安。在她上過教堂以後，在花園裡往往有一個樸素的小餐會。參加的人除了克里夫、赫絲芭、菲碧以外，還有藝術家荷格雷和凡納叔叔。荷格雷雖然與主張改革者為伍，還有些其他古怪可疑的習性，但仍然受到赫絲芭的尊重。凡納叔叔身穿比平日講究一點的乾淨襯衣和寬幅細毛織品外套，肘部補綴得好好的，雖然裙子長短不一致，但也稱得上是一套完整的衣服。因為他老練愉快的氣質，像一個人十二月在樹下所拾起曾經霜凍的蘋果一樣甜美，克里夫好幾次欣然和他

4《美國散記》一九五〇年七月十四日條：「當母雞東張西望在找下蛋的地方時，姿態和聲音都很古怪。牠自以為了不起，側著頭、斜翻兩眼，一路咯咯叫個不停，顯然是認為雞蛋是自上帝創造世界以來天下最重要的一件東西。我家那隻黑白多毛的母雞便是如此，還帶著一點可笑的女人味。」

交談。一個淪落的紳士容易接受社會地位最卑下的人，而非中等階級的人。再者，此時已經不再年輕的克里夫，和高齡的凡納叔叔並列也會覺得比較年輕了一點。事實上，克里夫有時會任性地把自己多年來遭受打擊的意識埋藏起來，而喜歡想像會有一個美好的未來在等著他。不過這樣的願景太過模糊，在有什麼小事讓他猛省現實之餘，便感到失望沮喪。

於是這個成員古怪的社交聚會便常在破舊的涼亭中舉行。赫絲芭慇懃待客。她內心的威嚴依舊，不放棄一絲一毫她的世家風範，像個紆尊降貴的公主。她親切的和那位思想飄忽不定的藝術家交談，又拿出淑女的身分就教於那個鋸木頭、給人家跑腿辦事、和穿打補丁衣服的人。而凡納叔叔這個由市井或別處的蜚短流長中聽到消息的人，就像城中的抽水機可以隨時供水一樣、隨時發表意見。

「赫絲芭小姐，」他有一次在歡聚的時候說：「我實在很享受這些安息日下午的安靜小聚會。這就是我希望在退休到我農場以後所能有的聚會！」

克里夫以他呆滯、自言自語的聲調說：「凡納叔叔總是喜歡談他的農場，但是不久我就會給他擬一個更好的計畫。等著看吧！」

「啊，克里夫．品欽先生，」這個衣服上打了補丁的人說：「你儘可以給我擬計畫，但我不會放棄我自己的這個計畫，即使永遠不能實現也不會放棄。我認為一個人不斷想辦法聚財是一大錯誤。如果我也是那樣，那麼上帝便不必一定得照顧我，而無論如何市政府也是不會照顧我的。我這個人以為無限大的空間是可以容納下我們所有的人的，而永恆又是夠長的時間！」

菲碧在稍停片刻，設法徹底了解這個作為結論的箴言的深刻意義後，說：「但是就我們這個短暫的人生來說，一個人只能想有一棟屬於自己的房子和不大不小的一個花園菜圃。」

銀版照相師含笑說：「看來凡納叔叔的心底有傅立葉式的原則，只不過思想不像那位有系統的法國人那麼清楚罷了。」5

赫絲芭說：「來來來，菲碧，是該端上紅醋栗的時候了。」

於是菲碧把一條麵包和一瓷碗剛由灌木中採下、和著糖搗碎的紅醋栗，拿到金色夕陽

---

5 查理・傅立葉（一七七二—一八三七）是法國社會主義的作家。他所設計的按照共產主義原則重組社會的烏托邦方案，是根據了宇宙所有有生命部分與無生命部分之間和諧的精神與物質關係。傅氏所計畫的社會單位約各有一千六百人，按個人天生的喜好分工。霍桑於一八四五年初讀傅氏的著作；據他的妻子說，非常不喜歡。亞瑟・協博認為荷格雷得益於美國著名的傅立葉派學者亞伯特・布里斯班。

餘暉下的花園。這些再加上水（不是由園中近處那個不吉利的噴泉出來的水），便是聚會中的點心了。

荷格雷想方設法和克里夫說說話。這樣做似乎是因為居心仁厚，這個隱士終日落落寡歡，他想讓他至少此刻高興高興。不過在這位藝術家銳利和深思眼睛中，卻有一種雖非邪惡、但也可疑的表情，好像他是對這個情景還有什麼別的興趣一樣——不是一個陌生人、一個年輕又是局外人的冒險家所不應該有的興趣。不過他竭力讓這場聚會氣氛活潑。以致連赫絲芭這個一向陰鬱的人也能暫時放下心事，展露出另一部分的性格。菲碧心想：「他這個人真是能令人高興！」凡納叔叔為了表示友好和嘉許，欣然允許這個年輕人給他自己那張城裡人所熟識的臉照張相，以便將來擺在荷格雷畫室的門口。

克里夫此時成為花園小集中最高興的一個人。或許他的精神火焰正向上飄揚，這是他精神不大正常的原因，或者這是由於那位藝術家已微妙的撥動了他的心絃。在這愉快的夏日黃昏，在這一圈親切的親友之間，或許像克里夫這樣易感的人應該自然而然的變成生氣勃勃，他敏於回應周遭的人的談話。他的看法，閃耀著輕巧夢幻的光芒，從涼亭外的葉縫透出去閃閃發亮。他在和菲碧獨處的時候一向也是如此，不過思想卻從來不像現在這麼敏銳而又深刻。

但是，陽光一自三角牆的頂端消失時，克里夫眼睛中興奮的神采也不見了。他模糊而哀傷的朝四周看看，若有所失，而又不確知失去的究竟是什麼。

「我要我的快樂，」最後他低聲說，聲音嘶啞又模糊。「我已等待了許多、許多年了。為時已晚！為時已晚！我要我的快樂！」

克里夫也真是可憐！你老了，被那些不應該發生在你身上的煩惱折磨，像個半瘋半癡、頹廢失敗的人（其實幾乎任何人也都是，只不過別人稍微好一點，缺點較不明顯而已），命運沒有為你保留幸福，除非和忠心耿耿的赫絲芭住在這棟陳舊的祖宅、和菲碧共度漫長的夏日午後，以及與她們和凡納叔叔與銀版照相師的安息日小聚也稱得上快樂！為什麼不能呢，它們看上去十分美妙，而靠得太近又會煙消雲散。所以及時享受它吧！不要抱怨懷疑，不要問什麼，盡情享受它！

11

拱形窗

克里夫通常是一個遲鈍的人，也許他想日復一日，至少整個夏天，就過著前述的那種日子。不過菲碧認為偶爾換個環境對他會是件好事，所以有時會勸他也朝外面看看街景。菲碧和克里夫二人常常爬上二樓，走廊末端有一扇很大的拱形窗子，上面掛著一對窗簾。窗子開在一樓門廊上方，外面原本是個陽台，但是因為欄杆腐朽而拆除了。克里夫把窗子打開，他躲在窗簾後面，藉著觀看這人口並不很稠密城市的僻靜小街上的活動，得以看見世界的一部分。但是他和菲碧也構成和街景同樣值得一看的景致。面色蒼白、頭髮銀灰、幼稚而又衰老陰鬱，有時純粹欣喜有時纖細明智的克里夫，帶著無關緊要的興趣認真的由褪色的深紅窗簾後面向外凝視那些日常的單調小事，每有些微感觸，便轉身望向這個聰明女孩的眼睛，希望她也有同感。

只要他好好的坐在窗口，就算品欽街那麼地孤寂和乾燥無味，他也可以在街上發現可以讓他注視的事情。一些幼小的兒童也熟識的事情，對他而言卻是新奇的。馬車、塞得滿滿的公共馬車、不斷上上下下的乘客，就像世界這座巨輪。任何地方都是也都不是它旅途的終點；他熱切的眼睛盯著這些馬車看，但在馬車揚起的灰塵尚未落地以前，便把這一切都遺忘了。

對於新奇的小事物（例如馬車）他似乎沒辦法牢牢記住。例如，白天時經過七角樓的一輛灑水車，在後面留下一道寬闊的水痕，使小姐們的步伐不會揚起塵土；它像是一場夏日的陣雨，被城市中的官員捕捉馴服，來替市民例行服務。克里夫一直不能熟習這輛灑水車，每次看見它便像第一次看見它一樣感到驚奇。克里夫對灑水車顯然印象深刻，但又旋即遺忘這場「陣雨」。就像街道在灑水車過去以後因為太陽的熱力很快地又揚起灰塵。他對鐵路也是這樣。他可以聽見那個蒸汽魔鬼喧鬧的吼聲，頭伸出一點到窗外，便可以瞥見列車由街道末端飛逝而過；這樣巨大的電力能量每每令他感到新穎而又不愉快，但是看了一百遍他也像看到第一遍時一樣感到驚奇。

沒有什麼比喪失或中止應付不熟習事物和趕上瞬間即逝的時間的能力，更令人感到衰變的悲哀。不過這只能是暫時的中止而已，因為如果這種能力真正消滅，那麼我們便連鬼魂也不如了。

克里夫是個積習已深的保守人士。他喜歡街上的各種古老景物，即使是那些刺激他挑剔感官的粗魯景物也照樣喜歡。他喜歡老式顛顛簸簸、隆隆作響的二輪馬車，在他塵封的記憶裡還存在它以前的軌跡，就好像今日的人可以在赫庫蘭尼姆古城的廢墟上找到古代車輛當年的軌跡一樣1。對他而言，屠夫那種頂上有雪白色罩子的二輪馬車也是還能接受的，吹起號角的二輪賣魚車、以及鄉下人的蔬菜車，由一扇門走到另一扇門的販賣，當菜販把白蘿蔔、胡蘿蔔、夏日南瓜、豆角、綠豆、新鮮馬鈴薯賣給那一帶的許多主婦時，他的馬便耐心的停在門外；當克里夫聽到麵包店馬車的刺耳鈴聲反而覺得悅耳，因為今日很少有什麼東西能以這樣不諧和的叮噹聲喚起往昔的回憶。有一天下午，磨刀匠正巧在品欽榆樹下正對著拱形窗前擺出磨刀的輪子。許多小孩子拿著母親的剪刀、切肉刀、父親的剃鬍刀、或任何刀刃已不銳利的東西（除了克里夫的機智風趣）跑上前來，磨刀匠把這些東西放在他神奇的輪子上把它們磨得像新的刀子一樣銳利。磨刀人一面踏腳，磨刀輪便不停的轉動，在磨刀石上磨鋼刀。磨刀石發出的嘶叫聲，像魔鬼撒旦和他的黨羽在地獄2所發出的聲音一樣強勁的漫長惡毒。那有如醜陋毒蛇般的聲音，對於人的耳朵來說實在是很難聽。但是克里夫卻為之著迷。這個聲音雖然不悅耳，卻含有活潑的生命力，再加上站成一圈圍著磨刀輪子看的好奇孩子，使他強烈地感到前所未有的活潑生氣和明朗熱鬧。不過這磨刀輪的魅力根植於過去，因為它嘶嘶的聲音是他童年時常聽到的。

有時他也會悲傷地抱怨說現在已經沒有驛馬車了。又以委屈的口吻問那些兩側各伸出一翼的老式方頂輕馬車到哪裡去了？在他的記憶中這種由農夫妻小和女兒駕駛的馬車，常在城裡販賣越橘和黑莓。他說它們的消失令他納悶越橘和黑莓是不是已不在廣闊的牧場上和蔭涼的鄉間小徑生長了。

不過任何能夠滿足他的美感的大小事物，無論怎麼樸素簡陋，也不需要有什麼過去的背景就能得到他的喜愛。每當一個義大利男孩（他可以說是這條街上最現代的特色）帶著手風琴停在品欽榆樹蔭涼寬闊的樹蔭下時，這個情形便很明顯。孩子職業性的銳眼在注意到有兩張臉由拱形窗口向下看他時，便打開手風琴演奏出美麗的曲子。他的肩上有一隻猴子，牠穿著蘇格蘭高地人所穿的格子布衣服；另外用來吸引民眾的，是放在手風琴的桃花心木盒子中——動力是「音樂」的小人兒。這個義大利男孩的工作便是轉動手風琴產生音

---

1 維蘇威火山於西元七九年爆發時，是僅次於龐貝的被毀大城。

2 約翰・密爾頓著《失樂園》中魔鬼撒旦及其同儕的首都。霍桑心中所想的，是墮落天使在潘達摩尼的集會上由地獄發出的可怕嘶嘶聲（X. 521-22）。

樂。這些小人兒有各種行業的。他們有補鞋匠、鐵匠、士兵、手持一扇的淑女、坐在母牛旁邊的擠牛奶婦、和拿著酒瓶的酒徒等等，他們相處和諧，把生活轉化為一場真正的歡樂的舞會。

義大利男孩一轉動曲柄，每一個小人兒便立刻充滿活力。鞋匠在做鞋，鐵匠在打鐵，士兵揮舞著他那把閃閃發光的刀，淑女輕搖手中的扇子，微風習習，酒鬼快活地豪飲，學者打開書本熱切的求知，眼睛一行一行看，擠牛奶婦用力擠奶，吝嗇鬼把一個一個金幣放進鐵櫃，他們都隨著曲柄動了起來，在相同的推動力之下，有一個情人親吻了他的女友！也許是從前某個既快樂而又痛苦的憤世嫉俗者、想在這場啞劇般的情景中表示：不論我們的職業或娛樂是什麼，有多麼重要或多麼無關緊要，我們這些凡人都是隨同一個曲調起舞，而縱然我們的活動荒謬，最後也都一無所成。因為這場啞劇最值得注意的地方，是音樂一停，大家都立刻一動也不動了，由最熱鬧的人生到死亡般的死寂。鞋匠的鞋尚未做成，鐵匠的鐵器也沒打好，酒徒的瓶子裡一滴白蘭地酒也沒少，擠牛奶婦的桶子裡一滴牛奶也沒增加，吝嗇鬼的鐵櫃中一塊錢也不多，學者仍是在看同一頁書。他們白忙了一大場地工作、享樂、聚財、益智，到頭來還是維持原狀。而最可悲的是，那個情人在親吻了少女之後，並不能快樂！但是我們不接受這最後的一點辛酸，我們拒絕接受這場表演的教訓。

這時猴子站在義大利男孩的腳上，粗尾巴由格子呢長服中向上捲得高高的，牠多皺可憎的小臉轉向過路人、轉向圍在四周的兒童，轉向赫絲芭的店門，又向上看菲碧和克里夫所站的拱形窗子。牠頻頻脫下蘇格蘭童帽，對著觀眾鞠躬奉承。有的時候，牠會逐個向觀眾伸出小小的黑色手掌，明白表現對他們口袋中的骯髒小錢的興趣。牠那卑鄙下賤而又十分像人一樣的頹喪表情，和那隨時想佔便宜的貪婪和窺探眼神，還有那大到不易藏在寬鬆長袍之下的尾巴——它象徵邪惡天性——都再再說明這隻猴子簡直就像是拜金主義的典型[3]，象徵對金錢明顯的愛好。而要想滿足這個貪心的小魔鬼也是不可能的。菲碧由拱形窗口丟下一整把一分錢硬幣。牠卻不高興地拾起來交給義大利男孩保管後，立刻又比手劃腳地表示想要更多。

當然，不止有一個新英格蘭人——無論哪裡人都一樣——由旁邊走過，看了猴子一眼又繼續往前走去，沒有想到他自己也和這猴子的情形差不多。不過克里夫卻與眾不同。他像

3 「財神」是「物慾」的擬人化。在《失樂園》中他是最不好的一個失落天使。因為即使是在天堂上，他也愛天堂黃金鋪路的財富甚於愛任何神聖的事物（I. 679–88）。

個孩子一樣喜歡手風琴所奏出的音樂，笑望著那些隨樂起舞的小人兒。但是在看了那個長尾的小魔鬼一會兒以後，卻為牠身心的醜陋所驚駭，而流下眼淚；因為天生感情脆弱的人，他們缺乏更強烈、更深沉、更悲愴的力量來對生活中見到卑鄙齷齪的事情一笑置之。4

品欽街有時也有更壯觀的景象以及被吸引來的群眾，而顯得生氣勃勃。克里夫雖然一向怕和外界接觸，但每當聽見熙熙攘攘人潮的喧囂聲時，也不禁為之興奮。一天，城裡有個政治遊行走過向來安靜的品欽街，上百面鮮豔旗幟隨風飄揚；鼓聲、橫笛聲、喇叭聲、鈸聲隨著眾人的踏步聲和偶爾的咆哮聲在兩旁的房子中間回響，遊行走過大街小巷，長長的隊伍和喧囂聲也經過了向來安靜無聲的七角樓。就視覺來說，沒有什麼比看著隊伍經過狹窄的街道更缺乏構圖的美感了，旁觀的人會覺得它不過是愚人的遊戲而已，尤其當他可以看見每個人難看的樣子：出汗疲倦而又平庸的面孔和他們自視過高的表情、褲子的剪裁樣式、襯衫領子的僵硬或鬆弛、以及黑色外衣背上的塵土。看者必須由有利的地點看，則可以讓它看起來莊嚴而壯觀，如在它漫長的行列緩慢通過廣闊平原的中心、或一個城市堂皇的公共廣場時；只有在這樣的遠距離，才能把構成它的所有小人物融為一個廣大的群體、一個大生命、一個人類的集體，一切因博大和齊一的精神而有了生氣。然而，如果旁觀者是一個感受性強的人，單獨站在這樣一個大遊行行列的邊緣看它，不是看它個別的構成分子，而是看它的整體：波濤洶湧的生命河流、又帶著黑色的神祕，它的深處呼喚會使他內心感動，更親近的接觸也會增加它的效果。它可以引他入勝，不禁投入這人類共鳴的波濤起伏長流中。

克里夫便是如此。他戰慄、面色蒼白、帶著求助的眼神朝和他一起站在窗前的赫絲芭和菲碧看。她們不了解他的感情，以為他不過是被這種不習慣的喧囂弄得心神不寧而已。他終於撐起顫抖的兩腿站到窗台上去，再過一刻便會去到沒有欄杆的陽台上去了。此時整個遊行的行列也許都看得見這個憔悴狂亂的人，飄揚旗幟的風也吹起他的灰髮，而這個孤寂的、離群索居的人，由於無法壓抑天性，此時又覺得自己是人類的一份子了。如果克里夫真的上了陽台，或許真的會跳到下面的街上去，不過他的舉動是由於那種被人推下懸崖時油然而生的恐懼、或是由於使一個人天生想進入人群中間的磁力，那就很難說了。或許這兩種衝動他同時都有。

4 本段是根據霍桑所著筆記中所記的一個真實情形。所描寫的是轉動風琴者的猴子和克里夫對牠的回應。

他身邊的人被他的舉動嚇了一大跳——他奮不顧身衝出去的樣子——她們趕緊抓住他的衣服把他往回拉。赫絲芭尖聲叫了起來。菲碧因為害怕而哭了起來。

「克里夫，克里夫！你瘋了？」赫絲芭哭喊。

「赫絲芭，我自己也不知道是怎麼回事。」克里夫深深的吸了一口氣說：「不要害怕，沒事了。不過如果我真的跳了下去，並存活下來，那我就會成為另外一個人了！」

克里夫也許是對的。他需要受一次震驚，或許他需要深深的跳進人海，一直向下沉直至埋入深淵，而後再掙脫上來——清醒復元，回到世間回到他本人。但或許他所需要的只是那最後的大救星——死亡！

他有時也會以溫和的態度表示出與同胞重建關係的意願，這樣的意願一度因他內心更深處的信仰而變得美好。在下面的故事中，克里夫體認到神對他——對於這個被遺棄的可憐人的照顧和愛。他自認為是一個被遺忘、被丟在一旁任由魔鬼戲弄的人。不過如果神能原諒人錯誤的想法，他也許已是被原諒的。

那是一個安息日的上午，晴朗平靜而又神聖，彷彿天堂對大地展露莊嚴又甜美的微笑。在這樣的一個安息日上午，如果我們純潔到可以作為傳訊使者，無論我們身在何處，大地都可以藉著我們的軀體傳達對自然的崇仰。不同音調但彼此和諧的教堂鐘聲，此呼彼應，在不停呼喚著：「今天是安息日！安息日！是的，安息日！」有時是緩緩的，有時輕快，有時獨響，有時齊響，熱切的呼叫「今天是安息日！」無遠弗屆，融入大氣。這含有神最甜美和溫暖陽光在內的大氣，適合人類吸入心肺，再以祈禱的方式呼出。

克里夫和赫絲芭坐在窗口，看著鄰人紛紛出門走到街上。不論這些人平日如何不注意精神生活，這一天也都受到安息日的影響；他們的衣著——不論它是一個老人的已經刷過一千遍的體面外套、或是小男孩的母親昨天才給他縫好的第一套衣褲——都像是耶穌昇天時穿的長袍。菲碧也由七角樓的大門走出來，她戴上綠色的小遮陽帽，抬起頭來對拱形窗前的面孔微笑。她的表情喜悅近人又聖潔地令人尊敬。她好像是一個人以母語說出的樸素美麗的祈禱文。她是那樣地清新優美，好像她穿在身上的那件長服、戴的那頂遮陽帽、手上的那塊小手帕、或她雪白的長襪，都是初次穿上身一樣；而即使穿過，也會清新地好像曾經放在玫瑰花蕾中間一樣。

她對赫絲芭和克里夫揮揮手，走上街去；信仰於她是，溫暖、單純、真誠，她的身體可以在人間行走而靈魂可以遨遊在天堂。

「妳從來不上教堂嗎？」克里夫在看著菲碧走到街角以後，問赫絲芭。

「好多好多年不去了！」她回答。

他接著說：「如果我上教堂，那麼看見周圍有那麼多人祈禱，似乎我也可以再一次祈禱。」

她注視克里夫的臉，在他臉上看到一種柔和自然的表情，好像由他的心房湧出的對神祇的欣然遵奉和對人類同胞的親切感情，由兩眼中流露了出來一樣。這種感情影響到赫絲芭，她渴望牽著他的手，一同在人群中跪下——他們都遺世已久，她發現自己幾乎快不認識祂——與神及世人和好如初。

「親愛的哥哥，」她誠摯的說：「我們去吧！雖然我們不屬於任何地方。我們在教堂也沒有一個下跪的地方；但是還是去一個可以做禮拜的地方吧，即使是站在教堂走道上也行。像我們這樣被遺棄的窮人，總會有一個教堂的門會為我們打開的！」

於是赫絲芭和她哥哥打扮了起來，預備上教堂去。他們穿上最好的老式衣服，它們都掛在衣架或放在衣箱中很久很久，久到過往的濕氣和霉味都附著在上面了。他們一同走下樓梯，赫絲芭面色憔悴蠟黃，克里夫蒼白消瘦，又已上了年紀。他們打開前門跨過門檻，感到自己彷彿是站在全世界的面前，而全人類的眼睛都在瞪著他們看。他們的天父似乎不再注視他們，也不再鼓勵他們。街上充滿陽光的暖和空氣竟也使他們不寒而慄。每向前跨一步，心便戰慄一下。

「赫絲芭，我們不能去上教堂！」克里夫十分悲傷地說：「一切都太晚了。我們是鬼！我們沒有權利立足於眾人之間，除了這棟被詛咒的老房子以外，我們哪兒也不能去。我們注定是徘徊在裡面的幽靈。」他又帶著特有的敏感口吻說：「再說，去教堂對我們既不相宜也不是件好事。想到教堂裡面的人見到我就害怕、兒童嚇得抓住母親的裙子不放的樣子，我就不想去了。」

於是他們退回那道幽暗的走廊，並將門關上。但是由於剛才見到又呼吸到自由，他們一爬上樓梯便覺得房子裡面比以前更陰沉十倍，而空氣更沉重。他們逃不掉。他們的獄卒把門打開一半只為了愚弄他們，他站在門後等著看他們溜走。他們一到門口便覺得被殘忍地抓住。因為，還有什麼地牢像自己的心房一樣黑暗呢？還有什麼獄卒像自己本人一樣殘酷呢？

但是我們如果一直將克里夫描述為不幸的人也是不公平的。相反的，我們可以斷言，城裡面沒有任何比他年輕一半的人、像他一般享受過那麼多歡樂和無憂無慮日子的。他不需要操什麼心；別的人需要解決的那些問題和未來可能發生的事故，磨損了他們的人生，謀生過程的困難，使他們覺得人生是不值得的。就這一點來說，他只是個孩子，不論生命的長短都只是個孩子。一個人常因遭受重大打擊而失去知覺，在清醒過來時只記得發生在這個打擊以前的事情，克里夫也一樣。他的人生似乎還停留在比孩提時代早一點點的時候，只記得孩提時代的一切。

他有時也把自己做的夢告訴菲碧和赫絲芭，他在夢中總是個孩子或非常年輕的人。那些夢栩栩如生。有一次他和他姐姐發生爭論，主題是他在前一個晚上所夢見的他們母親所穿的印花棉布晨衣的剪裁和花紋是什麼。赫絲芭以女人對這種事情的精確記性為傲，她所說的與克里夫的描寫略有不同；但當她由一個舊衣箱裡把這件長袍拿出來一看，竟和克里夫描寫的一絲不差。

如果克里夫每天由這麼栩栩如生的夢境中回到現實時都得忍受由男孩突然轉變為一無所有老年人的折磨，那麼便會受不了這種日日重現的震驚。每次醒來，他便由早到晚身心劇痛發抖，即使在入睡以後仍然夾雜著晦暗不可理解的悲痛和蒼白的不幸色彩。夜間的月光與晨霧交織，像睡袍一樣把他裹了起來。他把睡袍抓得緊緊的，不讓現實侵入；他往往沒有完全清醒過來，而是睜著眼睛在睡覺，或許以為自己在做夢。

由於總是逗留在孩提時代，所以他喜歡兒童，也因此有一顆年輕的心，就好像有細流自不遠處的水源源源注入的一個儲水池一樣。他最喜歡由拱形窗向外望，看著沿行人道滾鐵環玩具的小女孩，或玩球的學童。只不過為了遵守禮法，所以他不能與他們為伍。他也很喜歡聽他們說話的聲音——遠遠地聽，就像蒼蠅在一個充滿陽光的房間中所發出嗡嗡聲音。

克里夫也希望能和他們一起玩。赫絲芭曾經告訴菲碧說她和克里夫小的時候，他很喜歡吹肥皂泡取樂。有一天下午，他又想吹肥皂泡，於是叼了一支陶製的管子站在拱形窗前，把肥皂泡往下吹到街上。髮已蒼蒼的他，臉上泛著一絲飄忽的微笑，溫文優雅，頗有靈秀之氣，就連他的敵人也會認為這樣的優雅是神聖不朽的，畢竟它被保留在他身上如此之久。看他吹出的泡泡，從窗戶到街上，那些氣泡像是不可捉摸的小世界，五光十色，在空無一物的表面上描繪鮮明的色彩。看著行人望著這美麗的景象很有意思，泡泡往下飄，使周圍沉悶的空氣活潑起來。有的行人駐足觀看，並懷著這愉快的回憶走過街角。有的行人憤怒的向上看，好像克里夫在他們灰塵厚積的街道上飄動這麼美麗的形象，委屈了他們。大多數人則用手指或手杖去碰氣泡，看見它們在指尖破滅，便感到滿意。

而後，正當一個頗有威儀的老紳士路過時，有一個大肥皂氣泡飄了下來，碰在他的鼻子上破了。他先是大不高興的往上看看，目光一直深入至拱形窗的裡面，而後又泛出一絲微笑，好像是把七、八月間的酷熱擴散到周圍幾碼的空間一樣。

「啊哈！克里夫！」品欽法官叫道：「怎麼？你還在吹肥皂泡嗎？」

他的音調似乎仁慈而又緩和，但是也帶有一絲諷刺意味。而克里夫則是給嚇呆了。除了有什麼過去的經驗讓他害怕以外，像他這麼軟弱、脆弱、和敏感的人，在法官大人這位強人面前自然是會驚恐戰慄的。弱者不能了解強者，因而更為驚恐。在他的生活圈裡，沒有一個比這意志堅強的親戚更令他畏懼了。

12 銀版照相師

像菲碧這麼活躍的人，生活自然是不會完全局限在品欽老宅範圍之內的。漫長的一日中，往往在日落左右的時候，她就把克里夫照料完了。他每天的生活固然安靜，卻也耗盡他的精力。除了有時用用鋤頭，或在花園小徑上走來走去，下雨的時候，就在一個空著的房間內踱步，與其勞動四肢，他比較傾向靜靜不動。或許是在他體內有個永不熄滅的火燄在燃燒他的精力，或者是那種會令別人有麻木之感的單調無味對他來說並非單調無味。他像是在經歷第二次的成長和復元。世間的形形色色和風風雨雨對於世情練達的人來說是沒有什麼的，但他卻不斷從其中攝取精神和智慧的養分。由於這些對一個孩子嶄新的頭腦來說都是活動和變化，因而對於一個生活長久停滯後新生思想的人來說也是如此。

不論是為了什麼，克里夫通常在陽光尚可以透過窗簾照進房來，或餘暉在窗上徘徊的時候便已是筋疲力竭要上床了。由於他像孩子一樣睡得早，去夢憶孩提時代，菲碧在剩下的時間便可以隨意做自己想做的事。

菲碧雖然不是一個容易生病的人，但這個自由自在的時刻對她的健康而言還是必要的。老宅的牆既因乾枯而敗壞也因潮溼而腐蝕了，只呼吸房子裡的空氣是不行的。赫絲芭雖然有她的許多長處，但是已經變得有點神經不正常了，因為她把自己關在一個地方太久，又沒有別的伴侶，而只有一種想法、一份感情和一種覺得被冤枉的感覺與她為伴。克里夫太遲鈍，即使與他有最親密關係的人也無法和他有精神上的溝通。但是人與人之間的同情和吸引力，卻比我們所以為的更為微妙和普遍，在不同的生物之間也是一樣。例如，菲碧注意到鮮花在克里夫或赫絲芭手中會提早開始枯萎，照這樣看來，這個青春的女孩子，如果把自己的日常生活變化為給這兩個多病的靈魂用的花香，那她也必然會憔悴早凋。

她實在需要偶爾還就一下自己活潑的天性，到郊外去散散步呼吸一點鄉下的空氣；或到海邊走走，享受從大海吹拂過來的微風；順從新英格蘭年輕女孩的天性去聽一場哲學抽象的演講；或看看形形色色的景致；聽一場音樂會；在城裡買買東西、看遍華貴的商品然後買一條絲帶給自己；在自己的房間裡面讀讀《聖經》；偷閒想想她母親和她的故鄉。若非這些精神上的補給，可憐的菲碧便會日漸消瘦蒼白、變成一個鬱鬱寡歡、孤僻羞怯的老姑婆。

雖然如此，她也已經起了一點變化。不過還不是很要緊，因為往往失之東隅收之桑榆。

她已經不像以前那麼整天高高興興的了，有時也會陷於沉思。不過克里夫卻很喜歡這個情形，因為她現在更能深入了解他，有時甚至向他解說他自己的想法。她的眼睛似乎更大更深沉，靜下來的時候竟像口井那樣深不可測。我們當初看見她從馬車下來的時候，她看起來只是個少女，現在卻變得像個成年女人！

在這裡只有攝影師可以與菲碧年輕的心靈長談。很明顯地，由於七角樓與世隔絕，他們都承受著孤獨的壓力。如果他們是在不同的情形下相遇，除非他們之間的不同造成異性相吸，否則這兩個年輕人是不會注意到彼此的。他們都是在新英格蘭生活中長大的人，外在發展相似，但是內心的世界卻是完全不一樣。在他們認識不久的時候，荷格雷也曾隱隱約約的向她獻慇懃，菲碧雖然是一個坦誠而隨和的女孩，卻拒他於千里之外。因為雖然他倆天天見面親切交談，這位藝術家也曾斷斷續續的把自己的身世告訴菲碧，但她覺得對他的認識還是不夠。

他雖然年輕，也有了一番成就，他經歷的事件足以寫成一本自傳性的書。一本《吉爾‧布拉斯》1 寫的冒險故事，但如果背景是美國社會和風俗，那就不能成為冒險故事了。很多我們所自以為不值得敘說的經驗，但其實它們的曲折變化卻比得上那個西班牙人主角早年的經驗；而他們的成功或目標，又比任何小說家能為他們的主角設想的成功或目標更為高得多。

荷格雷告訴菲碧自己的出身，他不誇耀也不過分謙虛，除了幾個冬天上過縣學以外，他沒有受過什麼教育。由於自幼便得照顧自己，還是個男孩子的時候便已開始自立，而這一點卻很適合他天生的意志力。雖然他現在還不到二十二歲（大概還差幾個月，但月在他的生命中卻如年般漫長），卻已經當過鄉下教師、鄉下商店的店員、以及一份鄉下報紙的政論編輯。後來受僱於康乃迪克州的一家香水製造商，在新英格蘭和紐約、新澤西、賓夕凡尼亞、德拉威、和馬里蘭諸州各地販賣香水。他也曾玩票性質的學了點牙醫術，並在沿內陸河流的許多工業城市做過牙醫，做得還算不錯。此外又曾在郵船上充當臨時僱員去到歐洲，回航以前設法去看了看義大利、和部分法國德國。之後又曾在傅立葉社區2住了幾個月。最近又曾就催眠術3做過公開演講。他跟菲碧說他對這一行很有天賦。這個時候那隻公雞正在旁邊搔土，他便把牠弄睡著給菲碧看。

至於目前這份銀版照相師的工作，他則認為並不比以前那些工作重要或能夠持久；他只不過是為了謀生而做的。一旦可以用其他的辦法謀生，便不幹銀版照相這一行了。但是，值得注意的一件事，是經過這麼多變化，他卻不會失去自己原本的個性。他一直是一個居無定所的人，對於輿論或任何個人都沒有責任，外表也不斷變換，但卻從未違背自己內心的原則，一切作為都本著個人的良知。不了解這一點便不能了解荷格雷這個人。赫絲芭了解這一點。菲碧也一樣，所以能信任他。不過使菲碧害怕和反感的，無關乎他是否信守自己的原則，而是覺得他的原則和她自己的原則不一樣。由於他不尊重約定俗成的傳統，而讓她覺得不安，好像周圍的一切都紊亂無序了。

而且她也覺得他不夠富有情感。他太過冷靜，鎮定的像個旁觀者。菲碧常能覺察到他的眼神，但從來摸不清他的心裡是在想些什麼。他對赫絲芭、克里夫和菲碧都感興趣，他仔細研究他們的個性，不放過一舉一動；他也樂意隨時幫他們的忙，不過卻從未和他們團結一致，也沒有表達出和認識時間同比例的友愛和關懷。在與他們的關係上，他似乎只是在探求思維上的糧食，而非感情上的。菲碧不能夠了解，既然他不關心他們這些人，那麼對他們又感的是什麼興趣？

1 《吉爾．布拉斯》是勒薩吉所著的一本以惡漢及其冒險為題的法文小說；以幽默的方式暴露西班牙的社會和道德缺點。

2 霍桑曾於一八四一年在布魯克田裡住了「六個月」，布魯克農場是傅立葉式的一個烏托邦社會主義公社，位於麻薩諸塞州的西羅克斯百利。

3 催眠術（mesmerism）因奧地利藉推廣此一辦法的醫師麥斯梅（一七三四—一八一五）得名。關於霍桑對催眠術所持的態度，則參看《霍桑情書》一書。

這位藝術家除了在星期天的聚會上以外很少看見克里夫，但卻在與菲碧的談話中常問起他的近況。

「他過得還快樂嗎？」他有一天問。

「高高興興得像個孩子，」菲碧答道：「但也像孩子一樣很容易因為一點小事而心煩意亂。」

荷格雷問：「怎麼心煩意亂法？是受外在事情的刺激還是受內在思想的刺激？」

「我又看不見他的思想，我怎麼會知道？」菲碧戲謔的說：「他常常好像是無緣無故就心情不好，就像一片烏雲突然遮住太陽一樣。我最近比較了解他了一點，常覺得不應該細察他的心境。他是個飽經憂患的人，所以想法嚴肅而鄭重。每當他高興的時候——就像陽光照進他的心裡——我就會設法了解他一點，但並不能深入，只限於陽光照到的地方。他的內心深處是個神聖的禁區！」

「妳形容的真漂亮。」藝術家說：「我雖然自己沒有親自感受但也可以了解！如果我像妳一樣有機會接觸他，我就會設法徹底了解他！」

菲碧不知不覺的說：「你竟會這樣想也真是奇怪。克里夫與你有什麼關係？」

「沒有，當然什麼關係也沒有！」荷格雷笑答：「但這個世界是古怪而又不可思議！我是愈想了解它便愈感到迷惑，也開始認為一個人面對混亂的程度可以作為測量他智慧的標準。男人女人和小孩也都是些沒有人能真正了解的奇怪傢伙。由他們現在的樣子也猜不透他們過去是如何。品欽法官！克里夫！他們都是些最複雜難解之謎。只有如少女的直覺同理心才能解這個謎。像我這麼一個毫無直覺，最多不過是明敏的人，一定會說不準的。」

此時藝術家改變話題，和菲碧談一些比較愉快的事情。他和菲碧都還是年輕人。他那些過早的人生經驗也不曾完全消磨他美好的朝氣。這份由心房所迸發出的朝氣，可以擴散到全世界，使它像創世的第一天那樣光明燦爛。至少他認為人類的青春便是世界的青春，並想像地球的花崗石還尚未硬化，他可以隨意將它塑型。他可以明智的談論世界有多古老，但自己也不真正的相信自己的話。他還是個年輕人，因而視那個衰老卻不可敬的世界為個小夥子，可以加以改進，只不過還絲毫沒有改進的跡象而已。他有一個想法——一個年輕人如果不這麼想還不如沒有生下來，一個成熟的人如果完全放棄這個想法，還不如馬上死去——他認為我們並非命中注定永遠會以古老和不良的方式匍匐前行，而是就在這一刻，他立志親手建立一個黃金時代。就荷格雷來說，無疑也就自亞當孫子那個時代起每一個世紀懷抱希望的人來說，這個時代尤其應該推翻老朽的「過去」，拋棄那些死氣沉沉的制度，使一切得以重生。

至於這個藝術家理論中主要的一點，也就是說即將來到的未來會比現在為好，他絕對是對的，我們任何人都不應懷疑此話是否為真。他的錯誤是在於認為當前這個時代比過去或未來任何一個時代，都注定會見到古代的一切一舉更新，而非循序漸進地改良；他以他自己小小的壽命估量無窮無盡的成就，尤其是在於想像不論他本人是堅決主張它還是堅決反對它，對於討論中的大結局而言都是有重要關係的。但是他這麼想想也不錯。這份因透過他冷靜的性格而化為穩定的思想和智慧的熱誠，會讓他的青春純淨抱負更提升。而當他年齡大了一點以後，早年的信仰不可避免的會因生活經驗而修正，但他的情操卻不會變。他仍然對人類日漸光明的命運保有信心，也因為認識到自己的無助而更愛人類；而他早年傲慢的信心，在覺察到人類的成就不過是南柯一夢，而只有神才是現實唯一的主宰後，也會變得謙遜。

荷格雷書讀很少，而他所讀的一點書中的知識，又在日常生活中與群眾嘮嘮叨叨的說法混合不清。他自認為是個思想家，也的確天性喜好動腦筋，但他靠著自己摸索出來的也許仍比不上一個受過教育的人的基礎。他性格中真正的價值，是深深地藏在潛意識裡的力量，因而過去的浮浮沉沉，對他而言不過是像換換衣服；還有那份祕密到連他自己也感覺不出來的熱誠，使他所碰見的任何事物都可以感受到溫暖；還有他個人的野心，這種連他自己和其他的人都看不出的野心，使他由只是喜歡談理論進而為實際的目標奮鬥。總而言之，就他的文化程度來說——就他狂野迷濛的思想和與思想相抗衡的人生經驗來說，就他宅心仁厚對人類福利的熱衷以及任何年齡都有的輕率大膽來說，就他的信心和無宗教信仰來說，就他所有的以及所缺乏的來說——這位藝術家可以說是他的祖國的代表人物

他的事業難以預知。在這個遍地黃金任人拾取的國家，以他的素質來說，是很有機會名成利就的。但這種事情也很難說。每當見到與荷格雷年齡相仿的人，我們總是對他們期望甚高，但當我們更深入了解後，卻往往覺得乏善可陳。青春和熱情的沸騰以及智慧和想像力的虛假光環，騙了他們自己也騙了別人。像許多印花布和條紋格子布一樣，他們在嶄新的時候很好看，但卻經不起日晒雨淋，而且在一洗之後就更是不出色了。

我們還是回頭談談荷格雷。這天下午他正在花園的涼亭與菲碧熱切地交談。這個漂亮地令人欽慕、充滿自信、歷經考驗而未受損傷的年輕人，看上去實在賞心悅目。她認為他是個冷漠的人，這話並不公允，即使他以前冷漠，現在也比較和藹可親了。她在不經意之間，而他也不知不覺地，讓七角樓對他來說像個家，也讓他經常出入花園。他以自己引以為傲的洞察力，認為可以一眼看穿她和她周圍的一切，像看一頁兒童故事書一樣輕易了解她。但是我們往往會因為未知的深度而被這些顯而易見的印象欺騙，正如噴水池底部的小

圓石看上去比真正的距離近一樣。因而不論這位藝術家對菲碧的才能持何種看法，都是被她深默的魅力所欺瞞的，他向她盡情傾訴自己的抱負，好像她是另一個自己一樣。他在講話時很可能已經忘記了菲碧的存在，而只是因為受到無法阻止的思想潮流所推動，在熱誠和情感的驅使下，像水必然流入第一個遇見的水庫。但是如果你由花園籬笆的裂縫中觀望他們，那麼這個年輕男子興高采烈的樣子，會讓你以為他是在向這個少女示愛！

終於，荷格雷所說到的一些事情，讓菲碧認為可以問問他是怎麼認識赫絲芭，而為什麼現在又決定住在這棟荒蕪的七角樓中。他沒有直接回答她的問題，而只是把話題由「未來」轉到「過去」給他的種種影響上，事實上一個主題只不過是回應另一個主題而已。

「我們是永遠也甩不掉『過去』這個包袱的！」他繼續剛才熱烈的語調大聲叫道：「它像巨人的死屍一樣壓在『現在』上面！這就好像是一個年輕的巨人被迫耗盡精力把他過世已久的祖父的屍體背在身上一樣，而事實上這個已故巨人不過只是需要埋葬而已，想想看，妳一定會驚訝我們竟是『過去』——也可說是『死亡』——的奴隸！」

菲碧說：「這一點我倒是看不出來。」

荷格雷接著說：「例如，一個死者如果立有遺囑，便會把不再屬於他的財富妥善處理。但如果他未留遺囑而死，那麼他的財富便是按照比他早死的那些人的想法分配。一個『死者』坐在審判席上，還活著的律師只不過是找出他的決定，照他的決定處理。我們讀的是死人的書！我們因死者說的笑話而笑，因死者的悲慟而泣。我們生的是死者身心上的疾病，又服用那些醫生醫死病人的藥方。我們根據死人的方式和信條崇拜造物主！我們如果想按照自己的意志做什麼事，死人冰冷的手便會阻攔我們！我們不論如何轉動雙目，都會看見一個死人蒼白、鎮靜的臉，使我們內心凍結如冰！而當我們有機會對自己的世界施展任何影響力時，便非死不可，死了以後這個世界便不再是我們的世界，而是另一代人的世界了。對於這個未來的世界，我們是一點左右的權利也沒有的。我也應該說我們是住在死人的房子裡，就像住在這棟品欽老宅裡！」4

「這又有什麼不好？」菲碧說：「只要我們能舒舒服服住在裡面不就好了？」

「我相信我們會看到沒有人會為後人蓋房子的一天。」藝術家接著說：「一個人給後人蓋房子做什麼？他還不如訂購一套耐穿的衣服，如皮革和膠質的衣服，以便他的曾孫也可

4 參看「《美國散記》中的幾節」一文。

以用得上，讓他像自己一樣在社會上做人。[5]每一代人都應該建築屬於自己那代的房子，每一代的改變無論多麼微小，都代表當日人們所希冀的改革。我不知道我們的公共大廈像是國會議場、州議會議場、法院、市政廳、教堂是否應該用石材和磚頭這些永久性的建材蓋。因為這些大廈最好每二十年便崩塌一次，提醒人民該檢查和改革它們所象徵的制度了。」

「你簡直是懷恨舊有的一切！」菲碧驚慌的說：「想起這麼一個多變的世界我就頭昏目眩！」

「我的確是不喜歡陳腐的東西。」荷格雷回答說：「看看這棟品欽老宅！它黑色的屋頂和說明屋頂有許多潮濕的青苔、它多塵又汙穢陰暗的房間！它牆上的污垢都是當年住在裡面的人在不滿意和身心痛苦時呼吸的結晶！這是個作為住家的好地方嗎？這棟老宅應該用火淨化一下，燒到只剩下灰燼才算乾淨！」

「那麼你為什麼住在這兒？」菲碧有一點不高興的問。

荷格雷回答道：「我是在這做一點研究，不過不是書本上的研究。依我看來，這棟房子代表可憎又討人厭的過去，它有我方才所罵的一切壞事。我在這兒先住上一陣以便知道如何恨它。順便說一下，妳聽過那個巫師莫爾的故事嗎？聽過他和妳那位祖先之間的糾葛嗎？」

菲碧說：「聽過聽過！很久以前我父親就告訴我過。在這兒的幾個月間赫絲芭也告訴過我兩三次。她好像是認為我們品欽這家人一切的災難都始於和那個巫師之間的爭執，而你好像也是認為如此。荷格雷先生，你不信許多可信得多的事情，卻相信這個荒謬的故事，這實在很奇怪！」

藝術家一本正經的答道：「我的確相信這個故事，這不是迷信，這是由確切事實證明的故事，也可以作為我一個理論的例子。妳且看看，老品欽上校當年曾想把這棟豪宅當作他子孫後世的家園，讓他們幸幸福福的住到永遠。可是在它的屋簷下面，過去三百來年間卻只有永遠的良心不安、經常受到挫折的希望、親戚間的爭吵、各種各樣的痛苦、離奇的死亡、兇惡的猜疑、說不出的恥辱。我想可以把這一切的災難都追溯到老品欽上校想在此栽培其家族的過度慾望。栽培一個家族！這個念頭便是人類作惡多端的根源。事實上，至

5《美國散記》一八三七年八月二十七日條：「伊本（霍桑）透過出身、家系、和祖先的驕傲這樣的事情，發洩對我聽見過的最聲名狼藉的民主和社會主義思想的憤怒。這些人說一個人死後不當有什麼財富，死後財富應還給人民大眾。這種說法實在古怪。」

少每五十年一次，一個家族便應該沒入廣大無名的人群之中，而徹底忘記自己的祖先。人類的血，為了保持新鮮，應該在隱藏的溪流中流動，一如水在地下的導水管中流動。例如，說到這些品欽家人的存在——菲碧，請原諒我，但我並不認為妳是品欽家的一員——我認為就這家人為時短暫的新英格蘭家系來說，已有足夠的時間感染某種瘋癲症。」

「你這樣說我的家人是很不恭敬的。」菲碧不確定是否應該和他辯論

「我是在對一個誠實的人說誠實的話！」荷格雷回答說，他激動的感情是菲碧所沒有見過的。「我說的都是實話！此外，最初的那個罪人和製造這場災禍的人還存在世上，今日仍在我們的大街上行走。至少他身心的分身至今仍在我們的大街上行走，希望把他所繼承到的龐大和不義之財傳給後世子孫！妳還記得那張銀版相片嗎？還記得它和那張老畫像很相似嗎？」

「你的態度真是奇怪極了！」菲碧不安地看看他，又驚訝又困惑又想笑，叫道：「你口中所謂的品欽家人的『精神不正常』，也是會傳染的嗎？」

藝術家臉色漲得通紅，笑了起來，說：「我了解妳！我想我是有點不正常。自從我住進七角樓後，心中便一直縈繞著這個問題。為了想拋開這想法，我已經把自己所熟習的、品欽家族中的一件事寫成了一篇文章故事，預備在雜誌上發表。」

菲碧問：「你也在雜誌上投稿嗎？」

「難道妳不知道嗎？」荷格雷叫道：「唉！文名就是這麼回事。菲碧・品欽小姐，在我的許多項才藝中，寫故事也是一項。《格拉漢雜誌》6和古迪的雜誌封面上都有我的名字，和其他有名的投稿人7並列。他們認為我的作品可以很詼諧也可以像洋蔥一樣賺人熱淚。我唸一則我寫的故事給妳聽好不好？」

「唸吧，只要是不太長。」菲碧笑著又說到，「而且不太枯燥就行！」

由於銀版照相師自己也不知道寫得枯不枯燥，他於是拿出一卷紙，在夕陽的餘暉中唸了起來。

6《格拉漢雜誌》（一八二六—一八五八）和古迪的『淑女雜誌』（一八三〇—一八九八），是十九世紀兩種最成功的期刊。霍桑本人曾各在上面發表過一個故事。

7 原文是指我們向他們祈禱的一列聖人；此處指雜誌著名的投稿人。

13 愛麗絲・品欽

有一天，大人物格維斯・品欽派遣他黑人僕人去找木匠馬修・莫爾二世，希望他立刻去品欽豪宅一趟。

「你的主人找我有什麼事？」木匠問道：「是房子需要修理嗎？也許是該修理的時候了，但這怪不得當年蓋它的我父親。我上個安息日還看到老品欽上校的墓碑，由上面的日期看，這棟房子已經建成三十七年。難怪屋頂該修補一下了。」

「我不知道我家老爺叫你去做什麼。那棟房很好。」來人西皮歐說：「老品欽上校一定也是這麼想，否則他的鬼魂常常回來做什麼？他簡直把我這個小黑人嚇得半死。」

木匠大笑說：「好吧好吧，西皮歐，告訴你老爺說我這就來。他要是想找個像樣的木工，找我就對了。你剛剛說那棟房子有鬼魂出沒？如果要驅鬼的話不應該找我這個木匠吧。」他又自言自語：「我的祖父，那個巫師，只要七角樓還在的一天就不會離開那的。」

西皮歐問：「馬修・莫爾，你自言自語些什麼？你又這樣黑著臉看我做什麼？」

木匠說：「沒事，小黑人，只有你能黑著臉嗎？回去告訴你家老爺說我這就來了。你如果見到他女兒愛麗絲，請代我問候一聲。聽說她剛從義大利回來，她真是一位美麗文雅又驕傲的小姐。」

西皮歐回頭離去的時候低語說：「他竟敢談愛麗絲女士！那個低賤的木匠！他連遠遠地看她都不配！」

值得一提的是，這個馬修‧莫爾二世在他所住的城中是個不為人所了解，也不被喜歡的人；並不是由於他品行不好、或手藝不佳。大家討厭他一部分是由於他的性格和舉止，一部分是由於他的祖先。

他是從前那個老馬修‧莫爾的孫子。這位老莫爾是最早定居在此的人之一，也是當時那個有名的巫師。當卡頓‧梅塞1和他的教會弟兄、有學問的法官、和其他聰明人、以及

1 卡頓‧梅塞（一六六三—一七二八）一權威清教徒牧師和多產作家，曾在所著《幽冥世界的奇事》（一六九二）中為薩勒姆巫術審判辯護。

賢明的州長威廉・菲比斯2為了想打擊魔鬼的勢力，而把祂的黨徒送上去絞刑台3的山路時，老馬修・莫爾也是被送去的無賴漢之一。無疑在那個年代以後，由於這樣的處分工作做得太過火，使仁慈的上帝比他們想要折磨和摧毀的魔鬼更為大不高興。不過可以確定的是，犯了巫術之罪而被處死刑的恐怖印象已深存人們的腦海。

他們的遺體匆匆的給丟進岩石縫隙中。這樣的墳墓實在不足以保存屍體。據說老馬修・莫爾尤其經常由墳墓中跑出來，就好像普通人從床上爬起來一樣，半夜常有人看見他。這個危害社會的巫師，雖然已受到公正的處罰，行為仍舊沒有改善。他頑強的鬼魂尤其常出沒於七角樓，向屋主討地租。這個鬼魂在世的時候便以頑強知名。他現在堅持說自己是這棟豪宅的合法地主。他開出的條件是：如果屋主要嘛把自七角樓破土興建之日起的地租給他，要嘛就放棄這棟豪宅，否則他這個厲鬼債主便會染指一切品欽家人的家事，讓他們事事不順日夜不安寧，千載以後仍然如此。這則故事或許荒謬，但對那些還記得這個巫師莫爾在世時如何固執成性的人來說，卻並非完全不可相信。

現在那個巫師的孫子馬修・莫爾二世，一般認為也繼承了他祖父這種有問題的個性。關於這個年輕人，傳聞中的荒謬說法實在太多。例如，有人說他能進入別人的夢，在那兒為所欲為，就像戲院的舞台督導一樣。鄰居間也有許多閒話，女鄰居尤其七嘴八舌，她們說木匠莫爾的眼睛有巫術的魔力。有人說他可以一眼看穿別人的頭腦，也可以把人拉進他自己的腦海，如果他高興，還可以派他們去靈魂世界給他祖父辦事；又有人說他的眼睛是所謂的「凶眼」，可以使穀類染上瘟疫，使孩子們乾枯成木乃伊。但是造成這些不利流言加劇的原因，時因他保守固執的個性，而且他不上教堂做禮拜，更使人懷疑他是個宗教禮儀上的異端份子。

木匠在收到品欽先生的口信以後，趕快把手上的一份工作做完，便前往品欽豪宅。這棟著名的豪宅雖然造型已不時髦，但是和城裡面任何一個上流人士的房子一樣富麗堂皇。據說它現在的主人格維斯・品欽由於小時候見到祖父在裡面突然暴斃而至今仍心有餘悸，因此並不喜歡這棟房子。當年就是他在爬到品欽上校膝上時，發現上校已經嚥了氣的。成年以後，他在造訪英國的時候娶了一名富家淑女為妻，隨後有時住在家鄉有時住在歐洲各大

2 麻薩諸塞殖民地皇家總督威廉・菲比斯（一六五一——一六九五）負責召開巫術審判法庭。但在他自己的妻子被控為巫婆以後，又於一六九二年十月二十九日予以解散。

3 巫術處決的地點。

城市。在這段時期，他把房子交給一個親戚看管，而為了不讓它因風吹日晒而年久失修，也允許這個親戚暫時住在裡面。看房子的人很盡責，因而當木匠馬修•莫爾到來時，他內行的眼睛竟看不出有任何可以挑剔的地方。三角牆的尖頂上聳，屋頂看上去也很防水。外牆上的灰泥裝飾，在十月天的陽光下閃閃發光，好像一週以前才敷上去一樣。

豪宅看上去生意盎然，好像人臉上欣喜安逸的表情，一眼便可看出裡面有熱熱鬧鬧的一大家人。一大車的橡木正由大門運進來，往後面的房屋而去。側門口站了個胖廚子（或許是管家），在和進城來賣火雞和家禽的鄉下人討價還價。不時也可看見一個穿著整齊的女僕或一個臉色黑得發亮的奴隸[4]快步走過樓下的窗口。二樓的一個窗前擺有幾盆嬌豔的鮮花。這些是由外地來的花朵，它們開得很漂亮，因為再也沒有比新英格蘭秋陽更舒服的陽光了。站在花盆旁邊的是一個年輕的淑女。她也和鮮花一樣有異鄉情調，而且比花更為嬌豔。她的出現使整棟豪宅散發一種說不出的優雅氣氛和淡淡魔力。在其他方面，它是一棟堅固宜人的邸宅，適合一位年高德劭的族長居住。他可以住在正門口的那一個三角牆中的房間，而把另外六個三角牆建築中的房間分配給他的六個子女。中央的那個大煙囪則象徵這位老人寬大的心胸，使兒孫溫暖，也把七個三角牆建築連成一個大的整體。

正前方的那堵三角牆上有一個時鐘。木匠在走過它下面的時候，注意到上面的時間。

「三點鐘！」他自言自語說：「我父親說過這個時鐘是在老品欽上校死以前一個鐘頭才裝上的。這三十七年來它可真是準得很！爬行的影子無論何時都追在陽光後頭。」

像馬修・莫爾二世這樣的工匠在應召來到一個上流人士的住宅時，最好是由後門進去，因為僕人和工人通常都是走後門。或者他至少應該走手工藝匠和小商人所用的側門。但是這個木匠卻天生驕傲而倔強，而此刻他心中又因祖先的冤屈而憤憤不平，認為這棟品欽家的大屋，是建在屬於他自己的土地上。就在這個地點，他的祖父當年在甘美的泉水旁砍伐松樹蓋了棟小屋，在裡面生兒育女。而品欽上校卻由一個死人的手中搶走這片土地的所有權。因而莫爾二世直截了當的走到雕有花紋的橡木正門口，大聲的一連敲了幾下門上的鐵環，令人覺得是老巫師莫爾本人站在大門口一般。

黑奴西皮歐匆匆忙忙前來應門，但是看見只不過是這個木匠時驚訝地瞪大雙眼。

「天老爺，這個木匠自以為是什麼大人物？」他喃喃自語道：「竟敢像是拿他的大鎚子在鎚我們的大門。」

4　一七七九年麻薩諸塞州才廢止奴隸制度。

「我來了，」莫爾嚴峻的說：「帶我去見你主人！」

他進門以後，聽見由樓上一個房間傳來美妙而悽楚的鋼琴聲，正在走廊中迴蕩。是愛麗絲．品欽當年由海外帶回來的大鍵琴聲。美麗的愛麗絲，得空便種花和奏樂，只不過前者不久便枯萎而後者又常是哀怨之音。她是受外國的教育，不能欣然接受新英格蘭的生活方式，因為這裡沒有美麗的事物。

由於品欽先生等莫爾已經等得有一點不耐煩，西皮歐便趕快帶這個木匠去見他。品欽先生所在的會客室，面積不大不小，往外看去是豪宅的花園，果樹枝葉的陰影覆蓋了一半的窗戶。這是他特別喜愛的房間，擺的大半是從巴黎買來的傢俱，售價高昂，款式優美。房間地上鋪的是當時很稀有的地毯，織工精巧華貴，好像上面真的長有耀眼的鮮花一樣。房間的一角是座大理石雕刻的女人像，她唯一的衣著便是自己的美色，而這也就夠了。牆上掛了幾幅古畫，色澤柔和畫藝高超。靠近壁爐的地方是個非常精美的烏木製大櫃子，上面鑲嵌有象牙裝飾，這件品欽先生由威尼斯購買的古董傢俱，是用來放獎章、古幣、以及他在旅途中買回來的放小珍品的寶物櫃。然而透過這些裝飾，房間的特色仍然清晰可見，低矮的天花板、橫樑、煙囪、老式的荷蘭瓷磚5。因而它所象徵的是，一個人雖然受過外來理念的洗禮，卻仍然沒有高明多少。

在這個布置精美的房間裡，有兩件東西卻不大相稱。一件是一幅大地圖，或是說測量員給一片土地所繪的地圖。顯然是許多年前所繪製的，現在已經因煙薰而微微泛黑，好幾個地方也為人的手指所污染。另一件是一幅畫像。畫中人是個嚴峻的老年人，身穿清教徒式的服裝。畫得有一點粗略，但輪廓鮮明，充分表現出畫中人的性格。

品欽先生在法國的時候喜歡上了咖啡，現在他正坐在一個燒英國海煤6爐火旁的小桌子上啜飲咖啡。他是個很英俊的中年人。假髮向下垂在肩上，藍絲絨的外套在邊緣和鈕釦孔上都飾有蕾絲花邊。背心上繡的金色的花朵，映著火光搖曳生輝。西皮歐把木匠帶進來以後，他轉身看了看，又轉回身去繼續喝他的咖啡，沒有立刻招呼他召來的客人，他並不是有意粗魯和疏忽，只是從未想到像莫爾這麼低賤的人會值得他禮遇，或讓他費事。

不過木匠卻立刻走到火爐旁邊對他說：「你找我來是有什麼事？請快點告訴我，我好回去忙自己的事。」

---

5 荷蘭製白底藍花瓷磚。殖民地時代的富有美國住宅常用為裝飾。

6 礦物煤，與木炭有別。

「啊，對不起，」品欽先生安詳的說：「我不會毫無報酬地佔用你的時間。你的名字是莫爾吧，是湯姆斯‧莫爾還是馬修‧莫爾？蓋這棟房子的人的兒子或孫子？」

「我是馬修‧莫爾，」木匠回答說：「蓋這棟的人是我父親。我祖父是這塊土地的合法地主。」

「我知道你所說的那個爭執是怎麼一回事。」品欽先生平靜的說：「我知道我祖父為了保護這棟房子的土地所有權所以被迫打了場官司。我們不要再討論這件事了，當時賢明的官員已經公平的裁決了這件事，沒有翻案的餘地了。可是有趣的是我現在要和你談的事卻與這件事有關，與這個根深柢固的怨恨有關。你剛才表現的不快，也不是完全與這件事無關。」

木匠說：「你如果想利用一個人對祖先所受冤屈與生俱來的憤恨，就請明說吧！」

「莫爾君7，」豪宅主人含笑說：「謝謝你。我要說的事正與你無論是否公正的先天憤恨有關。我想你也聽說過，從我祖父的年代開始我們品欽家就在爭取一大片東邊土地的產權，而這件事到現在也尚未能解決。」

莫爾回答說：「倒是常聽我父親說起這件事。」據說莫爾在說這話的時候面上泛起一絲微笑。

品欽先生等了一下，像是在思考木匠為什麼微笑，而後接著說：「在我祖父死的時候，我們的要求就快要解決了；親近他的人，都知道他認為不會有什麼困難和耽擱了。大家都知道品欽上校是一個實際的人，也很明白公私事務，不會懷抱無稽的想法或想做不實際的事。所以我們有充分的理由相信，他對於得到東邊土地的信心。我和我的律師都認為我的祖父手上持有某種契據或其他文件以支持這個土地申請，我的家人也一直這麼說。但這份契據現在不見了。」

「這個很可能。」馬修・莫爾似乎又露出陰沉的微笑，「但是一個窮木匠又能和品欽家的大事有什麼關係？」

「也許沒有什麼關係，」品欽先生回答說：「但也許有很大的關係。」

接下來他們就這件事又談了許多。雖然品欽先生不願談無稽的故事，但莫爾這家人與品欽家在東邊尚未取到的地產產權之間確實有某種關係。據說老巫師莫爾上絞刑場以前，

7 在殖民時代早期，最初是用在紳士階級以下的男人姓名之前，後來也用來指非專業人士或商業及農業界不傑出的人士。

在與品欽上校爭執的時候占了上風：他以蓋七角樓的這塊土地，交換到東邊廣大土地的地契。

一位最近過世的老婦人，生前往往在閒談中比喻，說品欽家成千的土地已被鏟進莫爾的墳墓，而那不過是絞刑台兩塊岩石之間的一個小角落而已。而每當有律師問到那份失去的文件時，俗諺便說，除非是在那個巫師枯骨的手中以外，那份文件永遠不會被找到。品欽先生不想告訴木匠的是：許多精明的律師也很重視這些奇談，以至曾命人搜查巫師的墳墓。然而，卻什麼也沒有找到，除了發現不知為何莫爾枯骨的右手已經不見了以外。

重要的是，這些流傳的謠言部分原是出於被處決的巫師之子，也就是現在這個馬修・莫爾的父親之口，是他偶爾在談話中提到或含糊暗示過的。而關於這點品欽先生有他個人的一項證據。雖然那個時候他還不過是個孩子，但他依稀記得在上校過世的前一天或就在他過世的那天早上，木匠馬修的父親就在他現在和木匠談話的這個房間中做工。他清楚記得當時房間的桌上散放著一些品欽上校的文件。

馬修明白他所迂迴表示的懷疑是什麼。

「我父親，」他臉上的獰笑讓人猜不透是什麼意思，他說：「是個比殘忍的老上校誠實的人。他是不會為了爭回自己的權利而偷桌上的一張紙的。」

「我不會和你口角，」在外國受教育的品欽先生不失其高傲和鎮靜的說：「也不會計較你對我和我祖父的無禮。一個紳士在和你這樣身分和習慣的人交談以前，應該考慮到其目的的迫切是否可以補償其手段的不佳。在目前的情形，是可以補償的。」

他接著說，只要木匠告訴他說如何去找那份失落的文件讓他可以取得東面廣大土地的產權，他便會給木匠一大筆錢。據說木匠聽了半天，先是對這些建議了無興趣，最後又怪笑了一聲，他問品欽先生願不願意為了報答他幫品欽找到那份迫切需要的文件，而把老巫師的那塊地和七角樓正式轉讓給他。

對於品欽上校的畫像，此時有一個特別的說法。要知道這幅畫像和七角樓的命運是息息相關的。它魔術般的固定在牆上，如果拿掉了整棟房子便會轟然一聲崩解，變成一個灰土廢墟。在品欽先生和木匠方才交談的時候，據說畫中人已在咬牙切齒，摩拳擦掌，表現出心緒不寧的樣子，只不過他們沒有注意到而已。最後，當馬修•莫爾大膽要求品欽先生把七角樓轉讓給他時，這個幽靈般的畫像據說實在忍無可忍，整個人快要由畫框中走了出來。

「放棄這棟房子？」品欽先生聽了木匠的話大為驚嚇：「我如果這樣做我祖父在墳墓也會不安心的！」

「如果謠傳的都是實話，那他在墳墓中是一天也沒有安心過的。」木匠淡淡的說：「不過這件事對他的孩子，比對馬修·莫爾更重要。我就只有這一個條件。」

品欽先生雖然一開始覺得根本不能答應莫爾的條件，但是仔細想想，也認為不妨就這些條件討論討論。他個人對這棟房子沒有什麼依戀，小時候住在裡面的生活也沒有任何愉快的回憶。經過三十七年的歲月，他死去的祖父似乎仍支配著這棟房子，宛如幼小的他被在椅子上僵化的上校嚇壞的回憶至今仍縈繞在他腦海裡。他曾在外國住了許多年，看慣了英國的城堡和宗祠以及義大利的大理石宮殿，因而就富麗堂皇的觀點或就舒適方便的觀點來說，是看不起自己的這棟七角樓。在東邊土地的權利落實以後，品欽先生是不會願意再住在它裡面的。他的管家或許願意住在裡面，但他這位大地主本人是不會的。如果成功取得東邊的土地，他就想回英國去住；說實話，如果不是他自己的財產和他亡妻的財產都快用完了，他無論如何是不想離開那個比較合他意的家園。一旦取得東邊的地產，品欽先生的財產便不是以畝計而是以哩計，比得上一個伯爵的采邑，而他也可因此而向英國國王要求或購買這種顯赫的地位——品欽勛爵！或華多伯爵！這麼一位大人物怎麼再會局限在七角樓中過寒酸的日子呢？

簡言之，此事如由大處著眼，則木匠的條件似乎寬大得可笑，品欽先生不禁笑逐顏開。

他很不好意思再討價還價。比起他的獲利，木匠要求的報償實在不算多。

「莫爾，我接受你的條件！」他叫道：「把取得地權的文件交給我，那麼這棟豪宅就是你的了。」

根據一種說法，他們二人請律師草擬了一份文件，並在證人的面前簽了名蓋了章。另一種說法是馬修・莫爾認為一份私下的同意書也就行了，而品欽先生以個人的人格擔保履行合同上的義務。之後紳士叫人端上酒來，二人對坐飲酒，為合約盟誓。在這整個討論和各種手續的過程中，畫中的那位老清教徒品欽似乎一直用隱約的姿態表示不滿，但沒有用。不過當品欽先生把空酒杯放下來的時候，好像看到他祖父在皺眉頭。

他吃驚的看了畫像一眼，說：「這種雪利酒對我而言太烈了一點，已經使我頭暈了。我在回到歐洲以後，就會只喝義大利和法國比較溫和的葡萄酒。好的葡萄酒是經不起長途運輸的。」

「品欽大人想喝什麼酒就喝什麼酒，想在哪兒喝就在哪兒喝！」木匠好像對品欽先生野心勃勃的計畫不感興趣一樣，他說：「但是如果你想知道這份失落了的文件的消息，那我想先和你美麗的女兒愛麗絲說幾句話。」

「莫爾，你是瘋啦！」品欽高傲的大叫：「我女兒和這件事情會有什麼關係？」驕傲中帶著憤怒。

對於木匠的這個要求，豪宅的主人，比剛才聽他說到要這棟房子為報酬時更為驚愕。他第一項要求至少還是出於一個說得過去的動機，這一項要求卻一點道理也沒有。不過馬修・莫爾卻堅持要他把那位小姐叫出來。甚至神祕兮兮的說只有透過她純潔童貞的智慧，才有機會達到目的。且不贅述品欽先生基於良心、自尊或父愛的各種顧忌，他最後還是命人去找女兒到會客室來。他知道她現在在房間裡面，而且手上也沒有什麼放不下的事，因為自從他們提到愛麗絲的名字以後，便聽見她甜美哀傷的大鍵琴聲，以及她伴著樂曲的輕愁歌聲。

於是艾麗絲・品欽出來了。以前有一位威尼斯的藝術家曾給這位小姐畫過一幅肖像畫。她父親把這幅畫像留在英國，據說後來落入現在的德文郡公爵之手，現在保存在查特渥斯府邸8；這也倒不與她本人有關，而是由於畫本身的價值和畫中人的美貌，如果人間曾有一位端莊賢淑而超凡脫俗的淑女，那麼這個人便是愛麗絲・品欽。但是她也具有女性特有的嬌柔氣質。這樣的特質可以使大方的男人願意原諒她的驕傲，並樂意躺在地上讓她把苗條的小腳踩在自己的心上。而他只需要自認為是一個堂堂正正的男人、一個與她秉性一樣的人。

愛麗絲進來以後，一眼便看見站在會客室中央的木匠。他身穿綠色羊皮外套和寬鬆的褲子。褲子口袋中的長尺，一端突出於口袋之外。正如品欽先生大禮服上佩戴的那柄劍象徵他貴族的驕傲一樣，馬修·莫爾身上的那個長尺，說明他是個木匠。愛麗絲的眼睛為之一亮，她無意隱藏對莫爾健壯英姿的好感。但是這種會令其他男人終生難忘的青睞，木匠卻毫不饒恕，一定是魔鬼讓他這麼難解。

「這個女孩子把我當成了個野獸！」他咬緊牙關暗自設想：「我會讓她知道我有沒有人性，或者更糟糕的是，我比她更有人性。」

「父親，你派人叫我來嗎，」愛麗絲甜美如音樂的聲音說：「但如果你和這位年輕人有事要談，我還是走吧。你知道我不喜歡這間房間，雖然你試圖掛上克勞德的畫9喚起一些快樂的回憶。」

「小姐，請等一等，」馬修·莫爾說：「我和妳父親已經談完了，現在是想和妳談談。」

愛麗絲大惑不解的看著他父親。

---

8 一棟英國最華麗的私邸，以其所收藏提善、魯本斯、拉斐爾及克勞德的繪畫知名。

9 羅林的克勞德（一六〇〇—一六八二）乃一著名的法國風景畫家；大半時間係在義大利作畫。

「不錯孩子。」品欽先生心神不寧的說：「這個年輕男子叫馬修·莫爾，他說藉妳之助他可以找到一份早在妳出世以前便不見了的文件。這份文件非常重要，我們不會忽略任何找回它的辦法。愛麗絲，好孩子，無論這個人問妳什麼話，只要是合理合法、是為想找回那份文件，妳就好好回答吧！我不會離開這個房間，妳不必擔心他有什麼粗魯不禮貌的舉動。而只要妳感到任何不快，我們就立刻停止這樣的詢問。」

「愛麗絲·品欽小姐，」莫爾非常有禮貌又諷刺的說：「有妳父親在場保護妳，妳應該覺得很安全了。」

「有我父親在場，我的確是沒有什麼好怕的。」愛麗絲莊重的說：「一個忠於自己行為守則的淑女，是不怕任何人的，也不怕處於任何情形之下。」

可憐的愛麗絲，是什麼不幸的衝動，竟讓她向自己所不能估量的力量挑戰！

「愛麗絲小姐，」馬修·莫爾搬了把椅子到她面前優雅地說：「那就請妳坐在這張椅子上吧！幫我個忙，請盯著我的眼睛看！」

愛麗絲於是坐了下來。她是一個很驕傲的女人，除了她高貴的身分以外，也很明白自己具有特殊的力量，具有由美麗和高貴純潔與女性堅韌所構成的力量，除非自己作孽，否則沒有什麼人能侵犯她。她明白現在正有什麼凶邪的事要發生在她身上，但她準備迎接挑戰。她以自己女人的力量對抗木匠男人的力量。這樣的競爭，對女方而言，往往是不公平的。

這個時候，她的父親正轉過頭去全神貫注的看牆上掛的一幅克勞德畫的風景畫9。斑駁的陽光灑在一路延伸至最盡頭的成排古木，似乎他的思想也深陷進去。事實上，對他來說，這幅畫無異於它背後的白牆。縈繞在他心頭的是有關莫爾一家人——包括面前這個孫子和其父其祖——超自然能力的許多離奇故事。品欽先生久居國外，與朝臣、世俗之人和自由思想家常常往來，因而關於任何在新英格蘭出世的人都聽說過的這個故事，品欽先生往往能淡忘這類清教徒式陰森的迷信說法。不過，不是整個社會都認為莫爾祖父是個巫師嗎？這件事不是已經證明而他因此被處決了嗎？他不是已經傳給這位唯一的孫子對品欽一家人的仇恨了嗎？而這個孫子現在是不是正要對仇家的女兒施行魔法？這種魔法也許就是所謂的巫術嗎？

他半轉過身去，在牆上的大鏡子中看見莫爾的身影。這個木匠站在離愛麗絲幾步之遙，兩臂上舉，而後慢慢往下壓，好像是要把什麼看不見的重量降到少女愛麗絲身上一樣。

「莫爾，停下來，」品欽先生趕快上前一步，叫道：「我不許你這樣做下去了！」

「爸爸，請不要打攪這個年輕人，」愛麗絲一動不動的說：「他不會做什麼壞事的。」

於是品欽先生只好又轉過身去看克勞德的畫。既然女兒不顧自己的反對，那就繼續吧。他只是同意，而不是鼓勵。再說他可以說是為了她而非自己，才希望得到那份文件的。如果能找回那份失落的羊皮紙文件，他便可以給美麗的女兒一份豐厚的嫁妝，讓她可以嫁給一位英國的公爵或德國的王子，而不必下嫁一個新英格蘭的教士或律師了！想到這裡，這位野心勃勃的父親甚至覺得，如果需要藉魔鬼的力量達成這個目標，那麼莫爾也可以把祂召來！愛麗絲的純潔是她的護身符，可以保護她自己。

品欽先生正在胡思亂想時，忽然聽見女兒的驚叫聲，聲音微弱低沉，似乎無意說成言語。但那是愛麗絲呼救的聲音！這一點他很明白。這不過是個耳語般的聲音，是一聲沉悶的尖叫，在他的胸中迴蕩。但是這次這個父親卻沒有轉過身來。

過了一會兒，莫爾說：「來看看你女兒。」

品欽先生於是快步趨前。木匠站在愛麗絲椅子的前方，手指這位少女，面帶著高深莫測、洋洋得意的表情，愛麗絲安靜的坐在那兒，棕色的長睫毛低垂在眼睛上。

木匠說：「看看她，你和她說話吧！」

「愛麗絲！我的好女兒！」品欽先生大叫。

她一動也不動。

「聲音再大一點！」莫爾笑著說。

她父親又叫起來：「愛麗絲！醒醒！妳這個樣子讓我很不安！醒醒！」

他的聲音很高，也帶著恐懼，而且貼近她一向對於不和諧的聲音很敏感的耳朵。但是此時她顯然是什麼也沒有聽到。父親的聲音傳不到女兒的耳中，心裡有無法形容的咫尺天涯感覺。

莫爾說：「碰碰她！搖搖她！用力搖搖她！我的手因為用斧子、鋸子、繩子太多，皮膚很粗，否則我便幫你搖她！」

品欽先生拿起她的一隻手焦急地捏她。他親吻她，心跳得很厲害，以為她可以感覺到他的親吻。她的麻木使他憤怒，他又猛然用力搖她，結果更使他驚訝。他放手以後，愛麗絲沒有知覺但仍然柔軟的身軀，又倒回原來的地方。但，當莫爾動了一下，她的臉卻也微微轉動了一下朝向他，似乎受到他的指引。

這樣的離奇場面，使品欽先生這個墨守禮法的人勃然大怒，全身顫動，竟然把假髮上的髮粉也搖落了；這位保守和莊重的人物忘卻自己的尊嚴，他那繡有金色花紋的背心、由於心臟因悲傷憤怒和恐怖狂跳，而在火光中閃爍！

「你這個惡徒！你和你的魔鬼搶走了我的女兒！」品欽先生對莫爾揮拳大叫：「你這個

老巫師的子孫！不把我女兒還給我你就會和你祖父一樣上絞刑台去！」

「不要發脾氣，品欽先生！」木匠面帶輕蔑，平靜的說：「不然你會把手腕上美麗的花邊皺摺給弄壞了！如果你為了搶到一張黃色的羊皮紙而出賣你的女兒，那怎麼會是我的錯？愛麗絲小姐只是安詳的坐在這兒睡著了！現在讓馬修・莫爾試試看她還是不是和以前一樣驕傲！」

他一說話，愛麗絲便順從回應，輕輕俯身朝向他，有如被微風吹彎的火焰。他向她招手，一向驕傲的愛麗絲便盲目的由椅子上站起來向他走去。他搖手命她回去，愛麗絲便朝後退又坐回椅子上！

「她現在是我的了。」莫爾說道，「我的，因為我的靈魂是最強大的。」

根據傳說，木匠的魔法，旨在找回那份已失落的文件。他想把愛麗絲的心智轉化為一種具有望遠鏡性質的介體，透過它品欽先生和他可以透視靈界。10 他成功了，得以與亡人間接交談，這些人掌有許多重要的祕密。愛麗絲在神志昏迷中說看到三個人。其中一個是位嚴肅而有威儀的老年紳士，好像是為了某個正式的節慶而穿著莊重而昂貴的服裝，但在他精緻和華貴的領帶上卻有一大片血漬；第二個人是個服裝簡陋的老年人，面容黝黑，表情怨恨，脖子上套有一根已斷裂了的絞刑索；第三個人是比前面兩個人年輕的人，但也已經過了中年，他身穿粗羊毛布的上衣和皮褲子，一根木匠用的長尺由側面的口袋中伸了出來。這三個幻影般的人共同知道那份失蹤文件的下落。其中，從表情看來那個領帶上有血漬的人似乎直接擁有那張羊皮紙，但是另外那兩個人不讓他拿出來。最後，當他想大聲說出這個祕密、想讓塵世的人可以聽見時，那兩個人用手摀住他的嘴；也許因為他因此而窒息、或是因為那個祕密的本身便含有血腥的色彩，他又吐了一口血，流到領帶上。見到這個，那兩個衣著粗鄙的人，一面用手指他領帶上的血漬，一面嘲弄和揶揄這位侷促不安的老紳士！

「他們不讓他說出來。」莫爾轉身朝向品欽先生，說：「這個能使子孫致富的祕密只能藏在他心中，這便是你祖父的報應。他必須憋著它，直到它沒有價值可言。但是你可以保住你的七角樓。這個遺產當初的代價太高，負載的詛咒又太重，必須由品欽家的人世代相傳！」

10「詢問被催眠者的有關歷史及自然之神祕中未解決的問題。」（見《美國散記》一八四二年一月二十三日與六月一日之間所記。）

品欽先生想說什麼，但是又激動又害怕，只能在喉頭嘀咕嘀咕。

「啊！大人先生，你現在得喝老莫爾的血了！」木匠笑著揶揄道。

「你這個人面獸心的東西！你為什麼控制住我女兒？」品欽先生在終於能開口說話時叫道：「快把女兒還給我然後滾！別讓我再看到你！」

「還你女兒！怎麼可能？」馬修．莫爾說：「她現在已經是我的了！不過為了不讓美麗的愛麗絲小姐為難，我還是讓她與你同住；但是我不敢跟你擔保她永遠不會想起我這個木匠莫爾。」

他把雙手往上揮，重複了在這個動作幾次以後，美麗的愛麗絲‧品欽便由昏迷中醒過來。她醒來以後完全記不得剛才發生的事情和任何幻境中的經驗，像一個迷失在幻想中的人，以為過去的時間短暫得有如將熄的火焰又再次燃起。在認出馬修‧莫爾以後，她的態度冷淡而矜持。更正確的說，是木匠臉上某種奇異的表情刺激了愛麗絲天生的驕傲。於是，品欽家人找尋其東邊地產的所有權狀一事暫時結束。而他們日後雖然常常又有此念，卻至今也還未見到這張羊皮紙。

但對於那位美麗、文雅但過於高傲的愛麗絲，則又是另外一回事！她所沒有想到的一股力量，已經控制了這位少女的靈魂，而不屬於她自己的意志力，又強迫她服從古怪、不合理命令。她父親已經為了讓自己的土地以哩計而非以畝計，犧牲了這個可憐的孩子。於是，在愛麗絲‧品欽有生之年，她成了莫爾的奴隸，這種心理的約束比身體的束縛還要羞辱人千百倍。坐在火爐旁的莫爾，只要一擺手，那麼不論這位驕傲的淑女當時正在哪裡——不論是在自己的閨房，還是在招待他父親的貴賓，或是在教堂禮拜，她的靈魂便不由自主的服從莫爾的指揮。只要木匠在自己家中一說「愛麗絲，大笑！」或一言不發，只不過心中強烈的有這個意思，不論愛麗絲當時是在祈禱還是在一個喪禮上，都會爆發狂笑。只要木匠說一聲「愛麗絲，哀傷！」則她便會淚流滿面，像陣雨落在為慶祝而舉的火上一樣。只要木匠說一聲「愛麗絲，跳舞！」那麼她會立即起舞，但不是跳她在國外所學到的宮廷式舞，而是節奏活潑的吉格舞，或是不停跳越的利戈頓舞，都是一些鄉下姑娘跳的歡愉舞蹈。看起來莫爾並不是想要毀滅愛麗絲或對她做什麼污穢的惡作劇，因為這樣做便會使她的悲哀帶有悲劇的優雅，他只是要大大的輕蔑侮辱她一番。因此她的生命已了無尊嚴，自慚形穢之餘，情願自己不過是條小蟲！

有一天晚上愛麗絲在參加一個婚宴（不是她自己的婚宴，因為她自知失控，沒有結婚的可能了）的時候，那個暴君又在召喚她。她被迫穿著白色薄紗做的衣服和緞帶鞋子，匆匆跑過街巷往木匠簡陋的房子跑去。房子裡面一片歡笑聲，因為莫爾正是在這天晚上娶勞工的女兒為妻，他把驕傲的愛麗絲・品欽叫來侍候他的新娘子。她服從他的命令。在兩個新人結合以後，她才由催眠的大夢中醒來，現已不再驕傲的她，在悲哀中帶著微笑親吻了莫爾妻子一下便走開了。那天晚上風雨交加，東南風把雨雪吹進她單薄的衣衫，在她走在泥濘的行人道上時，緞鞋完全濕透。

第二天，她感冒了，又咳嗽不止。不久，她面頰通紅、衰弱的身軀坐在大鍵琴前，彈奏得滿屋樂聲迴蕩，應和天國唱詩班的旋律。多麼值得高興呀！因為愛麗絲已經忍受了她最後的一次屈辱。多麼快樂呀！因為愛麗絲已經懺悔了她唯一在塵世上的罪過，她已經不再驕傲了。

品欽家為愛麗絲舉行了一場隆重的喪禮。親鄰們都來了，城裡面有頭有臉的人也都來了，而走在送葬行列最後面的竟是馬修・莫爾，他是這個隊伍中最憂鬱悲傷的，他咬牙切齒，好像要把自己的心咬成兩半一樣。他只想侮辱愛麗絲，而不是想置她於死地。但是他卻把一個女人脆弱的靈魂捏在手中玩弄，而她死了！

14 菲碧說再見

荷格雷這個年輕作家全神貫注於他的故事，並比手畫腳生動地講著，但他不久就發現聽講的人有點昏昏欲睡，不像一般聽眾會有的神情。這是因為他原就是想靠著他神祕的手勢讓菲碧感覺到那個行催眠術木匠具體的形象，不用說他所用的神祕表情和姿態是奏效了。她的眼皮沉重地垂下，身子微微向前傾向他，甚至配合他的呼吸而呼吸。他曾經告訴菲碧說自己有製造奇特心理狀態的能力。此刻在他收起文稿時，覺察到她已顯現出一點這樣的心理狀態。似乎有一張面紗遮住了她的臉，她只能看見他這一個人，受他的思想和感情支配。他不自覺的愈來愈全神貫注的注視面前這個年輕的女孩子，他的態度顯示出對自己的力量的自覺，使他尚未充分成熟的形體竟也能頗具威儀。顯然他只要有心的揮一揮手，便可控制菲碧自由和童貞的靈魂，或許危險到像他所說的故事中那個木匠控制薄命的愛麗絲一樣能左右這個善良、純潔、和單純的孩子。

對荷格雷這樣一個富有心機又活躍的人來說這個控制別人的機會是一個很大的誘惑，

而能夠主宰一個年輕女孩命運的想法，又最使年輕男子動心。因而，不論他的天性和所受的教育有什麼缺點，也不論他如何蔑視宗教上的信條和社會上的禮俗，我們仍然必須承認他有尊重他人的高貴情操，我們也得說他是個正直的人。因為他能自我約束，不想永遠以魔法鎮住菲碧。

他把手向上微揮。

「我的好菲碧小姐，妳實在令我太羞愧了！」他挖苦地笑道：「我這個不像樣的小故事顯然是刊登不上《淑女雜誌》和《格拉漢雜誌》的！光是看這個我希望報紙評論家會認為是最了不得的作品，竟會讓妳聽得睡了過去，就知道我的文稿只配用來點火了，或者它太枯燥無味，連點火也不行！」

「我睡著了？沒有沒有！」菲碧不自覺方才經過的危機，一如嬰兒不知道自己剛剛差點摔落懸崖一樣。她回答道：「我很注意的在聽，雖然不能清楚記得故事的細節，可是印象中它裡面有許多禍患。毫無疑問這個故事對讀者是會很有吸引力的。」

此時已經是夕陽西下，晚霞滿天，這樣的色彩只有在太陽下山後才會出現；月亮早已升上天空，它銀白色光澤融入天藍色的天空——像是一個野心勃勃的政客把自己的抱負深藏在普遍的情感裡——它現在在空中大放光明，寬廣而圓潤。銀白色的光芒替代了白晝的顏色，雖然陰影深入各三角牆的角落，在突出的樓層下面和半掩的門內低覆，月光卻柔化和美化了古宅的外觀。花園隨著每一個時刻的過去愈形別致如畫，果樹、灌木叢和花叢也顯得朦朧。日正當中時分的那些好像由一世紀污穢生活所累積起來的平凡特色，現在也有了浪漫的魅力。每當海上來的微風吹動樹梢，一百年神祕的歲月便在樹葉間低語。月光穿過夏日小屋屋頂上的葉子，透過樹枝的空隙將它銀白的色澤灑在黑色的地板、桌子和環形的長凳上，隨著樹葉的移動不停變換形狀。

燠熱一天過去以後的晚涼天氣，使夏夜好像正由一只銀色的花瓶中將液體的沁涼月光灑了出來，此處彼處，充滿清新地灑在人心上，使它再次年輕，與大自然永恆的青春應和。荷格雷感受到這一復甦的力量。他早早便進入社會在人海中奮鬥掙扎，幾乎已忘記自己還是個年輕人，現在他又想起來了。

他說：「我好像從來沒有看見過這麼美麗的暮色自遠而至，也從來沒有這麼快樂過。我們是生活在多麼美好的世界啊！毫無腐敗衰朽之氣多麼良善、多麼美麗、多麼年輕啊！例如，這棟老屋木材腐爛的味道常使我喘不過氣來。這個花園的黑黴土又常黏在我的鋤頭上，好像我是在墳場掘墓的教堂司事！但是如果我能保持現在的心境，則這個花園的土壤每天都是新土，它結出的豆子和南瓜，還有這間房子，都會散發土壤的清新氣味。而這棟房子又像伊甸園中的一個園庭，上帝所創造的第一朵玫瑰花會在裡面盛開。月光是最偉大的改革家。沒有任何改革和革新，會比月光更好！」

「我曾經比現在更快樂過，至少更愉快些，」菲碧沉思片刻後說：「但是此刻我能感覺到月光的魅力，也喜歡看見『每一天』在夕陽西下的時候雖然已經疲倦，仍然行步遲遲，不想這麼早便被人稱為『昨天』。我以前從來沒有這麼喜歡過月亮，可是今夜不知為什麼竟會覺得它分外美麗。」

「妳以前從來沒有對它有過這樣的感覺？」藝術家藉著暮色熱切的看著女孩問道。

「從來沒有。」菲碧回答說：「現在有了這種感覺，人生似乎也不一樣了。以前我好像只是在白天看世界，或在一間房子爐火跳躍閃爍的紅光中看世界，真是可憐的我！」她又幽幽的笑了一聲說：「我再也不會像在認識赫絲芭姑姑和克里夫堂叔以前那麼快樂了。在這短短的一段時間中我好像老了一點，希望也有聰明了一點，雖然不一定悲傷了一點，但卻不能像以前一樣無牽無掛了，我已經把自己的陽光給了他們，雖然我也喜歡這麼做，但給了他們自己便沒有了，不過我不後悔。」

「菲碧，妳並不曾失去什麼值得保存或無法保存的東西。」荷格雷在稍微停頓了一下以後說：「我們的第一個青春是沒有價值的，因為我們只有在失去它之後才感受到它的價值。

但是我常想——除非一個人異常不幸——便會因為戀愛或人生別的什麼大喜事而出現第二個青春。一個人會惋惜失去第一個青春的無憂無慮膚淺歡樂，就像妳剛才，也會因再度獲得更醇厚的青春而深感快樂的。這樣的情感，對於靈魂的發展是必須的。有的時候兩種情感會幾乎同時到來，令人在一種神祕的感情中悲喜參半。」

「我實在不明白你是在說些什麼。」菲碧說。

「這也難怪，」荷格雷含笑答道，「我也是在說這話以前才發現這個祕密的。不過，當妳領悟到這個祕密時，請記起今晚的月色下的此情此景！」

菲碧說：「除了西邊的一點微弱紅光以外，現在已全是月色了。我非進屋子裡去不可了。赫絲芭不長於數字計算，除非我去幫她的忙，不然今天的帳目是會令她十分傷腦筋的。」

但是荷格雷又多留了她一會兒。

「赫絲芭小姐告訴我說，」他說：「妳過幾天就要回鄉下去了。」

「是啊，但只是回去幾天而已。」菲碧回答說：「我已經把這裡當自己家了，回鄉下去只不過是為了安排一點事情和正式向我母親和朋友道別而已。我在這兒受到歡迎而且也很有用，住下去會很愉快。」

「會比妳想像得更愉快。」藝術家回答說：「這棟房子的健康和舒適正常的生活全希冀於妳。這些福祉是隨妳而來，妳離開了以後便會消失了。赫絲芭小姐與世隔絕，已經和社會沒有什麼關係了，就好像已經死了一樣。雖然她打起精神皺起那兩個討厭的眉頭每天站在櫃台後面，好像還是個活人一樣，但她不過是個行屍走肉而已。妳那個親戚克里夫也像個早已入土的死人了。在妳走了以後，如果有人發現他有一天早晨突然倒地不起，從此銷聲匿跡成為一堆黃土，我也不會奇怪。而到那個時候赫絲芭小姐也就失去她的那一點適應能力了。他們兩個人都是在靠妳活下去！」

「想起這個就令我很難過，」菲碧嚴肅地回答說：「不過我的一點小能力倒也正是他們所需要的，而且我也真正關心他們的幸福，請不要笑我這種古怪的母性情感。荷格雷先生，坦白說有時我很納悶你究竟是希望他們好還是希望他們不好。」

「的確，」銀版照相師說：「我是關心這個受貧困折磨的老小姐和這個長不大的愛美男士。他們像是兩個無依無靠的孩子，但是妳不知道我和妳的衷心有多麼不同！我既無意幫助他們也無意妨害他們，而只想旁觀和分析他們的生活，想了解近兩百年間在這塊妳我兩人現在所站的土地上所發生的戲劇情節。如果能目擊到一個結局，則不論他們最後是好是壞，我都會心滿意足。我也深信這個結局是不遠了。但是既然上帝派遣妳到這兒來幫他們，而又派我來做個就近的旁觀者，我也答應盡量幫忙這兩個可憐人！」

「我希望你能把話說得清楚一點，」菲碧既大惑不解而又很不高興，叫道：「尤其希望你能更像個人更像個基督徒！一個人怎能眼見別人受苦受難而不想幫助他們安慰他們？依你的口氣看這棟老宅像是一家戲院，而你把赫絲芭、克里夫以及許多代祖先的不幸當作一齣在裡面上演的悲劇，就好像在我們鄉村戲院中上演的那些悲劇一樣，只不過這一齣完全是為了你的娛樂而上演的。我很不喜歡這件事——演員付出的代價太高，而看戲的人又太冷酷無情！」

「妳說的沒錯。」荷格雷不得不承認菲碧對他的批評鞭辟入裡。

「那麼，」菲碧接著說：「你說這齣戲快收場了，這話又是什麼意思？你知道我可憐的兩個親戚會有什麼新的麻煩嗎？如果知道，趕快告訴我，我就不走了！」

「菲碧，請原諒我！」銀版照相師伸出一隻手來，菲碧不得不握住他的手。他說：「我得承認自己是有一點神祕兮兮的。我是天性如此，再加上又長於催眠術，如果是在那巫術盛行的時代，這就足以把我送上絞刑台去了，要知道如果我覺察到任何祕密，而說出來會對妳的親戚有利，那麼在妳走以前我便會告訴妳，因為他們也都是我的朋友。但是我是什麼祕密也不知道啊。」

「你不肯說實話！」菲碧說。

「除了我自己的祕密以外，我沒有隱瞞什麼祕密，」荷格雷回答說：「不過我看得出品欽法官還在注意著克里夫，當初是他把克里夫毀了的。但是他現在的動機是什麼我卻不明白。他是一個不屈不撓而又殘酷無情的人，是個名符其實的審問官，如果讓克里夫受罪會對他有好處，我相信他拚死也會陷害克里夫的。但是我所不明白的是：他現在已經是一個富有的人了，自己力量大，又在各方面得到社會的支持，他還有求於愚蠢呆鈍又有罪過的克里夫的什麼？又怕克里夫什麼？」

菲碧說：「可是你的確說過大難就將臨頭了的話！」

藝術家答道：「那是因為我有點病態！妳是個心地純正的人，但我卻和大多數的人一樣，有點心智失常。再者，我之所以住在這棟品欽家的老宅，而現在又坐在這個古老的花園，這樣的事也有一點奇怪。（聽聽莫爾井潺潺的水聲吧！）所以，我便不禁在想命運之神正在安排人生最後一幕的大禍！」

菲碧天生不喜歡神祕的事情，就好像陽光不喜歡黑暗的角落一樣。她大惑不解，「你是把我愈弄愈糊塗了！」

荷格雷捏了捏她的手，說：「那我們就和和氣氣的分手吧！而即使已不再是朋友了，也最好在妳恨我以前分手。妳這個除了我以外什麼人都愛的人！」

「那麼就再見囉！」菲碧坦白的說：「我不想再生什麼氣，也不想讓你不高興。赫絲芭已站在門廊的樹蔭下一刻鐘了，她必然是認為我在這個潮濕的花園中待得太久了。那麼祝你晚安，再見。」

第二天早晨，菲碧就頭上戴著草帽、一手挽著披肩一手拿著小提包，向赫絲芭和克里夫道別，搭下一班火車去到六哩以內的她的故鄉村落。她的眼中含著淚珠，愉快的唇角上閃爍著依依不捨的微笑。她納悶自己在這個抑鬱的古老豪宅中才不過過了幾個星期，但這段經驗卻時時縈繞心頭，比以往所有的回憶都更重要。赫絲芭這樣一個冷酷、倔強、而又沉默寡言的人，又常不回應她的親情，是如何能贏得她的喜愛的？未老先衰的克里夫，不知犯過什麼大罪，呼吸中尚帶有監獄的氣味。他又是怎麼會在菲碧的照料下變成了一個最單純的孩子，讓菲碧覺得非照顧他不可？在這別離的一刻，她什麼都想起來了。不論她朝哪裡看，用手摸什麼，這些都是在溫暖的回應她。

她由窗口向花園望去，她懊悔將要離開這塊因經年累月長滿野草而腐敗了的土壤，而忘記就快要聞到自己家鄉的松樹林和清新苜蓿田的芳香了。她把公雞、牠的兩個妻子、和那隻皺巴巴的小雞叫了過來，丟給牠們早餐桌上剩下的麵包屑，牠們也都狼吞虎嚥下去了。小雞振翅飛到菲碧面前的窗台上，鄭而重之的看她的臉，藉著咕咕叫吐露牠的感情。菲碧告訴牠說她不在的時候要乖乖的，並答應回來的時候給牠帶一包蕎麥。

赫絲芭說：「菲碧，妳的笑容已經不像剛來時那樣自然了，那個時候妳是想笑就笑，現在是該笑才笑。妳回家去住幾天是很好的事。這兒讓妳心事重重。這棟房子太陰鬱寂寥，商店又有很多惱人的事。至於我也沒有能力改善這個情形。克里夫是妳唯一的安慰！」

克里夫整個早晨沒有說幾句話，現在突然叫道：「過來過來，菲碧，走近一點，看著我的臉！」

菲碧把兩隻小手分別放在他椅子的兩個扶手上，俯身朝向他，讓他可以細看她的臉。或許這分別的一刻潛伏的感情在某種程度上恢復了他已經衰弱了的機能，菲碧旋即發現他正在深入觀察她的內心。片刻之前她還沒有任何不想告人的祕密，但是此時通過另外一個人的知覺，她似乎感覺到自己有什麼內心的祕密了，因而急欲垂下眼皮，不再讓克里夫注視她的雙目。她的臉越來越漲得通紅，一直紅到前額上。

克里夫面帶悲哀的微笑說：「夠了夠了，菲碧，我最初看到妳的時候妳是世界上最漂亮的小女孩，而現在妳更是出落成一個美人了！少女變成了成熟的美人，花蕾已綻放為鮮花了！走吧走吧！我現在是比以前更寂寞了。」

菲碧告別了這兩個孤獨不幸的人，眨眨眼睛將淚水搖落，她覺得不過離開幾天無需哀傷流淚，而她因為不願承認自己哭泣所以不用手帕拭淚。在店門口，她又遇見前面說過的那個愛吃的小頑童。她由櫥窗中拿了一些動物形狀的餅乾放在他手中作為臨別禮物。淚眼模糊，竟連拿給他的是兔子還是河馬也看不清楚。出門後，看見老凡納叔叔正由他的家門走出，肩上挑著鋸木架和鋸子；他步履蹣跚走在街上，不避免與菲碧比肩而行，因為他們同路；而他雖然身穿打了補丁的外套，頭戴灰塵厚積的海狸皮帽子，麻布褲子又樣子古怪，她也不會因此而不願和他走在一起。

「下個安息日下午我們會很想念妳的。」這位街頭哲學家說：「有些人長得很快就像呼吸一樣，這實在是無法解釋的事。對不起，菲碧小姐，我對妳的感覺正是這樣。我年紀已經很大了，而妳的人生不過才開始而已，但我對妳十分熟悉，就像當年我在我母親門口第一次見到妳那樣，妳就像快速成長的藤蔓一樣，沿著我來的路徑開花。快去快回來，否則我就已經進我的農場去了。我開始覺得這些鋸木的工作對我的背痛毛病很不好。」

「我很快就會回來。」菲碧回答道。

凡納叔叔接著說：「為了老宅中的那兩位可憐人，妳回來得愈快愈好。他們沒有妳是不行的，絕對不行，菲碧！妳就是像神的天使一樣和他們同住，把他們黯淡的房子弄得舒適愉快。如果在一個愉快的夏日早晨這個天使展翅飛回天國，妳想他們的情形不會是很悽慘嗎？現在妳搭乘火車回家，情形也正是如此！菲碧小姐，這是他們所受不了的，快去快回來吧！」

他們走到街角的時候，菲碧含笑向凡納叔叔伸出手說：「我不是什麼天使，人們不可以做了點小小的好事就以天使自居，我一定會快點回來的！」

於是老人和這個快樂的女孩分道揚鑣。菲碧乘火車迅速離去，像凡納叔叔口中所說的天使那樣，飛速輕快地離去。

15

皺眉和微笑

菲碧走了以後，一連多日七角樓中的氣氛都是沮喪陰鬱的。但天地間的昏暗也不全是由於她走了，而也是因為由東邊來的一場風暴，把這棟老宅的黑色屋頂和牆壁都弄得濕漉漉的更無喜色。而房子的內部是比外面更慘淡，克里夫現在是一點樂趣也沒了。菲碧不在了，地面上也沒有陽光。花園的泥牆和夏日小屋不斷滴水的樹葉，看上去陰慘慘的，除了沿著屋頂連接處長的青苔和前面兩堵三角牆之間的一大叢之前乾枯的野草以外，在這颳著帶有鹽味海風的無情、濕冷氣氛中，園中什麼花木也都不發。

至於赫絲芭，則她本人不但受到東風的作祟，而且也是這惡劣氣候的代表。她便是這東風本身，陰森可怖而又淒涼，她穿著褪了色的黑絲長袍，頭上裹著一圈烏雲似的頭巾。商店的許多老主顧都不來了，因為謠傳她皺著的眉頭使店裡的啤酒和容易壞的商品都變質了。也許大家抱怨她的舉止並不是沒有道理，但是她卻既不對克里夫發脾氣也不會對他冷淡，而是永遠對他懷著溫柔的心。然而她的努力徒勞無功，可憐的老小姐只能安安靜靜的坐在房間的一隅。外面梨樹濕淋淋的樹枝拂過小窗，把正午變得像黃昏，而赫絲芭的愁容又不自覺的把環境弄得更為陰暗。這也並不能怪赫絲芭。桌子椅子和房間裡其他的東西，經歷壞天氣的時間已經超過她年齡的三四倍，但是它們陰濕的樣子卻好像這是它們生命中最壞的天氣。清教徒品欽的畫像在牆上顫抖。廚房裡的大火爐象徵豪宅的心臟，它原是為了提供溫暖而修建的。但現在因為整棟豪宅震顫不停，由三角牆一直震顫到這個火爐，它此刻竟是一副落落寡歡寂寞空虛的樣子。

赫絲芭為使氣氛活潑一點，在會客室生了個火。但是風魔一直在煙囪上方虎視眈眈，一有火焰便把它吹熄了。在這四天的陰風慘雨中，克里夫仍然是圍著他的舊外套坐在他平常坐的那把椅子中。到了第五天早晨，當赫絲芭叫他去吃早飯時，他只是傷心的低聲說不想下床。他姐姐也無意勉強他。她雖然全心全意的愛哥哥，但她自己也已經年老體衰，不再能負擔這個倒楣的責任——為克里夫這個雖然仍舊可以辨別是非、但卻喜歡吹毛求疵的人、這個心智幻滅已經沒有意志力的人找快樂的責任。至少，今天她可以獨坐顫抖，而不必因克里夫不斷的唉聲嘆氣而悲傷苦悶了。

克里夫雖然沒有下樓，卻好像想打起精神想找個消遣。赫絲芭那天上午聽見一點音樂的聲音，由於七角樓中並沒有別的能發出諧美聲音的東西，所以她知道必然是有人在彈奏愛麗絲・品欽的大鍵琴。她記得克里夫年輕的時候擁有音樂的天賦，也努力練習了一陣子。但是此刻入耳的曲調甜美輕快而又微帶哀傷，很難相信久沒練習的他竟能彈奏出來。而這架廢棄已久的樂器竟能奏出這樣的曲調也是一件神奇的事。赫絲芭不禁想起，傳說只要這幽靈般的樂聲響起家裡便會傳出噩耗，有如死亡的前奏曲。但是彈了幾下以後，樂絃又啪地一下折斷，而音樂停止了，或許證明方才不是由幽靈的手指所彈奏的。

但是接在這神祕樂聲後面的卻是一個刺耳的聲音，這颳東風的一天也不能平安無事。那是小商店刺耳的鈴聲，驅散愛麗絲（或克里夫）所演奏樂曲的嫋嫋餘音，旋即又傳來有人跨過門檻、踏在小店地板上的沉重腳步聲。赫絲芭披上四十年來她抵禦東風的褪色圍巾，但是一個既不是咳嗽又不是哼哼的聲音——像是由某人胸腔深處發出的一種悶哼，迫使她快步向前，臉上帶著女人在面對危險緊急事故時的惶恐，但是很少有女人在這個時候看起來會像皺著大眉頭的赫絲芭這麼可怕了。訪客輕輕的隨手關上店門，把雨傘靠在櫃台上，平靜而親切的面對驚恐憤怒的赫絲芭。

不出她的所料，這個人正是品欽法官。他想走前門卻進不來，所以由小店的門進來了。

「赫絲芭，妳還好嗎？這惡劣的天氣對克里夫有沒有什麼影響？」法官和藹親切的笑容彷彿可以緩和東風似的，「我如果不來問候問候看看能不能幫上你們點忙，便覺得心裡不安。」

「你什麼忙也幫不上，」赫絲芭盡量壓制住激動的心情，「我全心全意的在照顧克里夫，他已經過著最舒適的生活了。」

「聽聽我的建議吧，親愛的堂妹，」法官說：「妳雖然對他最為慈愛不過，但是妳卻錯了。妳不應該讓妳哥哥過著如此與世隔絕、隱居的生活。為什麼不讓他接受一點別人的同情和好意？克里夫的生活太孤寂了。就讓他和親戚老友來往來往吧。例如，讓我見見他的面，他就會感到與人來往的好處！」

「你不能和他見面。」赫絲芭答道：「克里夫從昨天就沒有下過床。」

「怎麼回事？他生病了嗎？」品欽法官大叫，聲音既驚訝而又憤怒，他說話時牆上那個老清教徒的表情更為不悅了。「那我更是非要去看看他不可了！要是他死了怎麼辦？」

「他不會死，」赫絲芭再也忍不住痛恨了，說：「除非那個很久以前想把他逼死的人現在又想把他逼死！」

「赫絲芭，」品欽法官異常誠摯的說：「妳直到現在還不諒解我出於良知和責任感，根據法律，而又冒了自己的危險所做的事，妳不知道這樣長久對我懷恨於心，是多麼不公平、無情無義、和違反基督教義嗎？我做的事傷害了克里夫，但是我又有什麼辦法？妳是他姐姐所以一直替他感到哀傷，但如果妳知道我做了什麼也會對我表現出溫情的。妳認為自從那一天以後，雖然上天對我恩賜有加，我便不再為這件事而身心極度痛苦了嗎？現在由於社會正義和社會福祉的情形下，我這位親愛的族人和往日的好友，這位天性優美，卻又不幸犯了罪的克里夫終於獲釋而得以享受快樂，妳以為我不高興嗎？啊！赫絲芭，妳實在是不了解我！妳不了解我這顆心現在多想看見他。除了妳以外沒有人因為克里夫的災禍比我流更多淚，妳現在也可以看見我眼睛裡面的熱淚。沒有人比我更樂於讓他快樂！赫絲芭，妳試試我的建議，試試我這個妳視為妳和克里夫的敵人！試試賈弗瑞・品欽，妳會發現他是一個真情實義的人！」

「看在老天的份上不要再說了！」他的吐露只令赫絲芭更生氣，「你是在侮辱上帝，而上帝聽你說了這麼多假話而不閉住你的嘴，讓我幾乎想質疑上帝的力量。求你不要再對你陷害的人假仁假義了！你恨他！就像個男子漢大丈夫一樣直說吧！就在這一刻你還心存對他的惡念！馬上說出來吧！除非你還想再加重它的邪惡直到它實現為止。但是再不要說你愛我不幸的哥哥了。我受不了！你會逼得我不顧女人應有的端莊態度，你會把我逼瘋的。饒了我吧，什麼也不要再說了！否則我就把你趕出去！」

至少這一次，赫絲芭因憤怒而勇氣百倍。她是把話說明白了。但是，這種對品欽法官人格根深柢固的不信任，這種對他的人類同情心的否決，究竟是基於對他品格公正的判斷，還是只不過基於一個女人不分青紅皂白的偏見，而不過是無中生有？

法官無疑是個顯赫而又廣為人所尊敬的人。教會承認這一點，政府也承認這一點，沒有任何人會否認這一點。在他公私生活所認識的眾人中，沒有人會質疑他在社會上德高望重的地位，除了赫絲芭、幾個像銀版照相師這樣罔視法律的神祕主義者，和幾個政敵以外。而我們說句公道話，就連法官品欽本人也不懷疑他自己的無瑕名譽。一個人的良心最能明白自己是個好人還是個壞人。而除了一日二十四小時中的五分鐘，或者一整年中不祥的幾天以外，他對於世人的讚揚也是問心無愧。可是，雖然證據鑿鑿，我們也不能就冒了昧自己良心的危險，就斷然說法官和讚賞他的世人是對的，而赫絲芭獨有的偏見又是錯的。世人所見不到的，他自己已經不記得的，或埋藏在他顯赫功績下面自己也注意不到的，可能還有什麼邪惡和不能登大雅之堂的事情。不只於此，我們幾乎可以大膽的進一步說：他在日常生活中可能一而再的犯罪，自己也不一定能時刻覺察，就像兇手沒發現自己因謀殺案沾上的血跡。

一些雄心勃勃、性格堅強、和感覺敏銳的人，便很容易犯這樣的錯誤。他們通常是最重視形式的人，行動的範圍在於生活外在的現象。他們最長於為自己爭取像黃金、房地產、高官厚祿、和榮名這類華而不實的東西。有了這些物質條件和擺在眾人面前的漂亮事功，他們便可以建造高大堂皇的宮殿，讓人們以及他們自己都認為這棟房子便是他們本人及性格的代表。富麗堂皇的大廳，寬敞的套房地上鋪著昂貴大理石的鑲嵌細工。每個房間的落地長窗任陽光透過玻璃灑進來。飛簷上鍍了金，天花板上飾有彩繪。高聳巍峨的圓形屋頂可以直望蒼穹。一個人還能希望用什麼更美好高尚的東西象徵自己的品格？

啊，可是，在某個低處和幽僻的角落，某個上了鎖而鑰匙又丟了的小櫥櫃，或在大理石鋪道的下面，在上面覆有花紋繁富鑲嵌細工的水泥坑，可能正有一具半腐爛的屍體，住在裡面的人因為已經習慣了，聞不出有什麼怪味。訪客也聞不出來，因為他們只是聞到屋主在宮殿各處所噴的香水、以及他們自己帶來為取悅他而在他面前焚燒的香。偶然也會來一個別具慧眼的人，則整個宮殿在他面前消失，只留下那個隱藏的角落、那個上鎖的小櫥，那個蛛網罩著被人所遺忘的大門，或鋪道下面的那個可怕的洞穴，洞裡面一具正在腐朽的屍體。而我們可以在這方面探索一個人的真正性格，或是他經歷的種種事蹟。在大理石宮殿堂皇的外表下面，那一灘停滯的死水，含有許多雜質而甚至還染有鮮血——那個他在上面祈禱，而又已經記不得自己祕密惡劣往事的水坑，便是此人的卑賤靈魂！

如果把上面這個說法用在品欽法官身上，則我們可以說（我們無意加罪於備受尊敬的人）法官一生中有許多事情需要隱藏以及麻痺他的良心。他坐在法官席上時的公正、他對社會服務的忠誠、他對他所屬政黨的耿耿忠心，包括信守原則和在任何情形下都參與組織的運動、他擔任聖經學會會長時的服務熱忱、他擔任「寡婦孤兒基金會」會長時的廉潔、他因培育出兩種梨子特優品種而對園藝學的貢獻，和因經銷著名的品欽公牛而對農業的貢獻、他多年來道德的行為、他嚴正叱責和拋棄的一個奢侈和浪費的兒子，直到那個年輕人死前一刻鐘才原諒他、他的晨禱晚禱和用餐前的簡短感恩祈禱、他的推動節酒運動（他自己從痛風最後一次發作以後便限制自己每天只喝五杯西班牙南部所產白酒）、他潔白的亞麻布衣衫，擦得雪亮的皮靴、美觀講究的金頭手杖，方正寬大的大衣時尚樣式以及精緻的質地，和衣著一般考究的言行舉止、他在大街上不論貧富，對所有認識的人鞠躬、舉帽、點頭、動手打招呼的中規中矩、他用來振奮世人的微笑——在這樣堂堂正正的人身上怎麼能找到什麼黑暗的特質？這便是品欽法官在鏡子中所見到的自己的一張臉。日復一日，他對這種安排恰當的生活很有自覺。因而，他不對自己和對公眾說：「在這幅畫裡面看到品欽法官了嗎？」

就說許多許多年以前，當他還是個年輕魯莽少年的時候，他也做過一件錯事，即使在今天，不可避免的環境力量偶爾也會使他做一件有問題的事；但是他做了一千件值得頌揚的事，你又能說他因為這件非做不可的事和那件大致已為人所遺忘的事，而說他不好，使他美好的一生黯然失色嗎？他是犯什麼沉重的大罪，以至這個拇指大小的罪過放在天秤一方的盤子，竟會比放在天秤另一方盤子裡的一大堆好事更重！這種天秤制度是品欽法官的同僚所喜歡的。一個苛刻、冷漠的人很少反躬自省，因而會斷然由他的形象中認識他自己。但是這種形象只不過是公眾意見的反映，除非是喪失了財產和名譽，一個人便很不容易真正認識自己。疾病沒有用，即使是臨終前的一刻也沒有用。

但是我們現在所談的，是面對大發脾氣的赫絲芭的品欽法官。令她本人也感到意外的是，在未經深思熟慮的情形下，她一古腦兒把三十年來心中對這位親戚根深柢固的憤恨發洩了出來。

到此為止，法官帶著溫和容忍的表情，以基督徒應有的寬大，原諒她言語的中傷。但是當她說完了以後，他的表情變得嚴肅而又堅定，好像站在那兒的自始至終都是一個鐵人，而根本沒有什麼溫順的人一樣，一時柔和的雲霧顏色由他的眉宇中消失，只剩下永久的皺眉。赫絲芭幾乎神經不正常的認為她方才發洩心中抱怨的對象是她的老清教徒祖先，而非法官。再也沒有一個人比法官品欽更酷似房間裡面所懸掛畫像中的那位祖先了。

「赫絲芭，」他平心靜氣的說：「現在是把這件事做一個結束的時候了。」

「我完全同意。」她回答說：「但是你又為什麼要來迫害我們？不要再騷擾克里夫和我了，我們也只是希望這一點而已。」

「我在離開這棟房子以前想見克里夫一面。」法官接著說：「赫絲芭，妳腦筋要清楚一點！我是他唯一的朋友，而且是個有很大權力的朋友。妳有沒有想過，如果不是由於我的努力、我的抗議、我運用政治上、和公私兩方面的影響力，克里夫是絕對不會由監獄中釋放出來的。妳以為他的獲釋是表示妳打贏我了？不是，絕對不是！是我用了各種的辦法把他放出來。是我讓他自由的！」

「我永遠也不會相信是你把他放出來的！」赫絲芭答道：「就是你把他關進了牢裡，而他獲釋是因為上帝的保佑！」

「是我讓他自由的！」品欽法官心平氣和的說：「我今天來是要看看他還能不能保有自由之身，這要靠他自己。因而我非和他見面不可。」

「這個絕對不行，你會把他逼瘋的！」赫絲芭大叫起來，但是法官的銳眼可以看出她並不是十分堅決，而她也對他的善意毫無信心，她不知道是屈服還是反抗的好。「你為什麼非要見這個衰弱不幸的人？他幾乎已經完全失智，對於眼睛裡面沒有愛的人，尤其不會說什麼。」

「如果他不過是想要愛，那麼我眼神中的愛多得很。」法官對自己慈祥的外表深具信心，「妳剛剛說了不少對我要談的正事有益的事，且讓我告訴妳說我為什麼非要和他談談不可；我們的叔叔賈弗瑞‧品欽在三十年前過世。因為悲傷，大部分的人在哀戚中都沒有注意到，他留下的財產比他生前所有的少太多了。他應該是非常富有，是那個時代美國最富有的人之一。但是他有個怪癖，也有點愚蠢，為了不想別人知道他究竟有多少錢，常在遙遠的地方和外國投資，也用假名字和資本家才使用的手段。妳也知道，根據賈弗瑞叔叔遺囑上的規定，他是把他全部的財產都遺贈給我的，唯一的例外，是把這棟祖傳的七角樓和土地留給妳。」

「那你是想把我們的這一點也搶走嗎？」赫絲芭難掩痛恨和輕蔑之情，問道：「這樣你就不再迫害不幸的克里夫嗎？」

「當然不是！親愛的堂妹，」法官仁慈的笑道：「相反的，我說過好幾次，只要妳肯接收我這個親戚的贈與，我很願意讓妳擁有比現在多兩、三倍的財產。但是重要的一點是，如我剛才所說，在叔父確切的遺產中，我相信我們所知道的不到一半，事實上，不到三分之一，而且我相信妳的哥哥克里夫可以告訴我說如何把其餘的遺產找回來。」

「克里夫？克里夫會知道有什麼隱藏的財富？克里夫有辦法讓你發財？」老小姐覺得

這件事很荒謬，「這是不可能的！你是在騙自己，你的話實在可笑！」

「我說的都是實話，和我本人此刻站在這兒一樣真實！」品欽法官說，他用他的金頭手杖敲擊地板，同時又跺腳，好像是要用他全身的力量加重自己的語氣一樣，又說：「這是克里夫本人告訴我的。」

「不，不！」赫絲芭不敢輕信，「賈弗瑞，你是在做夢！」

「我不是那種喜歡做夢的人。」法官不動聲色的說：「在叔叔死以前的好幾個月，克里夫對我誇口說他擁有那筆巨大財富的祕密，他的目的是要揶揄我，刺激我的好奇心。這一點我很明白。但是我還清楚記得那天我們會話的細節，我相信他說的都是實話。此刻如果克里夫願意，事實上他也非願意不可，他可以告訴我上哪兒去找賈弗瑞叔叔那筆龐大遺產的文件和證據。他的確是知道這個祕密，他的誇言不是胡說。他所說的話直截了當有重點，也很詳細，表示他不是在空口說白話。」

赫絲芭問道：「那克里夫是為了什麼而把這個祕密隱藏了這麼久？」

「這是我們墮落天性中的一個不良的衝動。」法官回答道：「他視我為敵人，認為我應該對他的奇恥大辱、即將到來的死亡、和無法補救的毀滅負責。因而，當他在牢中的時候，想要他自動告訴我這個祕密，讓我更為富有是不大可能的事。但是現在這一刻已經到來，他非說出來這祕密不可了。」

「他要是不肯說怎麼辦？」赫絲芭問道：「或者，如我所認為的他根本並不知道這筆財富又怎麼辦？」

品欽法官平靜的說：「自從妳的哥哥回來以後，作為一個有監護責任的親戚，我便設法經常監督他的行為和習慣。妳的鄰居在目擊花園中的情景。屠夫、麵包師、魚販、妳商店裡的一些顧客、和許多好管閒事的老婦人，都曾經告訴我妳家裡面的祕密。而最大的部分來自我自己在那扇拱形窗前對他的觀察，一兩個禮拜以前，成千的人都目擊到他差點從窗口跳下。由這些說法，我認為——我也相當難過和不願意——克里夫的不幸已經損害到他本來已不堅強的心智，我怕他快撐不下去了。另一個辦法妳知道，便是把他送進公立精神病院，度過餘生，而這取決於我做的決定。」

「你這話不是當真的！」赫絲芭嚇得尖叫。

品欽法官絲毫不為所動，接著說：「如果克里夫對我這個一直很關心他的人充滿惡意和怨恨，那麼更表示他有精神病。如果他不肯告訴我這個對我非常重要，而他又一定知道的祕密，我便會認為這是證明他精神不正常的一點必要證據。赫絲芭妳是很了解我的，知道良知所指引的道路，我是一定會鍥而不捨地堅持下去的。」

「啊，賈弗瑞，」赫絲芭悲哀的說：「有精神病的是你，而不是克里夫！你忘記了一個女人曾是你的母親！你自己也有姐妹兄弟和子女！或者在這個悲慘的世界，人與人之間還是有感情和憐憫。否則，你怎麼會有這個念頭？賈弗瑞，你已經不是個年輕人了，也不是個中年人了，你已經是個老人了！你已經是滿頭白髮了。你還能再活幾年？你的錢還會不夠用嗎？你會挨餓嗎？會沒有衣服穿嗎？不會的，用你現在所有的一半的錢，你便可以享受美酒佳餚，蓋個比現在所住更豪華一倍的房子住，向世人炫富，還可以給你的獨子留下一大筆遺產，讓他在你死後為你祈禱！你為什麼還要做這麼殘忍的事情？這麼瘋狂，我不知道是否可以稱為邪惡的事情？天哪，賈弗瑞，兩百年來你不過是在重蹈覆轍祖先做過的事，把由他繼承來的詛咒再傳給後代而已。」

「赫絲芭，看在老天的份上不要再胡說了！」理智的法官聽了她荒謬的話也顯得不耐煩起來，「我已經把我的決定告訴了妳，我不會再改變主意了。克里夫如果不把祕密告訴我便會自食其果。叫他快快拿定主意，我今天上午還有一些事，還要和幾位大官一起吃飯。」

「克里夫並不知道什麼祕密。」赫絲芭回答說：「上帝不會讓你為所欲為的。」

「那就走著瞧吧！」法官不為所動，「妳現在考慮考慮是不是該叫克里夫出來，讓兩個親戚和平的解決這件事，或者是逼我不得已而採取殘酷無情的手段。一切責任由妳負擔。」

赫絲芭考慮了一小會兒，「你比我有權有勢，也喜歡仗勢欺人。克里夫現在好好的沒有發瘋，但是你所堅持的面談卻會把他逼瘋。不過我知道你是個什麼樣的人，我想最好還是讓你自己去判斷他有沒有什麼值錢的祕密。我這就叫克里夫出來，但對他客氣一點，比你希望的客氣一點！因為上帝在看著你，賈弗瑞・品欽！」

法官跟著他的親戚由商店走進客廳，一下子坐進那把祖傳的大椅子中。許多品欽家人都曾安詳地坐在這把舒適的大椅子中，其中有剛遊戲完、面色紅噴噴的兒童、幻想戀愛的年輕人、飽經憂患的成人、入了老境的老人。他們在此沉思、安睡、而後離去。長久以來便有人說，這或許便是法官在新英格蘭的始祖——那位畫像仍掛在牆上的祖先——在此面帶死人的寂靜和嚴峻表情、接待貴賓時所坐的那把椅子。自從不祥的那一刻以後，可能還沒有一個比現在這位下定決心不肯饒人的品欽法官更疲倦悲傷的人坐過這把椅子了。他為了今日的鐵石心腸不是沒有付出過高昂代價的。這樣的鎮靜比弱者的粗暴更費力。但他還有更難處理的工作要做！在三十年後的今天，他要從由墳墓中爬出來的人身上壓榨出祕密，否則，他就要將他再送回墳墓裡！

赫絲芭由客廳門口朝裡看，問道：「你是在說什麼嗎？」因為她猜想這位法官是在說什麼，希望他是想寬免他們了。「我以為你是在叫我回來！」

「沒有，沒有。」品欽法官粗聲答道，皺起的眉頭在室內的陰影下幾乎成為紫黑色。「我叫妳回來做什麼？時間過得很快，已經不早了！快叫克里夫來見我！」他由背心口袋裡把錶拿出來捏在手中，看克里夫要在多少時間以後才能出現。

16

克里夫的房間

赫絲芭在去叫克里夫出來的路上，覺得這棟老房子變得空前地陰森悽涼，氣氛和往日不一樣。她沿著被踏得破舊的走廊行走，打開一扇扇搖搖欲墜的門，爬上嘎吱作響的樓梯時，擔心又害怕的左看右看，心情緊張。即使此時在她後面或旁邊有死人的衣服在沙沙作響，或樓梯盡頭有張蒼白的臉在等著她，她也不會覺得奇怪。方才那些激動可怕的情景已經惑亂了她的神經。與那個外形和品行都酷似品欽家祖先的品欽法官談話，已經勾起她過去幽黯的回憶，使她心情異常沉重。她曾聽家中的老人談過品欽這一家人所經歷過的滄桑往事——當她坐在壁爐邊時，火光便會使記憶清楚浮現——當她憂鬱地沉思時，便覺得自家歷史都是憂鬱陰沉的。他們的家史好像不過是一代又一代重現的災禍，它們只有輪廓稍微不同，色調則是大同小異。但是現在赫絲芭卻感到品欽法官、克里夫和她自己正給這部家史另添一頁，它邪惡與憂傷的輪廓分外清楚，比以前的往事更突出，使過往累積的悲傷發展至巔峰。但不久它又會褪色，變得和許多年前的悲歡往事沒有兩樣。任何離奇和驚人的事情可以說都不過是曇花一現——這是個苦樂參半的真理。

赫絲芭察覺到不久後便會發生什麼史無前例的驚人之事。她神經緊張，本能的停在拱形窗的前面向街上望去，想記住一點永恆的東西，好鎮定自己受到震驚的心思。她看見街上的一切和昨天以及無數個前天無異，便感到精神為之一振，除了現在的陰雨有別於以往的晴朗。她仔細地望著街道，一個門階到另一個門階，濕漉漉的行人道上面有著只有在填滿水時才能發現的凹凸不平。她調整了一下眼鏡，半見半猜地看見一扇窗戶裡面有位女裁縫正在工作。赫絲芭由遠處神遊，想和這位不知名的女子作伴。而後一輛疾馳而過的輕馬車又吸引了她的注意力。她注視它潮溼而又閃閃發光的車篷和濺水的輪子，直到它轉過街角，不願再載負她沉重的心情。在這輛馬車的蹤影消失以後赫絲芭又偷閒了片刻，因為此時凡納叔叔穿著打補丁衣服的身影出現在她的眼前，他正在慢慢的由街的頂端一頭向下走。東風侵入他的關節，風濕病使他走路一跛一跛的。赫絲芭希望他走得再慢一點，多陪伴一會兒她孤寂的靈魂。她歡迎任何可以耽擱一下她去辦這件無可避免的差事，和任何可以插身於她自己和她貼身環境之間的人，以便暫時忘卻這個惡劣的現在。除了那些無憂無慮的人以外，心情最沉重的人也喜歡找點樂子，以便轉移注意力。

赫絲芭對自己內心的痛苦是還可以忍受的，她只是受不了她現在非給克里夫不可的痛苦。他身體脆弱，心靈又因飽經憂患而支離破碎。現在要他和那個冷酷無情、可以說是他生命中的煞星的法官面對面，一定會徹底毀了他。即使他倆之間沒有痛苦的回憶，現在也沒有任何敵意，可是先天便嚴酷而麻木不仁的法官，對於比較敏感和易受傷害的克里夫必然是個災患。這就像是用本來就有裂縫的瓷花瓶去砸大理石柱一樣。赫絲芭以前從未精確估量過她親戚賈弗瑞的強硬個性，他聰明、意志力堅強，有豐富的待人處事經驗，她更是認為他會為了追求自私的目的而不惜寡廉鮮恥的使用邪惡手段。更麻煩的是，品欽法官現在又幻想克里夫擁有昂貴的祕密。像他這樣目標堅定而又為人精明的人，如果對實際事務有了什麼錯誤的念頭，而且把它用在真實的事務上，那麼要根除他的偏見便會像由地上拔出一棵橡樹一樣困難。因而，由於法官要求克里夫做一件他所做不到的事，克里夫便一定會毀滅。落入法官這樣的一個人的手中，克里夫會是什麼樣子？他天性溫和而且有詩人特質，只是會享受像音樂節奏一樣的美好生活。事實上，他現在已經是什麼樣子了？他已經是個破產、飽受挫折的人，只差沒有給消滅了，而此刻後不久就會被整個消滅！

霎時之間，赫絲芭也想到克里夫也許是真如法官所歸咎於他的，真的知道一點關於他們叔父消失的遺產的事。她還記得她哥哥某些含糊的暗示，如果這個臆測基本上並不荒謬，則那些暗示可以作這樣的解釋。他有過去國外旅行和長住的計畫、做過在家中過豪華生活的白日夢、和想像過華貴的空中城堡，而這些都是需要無限財富才能打造和實現的。如果這筆財產是在赫絲芭的手中，她便會欣然都送給這位鐵石心腸的親戚，以換取克里夫的自由得以隱居在這棟悽涼的老屋中。她認為哥哥的計畫就好像坐在母親身旁的椅子上的孩子所描繪的未來生活一樣。克里夫手中只不過是有黃金色的幻影，而這個是不能令品欽法官滿意的。

那麼，在他們極度的貧困和不幸中，就沒有任何人會幫個忙嗎？奇怪的是在這個熱鬧的城市中竟然沒有。她可以打開窗子尖叫一聲，大家聽見這悽厲的呼救聲，便會知道有人正陷於嚴重的危機而跑上前來搭救！但是赫絲芭明白造化弄人，在這個精神不正常的世界，一個前來搭救的人不論用意如何純良，卻總是會幫助強者的一方。強權和不公一向像磁鐵一般強力地互相吸引。品欽法官在公眾的心目中是個地位很高而又極為富有的顯貴、慈善家、議員和教會的會員，聲望正隆，因而偉大到連赫絲芭本人也不敢下結論說他是個偽君子！而站在另一方與他抗爭的又是誰呢？是罪人克里夫！他曾經是一個笑柄，到現在大家也還依稀記得他的醜行。

赫絲芭明白大家都會幫品欽法官，而她也不是一個有主見的人，只會依著別人的建議做事。小菲碧•品欽如果沒有走，即使不給她什麼建議，只憑自己活潑的天性便會讓她心情開朗一點。她又想到那個藝術家，雖然他不過是一個年輕、沒沒無聞、和性好冒險的人，她卻明白他有一種能夠應付危機的力量。她想到這，便打開一道廢棄已久、長滿蜘蛛絲的門，這扇門通往攝影師住的那棟廂房。他不在房子裡面。不過一本倒放在桌上的書、一捲手稿、一張寫了半頁字的紙、一份報紙、若干銀版照相用的工具、和若干別人拒收的銀版相片，讓人覺得他人就在附近，但是她也想到每天在這個時候他應該是不在的。赫絲芭一時好奇，隨手拿起一張銀版相片看看，結果卻看見相片中皺著眉頭的品欽法官！命運之神在作弄她。她感到灰頭土臉，不再找了。她已經與世隔絕很多年了，但從未像現在這麼感到孤單過。好像這棟房子是獨立在沙漠之中，或是被符咒鎮住，住在周圍和路過的人都看不見它，因而如果它裡面發生了什麼不幸或什麼意外，甚至是犯罪，也沒有人會來幫忙。赫絲芭帶著悲傷及受創的自尊和朋友斷絕往來，故意違抗上帝叫世人彼此幫忙的意旨，現在她是受到處罰了，她和克里夫面對族人的迫害只能束手無策了。

赫絲芭皺著眉頭走回拱形窗前，抬起近視的雙眼朝天上看，她熱切的透過密佈的雲層向上帝祈禱。薄霧濃雲似乎是象徵了天壤之間的人類的一大堆問題、疑惑、和冷漠無情。但她沒有堅強的宗教信仰，不能向上傳達禱詞。禱詞又落了下來，像一塊鉛一樣重重落在她的心房上，使她產生了可憐的想法：上帝不會干涉一個人對另一個人所犯的這些小錯，也不會特別給予孤單靈魂任何慰藉。而是像太陽光一樣把公正和憐憫灑到半個地球上，太過寬廣以至於等於沒有。但是赫絲芭不明白的是，正如溫暖的陽光照進每一個窗戶一樣，上帝的關愛和憐憫也平等分送給每一個需要的人。

終於她再也找不到藉口繼續耽擱將加諸在克里夫身上的酷刑了——她在窗前徘徊，又去找照相師，甚至徒勞無功地禱告，而這些不過是延遲她的痛苦而已——她怕聽見樓下的品欽法官出聲責怪她太慢，於是這個臉色充滿哀愁蒼白的老婦人拖著幾乎失去知覺的雙腳走到她哥哥房門口去敲了房門。

但是卻沒有人應門。

怎麼會沒有人應門呢？也許是因為她遲疑顫抖的手敲得太輕，所以聲音沒傳進去。於是她又敲了一次。還是沒有回應！但這也不奇怪。她這次只有用心臟跳動般的力量，只表達出她奉命來叫克里夫的憂愁而已。克里夫可能正把臉埋在枕頭裡，用被子將頭蒙住，像個半夜受到驚嚇的孩子。於是她再敲第三次。這次不輕不重、清清楚楚，還帶有感情。

克里夫還是沒有回答。

「克里夫！好哥哥，」赫絲芭說：「我可以進來嗎？」

沒有聲音。

赫絲芭連叫了他兩三次都沒有聽見回答。她想到也許他今天比平常睡得沉，於是她把房門打開。可是走進去以後卻發現，裡面一個人也沒有。他是怎麼走的？又是什麼時候走的？為何她竟然不知道？會不會因為他在房子裡待膩了，所以即便狂風暴雨還是跑出去他在花園裡那個老地方，現在正在夏日小屋的屋簷下發抖？她連忙把窗子打開把整個上半身伸出去張望整個花園。她看到夏日小屋的內部以及因為屋頂漏水而淋得濕漉漉的圓椅，但是裡面一個人也沒有。克里夫不在那。斜靠在籬笆上的是一個舊木架，架上爬了些亂七八糟的南瓜藤。她在想，克里夫會不會是躲進木架的陰影裡去了？但這又是不可能的，因為在她朝陰影裡看的時候，有一隻外形古怪的老灰貓從裡面走出來。牠兩度停下來嗅了嗅空氣，而後又走向客廳的窗前。不論這只不過是貓一般探頭探腦的天性、或是這隻貓特別喜歡惡作劇，這位老小姐都想把牠攆走，因而拿起根棒子朝牠丟了下去、貓好像是個被人發現的竊賊或謀殺犯，抬頭望了她一眼，就一溜煙逃走了。花園裡面沒有別的生物了。公雞一家或是根本沒有離開過窩、或是因為雨下個不停，沮喪之餘出來又回去了。赫絲芭於是把窗子關上。

可是克里夫又在哪裡呢？他會不會是因為知道他的煞星來了，所以在法官和赫絲芭站在商店談話的時候悄悄走下樓梯、打開大門到街上去了？想到這裡，她似乎看見他穿著平日那件老式衣服、臉上雖有皺紋但仍然不脫稚氣的身影、一個在噩夢中自認為處於眾目睽睽之下的身影。她可憐的哥哥若在街上遊蕩，會吸引每一個人的目光，人們會以驚奇而厭惡的眼光看他，覺得他是大中午就看見的不吉利的鬼魂。他會遭到不認識他的年輕人的嘲弄，和少數幾個記得他的老年人的蔑視和義憤！他會成為已經可以在街上跑來跑去的男孩戲謔的對象。這些小孩子不尊重美和神聖，不憐憫悲哀，好像都是魔鬼撒旦的兒子一樣！他們的叫囂、嘲弄、嘶吼和殘忍的恥笑，會讓克里夫表現的像是發了瘋，如此一來，品欽法官的詭計也就得逞了。

赫絲芭繼而想到這整個城幾乎四面環水。在這種惡劣的天氣中，伸入港口的碼頭上，已見不到平日熙來攘往的商人、勞工、和水手。每個碼頭都是一片孤寂，只停泊了一些船隻。如果她哥哥漫無目標的遊蕩到那裡，只要片刻俯視下面污穢的激流，會不會便想到只要往前踏一步或是腳步稍微不穩，他便可以永遠脫離品欽法官的掌握？這是多麼大的誘惑！只要帶著他沉重如鉛般的心一直往下沉，他的憂愁便可以一了百了。

赫絲芭想到這裡實在是受不了了。甚至品欽法官現在也得幫她了！她一面尖叫一面跑下樓去。

「克里夫不見了！」她大聲叫道：「我哥哥丟了！賈弗瑞・品欽，快幫幫忙！他會出事的！」

她一把推開會客室的門。但是由於窗外樹枝的陰影、天花板因煙薰而漆黑，牆上的橡木鑲板也是黑色，室內光線很暗，再加上赫絲芭視力不佳，不能看清法官的輪廓。但是她的確看見他坐在房間當中的那把祖傳的椅子上，歪著頭在朝一扇窗戶看。像品欽法官這樣鎮定的人，好像自赫絲芭離開以後一動也沒有動過，還是原來的姿勢。

赫絲芭不耐煩的朝他喊道：「賈弗瑞，我哥哥不在他的房間裡面！你非幫我找他不可！」說完她又轉身到別的房間去找了。

但是法官是一個很有威儀的人，這個歇斯底里女人的驚慌，是不會驚動他由椅子上站起來的。不過他如果考慮到自己的得失，是應該有點反應的。

赫絲芭遍尋無著，又回頭往客廳的門口尖聲叫道：「賈弗瑞‧品欽，你沒有聽見我的話嗎？克里夫不見了！」

就在這時候，克里夫卻由客廳裡面走了出來！他的面色異常蒼白，即使走廊光線黯淡，赫絲芭仍然能看清楚他的輪廓。只見他的表情和姿勢都帶有輕蔑和挖苦的神色。他站在門口，一面向後看一面伸手向客廳裡指，並且慢慢搖動手指，好像不但是要赫絲芭、也是要全世界都來看看客廳裡面的怪物一樣。他這個不合時宜的放縱和欣喜神情，把赫絲芭嚇得以為品欽法官不祥的造訪已經把她的哥哥逼瘋了。但她又無法明白法官為何默不出聲，也許他是狡猾地在一旁看著克里夫精神失常的行為。

「克里夫，不要吵！」他姐姐低聲警告說：「看老天的份上不要吵！」

「讓他不要吵！他又能怎麼樣？」克里夫仍然朝著客廳更放肆的比手畫腳。「至於我們，赫絲芭，現在我們可以雀躍了，可以唱歌、嬉笑，想做什麼便做什麼了！我們已經解脫了，這個令人厭煩的老世界已經不能再給我們什麼壓力了。我們可以和小菲碧．品欽一樣無憂無慮的了。」

說完這話，他便開始大笑起來，手指仍朝客廳裡面那個赫絲芭所看不見的目標。她直覺到有什麼可怕的事情發生了，所以衝過克里夫身旁進入客廳，但旋即又憋著驚叫聲回來。她驚恐的注視克里夫，只見他由頭到腳全身顫抖，而在激動、驚惶之中，仍然不停嬉笑、比手畫腳。

赫絲芭倒抽一口氣說：「天哪！我們該怎麼辦？」

克里夫一反往日的態度，當機立斷的說：「走吧！我們快離開吧！我們住在這棟老房子裡已經太久，現在把它留給賈弗瑞吧！」

赫絲芭現在才注意到克里夫身上穿著斗篷——一件很久以前的舊衣服——在最近的狂風

暴雨中他常穿著它保暖。他用手勢暗示他們應該一塊兒走出大門去。一些性格軟弱的人遇到混亂或困難的情況，勇氣便會由心中湧出。他們或是猶豫不決或是盲從指示，無論如何荒誕或瘋狂，有了目標對他們來說是天賜良機。赫絲芭現在便是如此，她一向不習於採取行動或負責任，現在因為所見到的情形嚇了一大跳，不敢想也不敢問到底是怎麼回事；她擔心克里夫將面對的命運，房屋裡死亡的陰森氣息沉重地令人窒息，於是她什麼不問，克里夫說什麼就是什麼，好像是在夢中一樣，不再有自己的意志。而克里夫這個通常缺乏意志力的人，在這個緊要的關頭變得有主張了。

「妳還在那兒拖什麼？」他提高聲音說：「快穿上大衣戴上帽子，或者妳想穿什麼就穿什麼，反正妳無論如何打扮也不會漂亮了。快拿上皮包，裡面多放點錢，我們走吧！」

赫絲芭順從他的指示，他說什麼就聽什麼。她納悶自己為什麼還沒有醒過來，要再忍受到什麼程度她的靈魂才能脫離這使人茫然的迷陣，什麼時候她的意識才會明白根本沒有發生什麼事情。當然這一切都不是真的，其實並沒有什麼由東邊來的風暴，品欽法官並不曾和她談話，克里夫也不曾笑著叫她跟他離開。她不過是因為過於孤獨而在早晨這場大夢中吃了許多不合理的苦而已。

她一面在房子裡來來回回為離開做著瑣碎的準備，一面在想：「我現在是非得從這場大夢中醒過來不可了，我再也受不了了！」

但是卻醒不過來，等到克里夫在臨走前對著客廳門口向現在孤伶伶坐在室內的那個人道別時，她還是沒有醒過來。

「這個老傢伙還以為可以完全控制我呢，看看他現在是什麼可笑的樣子！」他低聲對赫絲芭說：「走吧走吧，我們趕快走吧！要不然他還想像『失望大力士』追捕『基督徒』和『有前途的人』一樣抓我們呢！」[1]

他們快走上大街時，克里夫指著大門前面的一根柱子給赫絲芭看。在柱子上有他兒時所刻的自己姓名的縮寫，筆劃優美，一如他日後的字體。於是姐弟二人走了，把品欽法官一人留在這棟陳舊的祖宅。他笨重的身軀就像是一場死於自身邪惡的噩夢在惡貫滿盈中消失以後，所留下的鬆垮死屍。

1 典故出自約翰・班揚著《天路歷程》（一六七八）。這本著作是一清教徒寓言，內容描寫靈魂的尋求拯救。在第一部中，「基督徒」和「有前途的人」藉「有成功希望之預示」而逃出「失望大力士」的地牢。「有成功希望」預示是可以「打開『懷疑城堡』之鎖」的鑰匙。

17 出走

赫絲芭和克里夫離開七角樓以後，沿品欽街往市中心走去。雖然時值炎夏，但東風蕭瑟，把赫絲芭剩下的幾顆牙齒凍得震顫作聲。雖然她的手和腳從來沒有這麼冰涼過，但她現在卻不止是身上發冷，心裡面也充滿寒意。一個初出社會的冒險者，即使熱血沸騰，也都會有覺得世間淒涼的景象讓人找不到一點慰藉的時候。赫絲芭和克里夫這兩個年紀一大把卻沒有什麼人生經驗的人，在離開自家大門，走過品欽榆樹下的陰影時，又會是什麼想法？他們在外面流浪，就像一個孩子口袋裡裝著個六便士的銀幣和一塊糕餅，就想要走向天涯海角一樣。赫絲芭茫然不知所措，前方的路又看起來困難重重，失去的方向感也無意找回了。

她有時偷瞄克里夫一眼，發現他興奮異常，這樣的精神控制了他的行為。他像是喝了酒，又好像聽了一曲充滿生命力的音樂，由於樂器有一點小毛病，所以在奏出優美樂曲的高潮時，會出現軋嘰雜音，就像克里夫雖然面帶勝利的微笑，步履卻有點踉蹌。

他們在路上遇見的人很少，由七角樓安靜的街坊走到通常比較熱鬧的市區，都沒有看見什麼行人。在十分鬱悶的環境中，此時顯眼的特色，有凹凸不平的行人道因為積水而閃閃發亮；商店的櫥窗招搖的陳列著雨傘，好像商業利益是集中在這件商品上一樣；七葉樹或榆樹的濕葉子，由於風吹雨打，散落在大街上；街心一片泥濘，不堪入目。有時也有車輛疾駛而過，駕駛的人戴著防雨的帽子；一個似乎是由下水道裡爬出來的孤伶伶老人正沿著路旁的溝渠，彎著身體用棍子在廢物中找生銹的釘子；郵局門口站有一、兩個商人、一位編輯、和一名多才多藝的政客——他們是在等遲遲未到的郵件；幾張退休船長的臉由保險局1的窗子茫然向外看空盪盪的街頭，他們咒罵天氣，因為沒有有趣的事情而大感不快。如果這些好管閒事的人能猜到赫絲芭和克里夫身上所攜帶的祕密，對他們來說將是多麼寶貴的收穫！但是此刻他們所注意的卻不是赫絲芭和克里夫，而是一個把裙子提得高過腳踝的年輕女郎。如果這是一個晴朗的好天氣，則姐弟二人走過大街的時候必定會引起注目。可是現在大概是因為他們和陰鬱的天氣差不了多少而不顯眼，他們灰暗的像是陽光照在他們身上也會立刻被他們沮喪的氣氛融化。

可憐的赫絲芭！如果她能明白這一點，對她來說便會是小小的安慰。在她許多的煩惱中——說來也奇怪——有一個煩惱是老處女和一般女性特有的，那就是感到自己的服裝不恰當。因此她努力地縮著身體，好像希望別人只看到一件破舊褪色的外衣和帽子在戶外散步兜風，而看不見穿戴這件外衣和帽子的人！

一路行來，揮之不去的模糊與空幻之感散佈到她的全身，導致她兩手發麻。任何確實的事情都比這個好。她一遍又一遍低聲自問：「我不是在做夢吧？我不是在做夢吧？」有時把頭伸出帽子任由風吹雨打，想藉此明白自己還是醒著的。不論是出於克里夫的原意或者只是偶然，他們此刻行至一棟灰色建築物的拱門下方。拱門裡面挑高寬敞，煙和水蒸氣迴旋而上，在他們的頭頂上好像形成一團烏雲。一列火車正要出站，火車頭咆哮噴氣，好像一匹等不及要向前衝出去的駿馬。鈴聲匆促響起，像是生命熱切的召喚。克里夫沒有詢問赫絲芭自己也毫不遲疑，他把自己堅決的氣魄也傳染給赫絲芭，他推著她走向了火車並扶她登上車門。開車的信號一響火車頭便短促的噴了幾口氣，火車於是啟程，這兩個不尋常的旅人隨著幾百個旅客風馳電掣而去。

1 此處係指一個海上保險公司，一個商人和船長聚首交易、看報、和打聽點當日閒話的地方。在霍桑的時代，薩勒姆大約有六個這樣的公司。

他們在遺世獨立了這麼長久以後，終於又進入人類生活的洪流，好像被命運本身所吸引一樣。

赫絲芭還想著剛才的事情，包括品欽法官的拜訪，她不敢相信是真的，這位隱居七角樓已久的老婦人在她哥哥耳朵旁輕聲問：

「克里夫！克里夫！這不是一場夢吧？」

「一場夢？」他幾乎是嘲笑地重複她的話：「我從來不曾這麼清醒過！」

從窗口望出去，外界的景物快速地掠過。他們的火車隆隆地奔馳過一片孤寂，接下來四周是個村落，村落又霎時消失，像被地震吞沒了一樣。教堂尖頂好像離開了地面，寬闊的山丘也咻咻地滑走，長久存在大自然的事物都移動起來，往相反的方向飛去。

對其他的乘客來說車廂裡面的活動與平日沒有差異，但對這兩個解放了的囚犯來說，一切都是十分新奇。五十個人跟他們一起擠在狹長的車頂下，同樣的力量把他們大家一齊向前拉，這也就夠新鮮的了。而在這麼喧鬧的力量替他們工作的時候，這些人竟能安靜的坐在自己的位子上，更是不可思議。有些一百哩以上的長途旅客把車票夾在帽子裡，然後就一頭鑽進小冊子小說中的英國景物和離奇故事裡，去與公爵伯爵為伍。另外旅途較短的旅客因為無法做深入的閱讀，便閱讀廉價報紙解悶。幾個女孩子和一個坐在車廂另一側的年輕男子以賽球取樂。他們把球拋來拋去，笑聲不絕於耳，他們以比小球更快的速度移動，把歡樂遠遠地拋在後頭，然後在另外一片天空下結束遊戲。在火車短暫停留的地方，車下手持蘋果、糕餅、糖果、各種顏色菱形餅乾的男孩——這使赫絲芭想起她的小店——匆匆忙忙的和車上的旅客交易，以免這片市場又將飛馳而去。新的旅客不斷上車，車上原來的旅客不斷下車。此處彼處，在火車的隆隆和喧囂聲中，坐著一個憩睡的人。睡覺也罷，玩遊戲也罷，辦正事也罷，認真或輕鬆的閱讀也罷，他們都共同隨著命運移動，人生也就是如此！2

一路行來，在火車上的所見所聞，激起了克里夫天生豐富的情感，他吸收周圍的色彩，而後又加上深濃怪異的色澤拋了回去。但是一旁的赫絲芭感到比以前更孤獨了。

「赫絲芭，妳看起來不高興，」克里夫帶著責備的口氣說：「妳還是在想那棟陰暗的老房子和獨自坐在裡面的賈弗瑞。」說到這裡他全身震顫了一下。「聽我的話，學我一樣不去想這些事情。我們已經出來了，和人類同胞們在一起，在世上過日子。我們要和那些玩球

2 參看一八五〇年五月《美國散記》所記。

的少年和女孩子一樣高高興興的。」

「高興？他已經瘋了。」赫絲芭心情沉重苦悶，聽了他的話不禁想到：「如果我還是清醒著，一定也會發瘋的！」

說到瘋狂，她也差不多是瘋狂了。雖然他倆已在轟轟隆隆聲中沿著鐵道急速的遠離，但她卻認為也只不過是在品欽街上走來走去而已。雖然說他們一路行來，已經離七角樓漸遠，路過各種各樣的景致，在她看來都是老宅三角形建築物的尖頂、上面的青苔、一個角落上的那叢雜草、商店的櫥窗；一個顧客在猛搖店門、把小鈴搖得高聲叮噹作響，但還是打擾不了品欽法官！到處都是那棟七角樓！它龐大的建築移動得比火車還快，赫絲芭不管望向哪裡都會看見它。她沒有適應能力的頭腦不能像克里夫的頭腦那樣容易接受新的印象。他是個動物，而她卻是個植物，離根以後就活不下去。因而此時她與哥哥之間的關係已經改變。在家的時候她是他的監護人。現在克里夫卻成了她的監護人，他也清楚了解他們地位的轉換，他已經變成了一個成熟智慧的男子，不論這是不是曇花一現的稀有現象。

列車長前來收費，拿著錢包的克里夫學別的乘客的樣子在他手裡放了張鈔票。車長問「是買這位女士和你自己的票嗎？你們要去多遠的地方？」

克里夫說：「無所謂，多遠都行，我們只不過是想坐火車兜兜風而已。」

「先生，你挑了個奇怪的日子呢！」車廂另一側一位目光銳利的老年紳士，大惑不解的看著克里夫姐弟，「在這吹東風下大雨的日子，在你自己家的火爐小火旁最能找到舒適吧。」

「我不能完全同意你的話！」克里夫禮貌的向老人鞠躬敬禮說，又接著說：「我的想法和你相反，火車和鐵路是偉大的發明——人們可以藉著它的方便和速度拓展視野——它可以取代那些了無新意的壁爐和家庭觀念。」

老者不耐煩的問：「就常識而論，一個人除了自己的客廳和火爐旁以外，還能有什麼可以享福的地方？」

「所謂客廳和火爐旁的快樂，是世人言過其實。」克里夫答道：「簡言之，這樣的快樂是不對的。我認為人類行動能力日新月異的增進，是會把我帶回遊牧民族的流浪生活方式的。先生，你由自己的經驗中一定明白，人類的進步是一個輪迴的，或者更正確的說，是一個不斷上升的螺旋狀曲線。我們雖然想像自己是筆直往前走，每走一步都進入新的境界，但是事實上卻是回到很久以前試過和放棄了的情形，只不過我們使它更昇華更精純更接近理想。過去不過是現在和未來的粗糙的預言而已。現在我們把這個真理用在剛才討論的主題上。早期的人類住在臨時的簡陋小屋或樹枝搭成的小亭這一類像鳥巢一樣容易建構成的建築物中。大自然使周圍水果、魚類、和獵物都很充足，比別處都富有美感；湖泊、樹林、和小山羅列，風景優美。這種生活的魅力，在人類的生活方式改變以後已經消失。但是原來的生活方式也有其缺點，如飢渴、惡劣的天氣、當頭烈日、由一個豐饒和美妙的地方移到另一個豐饒美妙地方之間必須赤腳跋涉經過的不毛之地和醜惡地區。但是在我們螺旋狀的上升中，這一切都可避免。以火車為例，如果汽笛聲像是音樂，而又可以不搖搖晃晃、轟轟隆隆，這便是歲月帶給我們最大的福祉。它給了我們翅膀，消除漫長旅途上的艱辛[3]，使旅行高尚脫俗！既然交通如此便捷，一個人還滯留一處做什麼？因而，他為什麼還要再建造一個不能輕易隨身帶上的笨重住所？如果他可以輕易的住在美好地方，為什麼還要把自己終生關在磚頭石頭和朽木建造的監獄裡面？」

克里夫講述這個理論的時候紅光滿面，好像內在的青春浮現外表，將皺紋和悽涼歲月的痕跡轉化為幾乎透明的面具。那些嬉戲的女孩子把球丟在地上轉身注視他，或許在交頭接耳，說在他頭髮變為灰白而太陽穴上又生了魚尾紋以前，這個日漸衰老的男人必曾令許多女子傾心。但是，唉，在他的面貌還姣好的時候，卻沒有一個女人看見過他！

「但是，」克里夫新認識的老人說，「我不認為居無定所可以稱為改善的生活。」

克里夫大聲叫道：「你不明白嗎？我非常明白，阻礙人類幸福和進步的最大絆腳石，是由那些磚頭和石塊，和由大釘子釘在一起的木材——人類用心良苦的為折磨自己而發明所謂住宅和家，靈魂需要空氣，大量而且新鮮的空氣。但是在千百棟的房屋中，爐灶上集結著汙濁的氣體，妨害家庭生活。沒有什麼空氣，比一棟代代相傳的老房子空氣更不合乎衛生了。我的話是有事實根據的。我熟知一棟住宅，一棟有七個尖頂三角牆建築部分和突出樓層的老房子。就像你偶然在我們古老市鎮所見的那樣，那是一個陳舊、搖搖欲墜、嘎吱作響、腐蝕、骯髒、幽暗、悲慘的地牢。門廊上方是一個拱形窗子，一側是個小商店店門，大廈前方是棵陰鬱的大榆樹。先生，每當我想到這棟有七個三角牆建築的豪宅時，便會幻見一個老年男子：他面容冷酷，而且已經死了！他硬梆梆的坐在祖傳的橡木椅上，胸前襯衫還沾有一灘血漬，他死了，但眼睛還是睜得大大的，他使整間房子遭難。我不能在那裡生活，不能快樂，不能享受上帝要讓我享受的幸福！」

克里夫的神色轉為陰沉，顏面似乎在皺縮，老態畢露。他重複道：「先生，永遠也不會，我在那兒永遠也不能暢暢快快的呼吸！」

3 在其戲作《天路歷程》續篇《天國的鐵路》（一八四三）中，霍桑用鐵路諷刺他那個時代對於科學的想法；在那個時代，許多人認為科學有能力消滅精神和道義上奮鬥的辛勞。

「好，不會，」老人認真而又有點擔心的注視克里夫，說：「你既然這麼想我就認為你不會！」

克里夫接著說：「如果有人把那棟房子拆掉或燒掉，或是用泥土淹沒它在它的上面種很多草，我會如釋重負。不過我是不會再去那裡了！我走得離它愈遠，我的青春——我那歡樂、活潑天真、意氣昂揚和靈感洋溢的青春——也愈快回來了，就在今天上午我還是個老人。記得我在照鏡子的時候，驚訝的發現自己有灰白的頭髮、滿臉的深刻皺紋、太陽穴上的魚尾紋和深陷的雙頰。我真受不了這樣的未老先衰！年齡沒有權力降臨在我身上！我還沒有真正的生活過！但是現在我看起來老嗎？如果我顯老，那便是因為我的外表給人錯誤印象。因為我現在心中已經是如釋重負。我又回到青春少壯的時候，前途一片光明。」

「我相信你的希望會實現，我為你祝福。」老人說，他顯得很難為情，希望能中止和克里夫的談話。

赫絲芭低聲說：「看在老天的份上，克里夫，不要再說了！人家以為你發瘋了。」

「妳安靜一點，赫絲芭。」她哥哥回答說：「我不管他們是怎麼想，我沒有發瘋！三十年來第一次我的思想泉湧而出，而且也可以充分表達出來。我非說不可，我一定要說！」

他轉頭看向老人，重開話匣，說：「是的，親愛的先生，我深信不久大家便不會再像以前那樣認為『屋頂』和『爐石』這類字眼有什麼神聖的含義，也不會再使用、記得它們了。就想想看，隨著這個改變，有多少人類的邪惡會煙消雲散！我們所謂的地產，是蓋房子的堅固地基，但這一寬廣的地基，也負載了世人幾乎全部的罪惡。一個人寧願犯下滔天大罪，只為蓋一棟陰鬱的豪宅，以便他自己可以死在裡面，他的後世子孫可以在裡面受罪，也不論他所犯的罪會不會永遠折磨他的靈魂。他把自己的屍骨埋在豪宅地基下面，把自己皺著眉頭的畫像掛在牆上。而在把自己變為一個煞星以後，卻希望子孫千秋萬世在豪宅裡面享福。這話並不是我瞎說的。我心目中正有一棟這樣的豪宅！」

「那麼你離開它並沒有什麼錯。」老人已經很想不再談了，

「在今日一個孩子的有生之年，所有這些都不會存在了。」克里夫接著說，「世界將變得純粹，不能再忍受這種窮兇極惡的大罪。雖然我自己大半生過的都是隱退生活，不如大多數的人知道這種事情，但也能清楚看出世界光明前途的前兆。酣睡吧！你想這樣不會把窮兇極惡的大罪由人類生活中清洗掉嗎？」

老年紳士抱怨說：「一派胡言亂語！」

克里夫說：「那天小菲碧告訴我們說的敲門幽靈，只不過是由精神世界來的使者。門會為它們大敞開！」

「到底在胡說什麼。」老紳士是愈來愈不耐煩了，「我真想拿根棍子去敲這些散布廢話傻子的白癡腦袋！」

「還有電氣，這個既是惡魔、又是天使的巨大物質力量，這個超越一切的智慧！」克里夫讚美道：「這也是胡說嗎？物質世界不是藉著電力而成為一個巨大的神經系統，可以在瞬間震盪千里之遙嗎？這是事實也是我在做夢嗎？也許地球是一個龐大的腦袋，充滿智慧！或者我們應該說它本身便是一個思想，除此之外別無所有，不再是我們以往所認為的物質？」

「如果你是指電報，」老者看了鐵道邊的電線一眼說：「在棉花和政治方面的投機商人如果不把它據為己有，它當然是個非常好的東西。尤其在偵查搶銀行的人和謀殺犯方面是個了不起的東西。」

克里夫回答道：「我不大喜歡你的這個看法。搶銀行的人和你所謂的謀殺犯也有他們的權利。由於社會大眾往往否定其生存的權利，有人道精神和良知之士，便更應該對他們寬大一點。像電報這樣的媒體，應該肩負高尚深刻、愉快、和神聖的使命。情侶如果喜歡，可以時時刻刻發電報，把愛意由緬因州傳達到佛羅里達州，說『我永遠愛妳！』、『我愛妳愛得不得了！』這一類的話。或者，不在場的丈夫會收到『恭喜你喜獲麟兒』，而一個小聲音似乎立刻由遙遠處傳來，在他心中回響。而至於這些不幸的歹徒，則又是另外一回事。這些搶劫銀行的人除了不注意某些禮俗、不遵守規定的交易時間[4]，而喜歡在午夜交易以外，其實與絕大多數的人一樣誠實。而這些你所謂的謀殺犯，則往往又情有可原，甚至照結果看還可能是嘉惠社會。就這些不幸的人來說，我實在不能贊成使用電報這種神奇力量去追捕他們！」

「你不能？」老人瞪了他一眼。

「絕對不能！」克里夫回答道：「使用電報去追捕他們對他們太不利了。舉個例子來說，讓我們想像在某棟老宅的一個幽暗的低矮房間中，有一個死人坐在一把椅子上，胸前的襯衫上有一灘血。在這個假設上再加上一個情節；另一個過分感受這個死人的人，乘坐火車以風馳電掣的速度逃亡到老天才知道是在哪裡的地方！先生，請你想一想，如果這個逃亡的人在某個遙遠的市鎮下了火車，卻發現這兒的居民正在喋喋不休的談論那個他為了避免再看見和想到的死人時，那你會不會認為他天生的權利受到侵犯？他已無處可逃，照

4 波士頓「商人交易所」的交易鐘點。

我看來已是受到太不公平的待遇了！」

「先生，你是個怪人！」老者用銳利的眼光看著克里夫，好像想要把他一眼看穿，說道：「我看不透你！」

「你當然看不透！」克里夫大笑起來：「可是，先生，我是和莫爾井的水一樣清澈透明。赫絲芭，我們走吧！我們已經走得夠遠了，我們下車吧，像鳥兒一樣飛到最近處的小樹枝上，再商量該飛到哪兒去！」

正巧火車在這個時候停在一個偏僻的小站。乘著車停下來的片刻，克里夫一把拉著赫絲芭走下了車。火車載著其他的乘客呼嘯而去。姐弟二人淒涼的向四處張望，不遠處有一棟木造的教堂。歲月讓它變得黝黑殘破，窗戶也破了，屋頂中央也破了一個大縫，由方形鐘樓上垂下一條樑柱。再過去是一棟舊式農莊，它和教堂一樣古老黝黑，三層樓高的屋頂已經傾倒至手可以碰到的高度。裡面好像並沒有住人。近門的地方有木柴堆著的痕跡，但在碎石和散在地上的木條之間已長出許多青草。雨絲斜下，風並不大，而是濕冷陰沉。5

克里夫全身發抖。他沸騰的情緒本是思想、幻想和如珠妙語之源，使他在妙悟泉湧的情形下非侃侃而談不可。但是此刻情緒卻平息了。興奮的心情原使他精力充滿興高采烈，在它消失以後他也立即消沉。

「赫絲芭，妳做主吧，」他無神喃喃地說：「現在我完全聽妳的。」

她跪在月台上，高舉緊握的雙手朝天。雖然烏雲密佈看不見青天，但是她仍然信心堅定，不質疑上面有沒有青天，而且相信全能的上帝正由天上向下俯視！

「上帝呀！」骨瘦如柴的赫絲芭喊道，她停頓了一下，考慮著該如何禱告，「在天我等父者，我們不是您的子女嗎？請垂憐我們吧！」

5 這一節根據《美國散記》一八五〇年五月五日條。

18

品欽州長

品欽法官在他的兩個親戚匆匆離去以後，仍獨自坐在陳舊的客廳中，好像是在看守大門一樣。他已經很久都沒動過了。我們的故事回到他和七角樓身上，像一隻梟在暈頭轉向的白晝，回到自己的空樹幹裡。自從赫絲芭和克里夫的腳步踏得走廊吱吱作響、快步走出豪宅，反身關上大門以後，他便一直兩眼凝視會客室中的那個角落，目不轉睛，左手緊握著錶，他的姿勢使別人無法看見時間。他陷入了多麼深的沉思呀！如果他不是在沉思而是在睡覺，他又是如何像嬰兒一樣天真爛漫的在安睡！他在寧靜的睡夢中，他的內臟系統一定是十分健全，因為在他睡眠時，一點也沒有受到驚嚇、抽筋或是說夢話，也沒有打鼾，甚至沒有一點不均勻的鼻息。你必須屏氣凝神才能確認他是否在呼吸，你可以聽見他的錶的滴答聲，但卻聽不見他的呼吸聲。他這個覺一定睡得很甜。但是他絕不可能是睡著了，因為他的兩眼是大大睜開的。他是一個老練的政客，是不會大睜著眼睛睡著的，否則什麼敵人或搗蛋的人便會通過這靈魂之窗窺探他的內心，發現他前此未曾告人的記憶、計畫、希望、憂慮、缺點、和長處。常言道謹慎的人會睜著一隻眼睡覺。這話也許不錯，但睜著雙眼睡覺就太大意了。因而，品欽法官絕非睡著了！

不過，奇怪的是一個有許多事要處理而又以守時聞名的人，竟會在一所他向來不喜歡造訪的寂寞古老豪宅中逗留這麼久。那把橡木椅子很寬敞，的確會對他有吸引力。而就當年製造它的那個時代而言，也還算舒適，身軀比法官龐大的人也可以合宜地坐在裡面。他那位牆上所掛畫像中的祖先，雖然身上長滿英國人的肌肉，也還不能填滿椅子的空間，他的臀部也不能佔滿整個椅墊。而且他可以坐的更舒服的椅子也很多。許多客廳都擺著紅木、黑胡桃木、花梨木、有彈簧座位和錦緞椅墊、各種傾斜面、以及其他舒適配件的椅子。而歡迎他去的客廳也很不少。媽媽們會伸手迎接他，她們未出嫁的女兒，年紀已經跟他差不多老了也會用漂亮的小手拍拍椅墊，讓他坐得舒舒服服的，而他也喜歡戲稱自己是個老鰥夫。因為他是一個成功的人。他比大多數的人聰明，也像大多數的人一樣常常心懷大志，至少，就在這天早晨，當他在床上半夢半醒的時候，是在策劃今天該做些什麼，也思考自己未來十五年裡面會有什麼樣的發展。他身體健康，年齡也還對他沒有什麼不良的影響，可以自認為還會活十五年、二十年、乃至二十五年。想到還有二十五年可以享受自己在城裡和鄉下的房地產、在鐵路、銀行和保險業上的股份、美國的股票，簡言之，各種現有或即將取得的投資財富，再加上現有的官銜以及未來可能有的更高官銜，他不禁心滿意足，得意洋洋。

可是法官卻仍然逗留在那張舊椅子中。如果他有一點時間可以浪費，他為什麼不像往常那樣去保險局，在那一把有皮墊子的椅子上坐一會兒，聽聽當天的閒言閒語，偶爾也說幾句明智深刻的話——幾句明天便會成為蜚短流長的話？而他不是計畫去參加銀行董事會的會議——這個他在職務上應當去主持的會議？品欽法官背心右邊的口袋中想必有一張寫著記得出席這個會議的卡片。快去吧，去懶洋洋的數錢袋去吧！他在這把老椅子上已經耽擱太久了！

今天本來會是很忙的一天。首先他得去和克里夫見面。這件事法官本想花半個鐘頭就行了，或者還不到半個鐘頭，但也必須考慮到在見到克里夫以前得先應付赫絲芭，而這女人話又太多，因而最好排半個鐘頭。半個鐘頭？可是法官啊，你看看你準時的錶，你在這棟老宅已經有兩個鐘頭了。你自己看看錶吧！但是他既不肯低頭去看，也不肯費事舉起手把錶拿上來看。對法官來說，時間似乎忽然不重要了！

他也忘了他便箋上所記的其他約會了嗎？本來在辦好克里夫這件事以後他應該去和一個投資公司的經紀人會面的。他手上有尚未投資的幾千塊，這個經紀人已辦好手續，要替他取得獲利最高的股票。如果法官不去，則這個滿臉皺紋的人便是白坐火車跑一趟了。半小時以後隔壁街上有一個房地產拍賣會，拍賣的房地產中包括原是屬於莫爾園地的舊日品欽家族產業的一部分。過去八十年來，這片地產已不屬於品欽家了，但是法官一直注意它，決心把它弄回來、再與七角樓周圍尚存的那小片土地聯合在一起。可是在這一刻的拖延間，拍賣會必然是已經敲定把品欽家世襲的產業賣給什麼外人了。但也許拍賣會會因天氣不好而延期舉行，那麼法官會不會去出席下一次拍賣會，向拍賣人叫價？

再下面要做的一件事，是給他自己買一匹馬。今天早上他的愛馬在進城的路上摔跤，他只好割愛。品欽法官的命太寶貴，不能冒因坐騎而造成的意外事故的危險。如果上述的事情都適時辦妥，他會去出席一個慈善團體的集會。但他捐助的地方太多，已不大記得這個慈善團體的名稱了，因而不去也無所謂。而如果他辦完重要的事情後還有時間，也必須著手更換品欽夫人的墓碑。教堂司事告訴他，之前的大理石墓碑已經倒地裂成兩半。法官認為亡妻是一位好女人，只不過神經緊張、太愛哭了而已，但至少她適時的走了。他不會吝嗇到不給她買第二塊墓碑的。這總比她遲遲不死、不需要墓碑的好！這件事情辦完以後，他要訂購一批品種珍貴的果樹，讓商人在接下來的秋天送到他在鄉間的別墅。品欽法官，趕快買吧，但願桃子在你的口中玉液津津。這個以後，是最重要的一件事情。他所屬政黨的一個委員會，在他已經支出的錢之外又向他要一、兩百塊錢，作為秋季選舉活動之用。法官是一個愛國的人，國家的命運端賴十一月的大選。此外，在下文中，我們也將說明他自己的命運與這場大選選戰也有休戚與共的關係。他不但會答應這個委員會的要求，而且會比他們所期望的更大方。他會給他們開一張五百塊錢的支票，以後他們需要多少他便會給他們多少。再下面又是什麼？品欽法官昔日友人的遺孀曾經寫了一封感人的信向他訴苦。她和她漂亮的女兒快沒有飯吃了，他今天可能會去——可能會也可能不會——看看她們，但去不去要視他有沒有時間和一張小鈔票而定。

另一件他不大重視的事是去看看家庭醫生。可是天老爺，要去看什麼病？因為他的症狀不容易說清楚。是頭昏眼花嗎？是解剖學家所謂的喉頭哽塞、或咯咯作聲嗎？或是心臟悸動、猛跳嗎？不論是什麼，醫生對這些瑣事大約不過一笑置之。法官因而也會微笑，而他們四目相視時，又會一塊兒大笑。法官是不需要什麼治療的。

品欽法官，請你看看錶吧。再不到十分鐘就是聚餐的時間了，你當然記得今天的餐會特別重要。當然，在你顯赫的一生中，便時常坐在盛大晚宴的主位，也常常發表鏗鏘有力的演講，但今天的餐會卻可說是最重要的一次。其實這並不是什麼官方的餐會，而只是十幾個由麻薩諸塞州幾個地方來的友人的私人集會；賓主都是顯貴，主人「便飯」待客，只不過比他平日吃的好一點而已。雖然不是法國大餐，滋味也都很不錯，菜裡面有甲魚、鮭魚、隆頭魚、豬肉、英國羊肉、烤牛肉，或其他適合這些富有鄉紳吃的佳餚。除了這些正當時令的美食以外，還有著名的一種馬德拉群島產的白葡萄酒。稱為朱諾牌的這種酒，香醇有力，予人快感，比液體黃金還要珍貴。它能使人不再悲傷，而又不引起頭痛，如果法官乾上一杯，便能消除讓他遲遲不赴這一攸關緊要餐會的莫名疲勞。這酒幾乎可以起死回生，品欽法官你現在想小飲一杯嗎？

啊，這次餐會，你真的是忘記了它真實的目的了嗎？就讓我們輕聲提醒你，你聽了一定會從椅子上跳起來。這把椅子就像《司酒宴之神歌舞劇》一書中的算命先生摩爾・皮奇一樣囚禁你自己祖父[1]的那把椅子一樣，似乎是被人施以魔法的。但是野心是比巫術更強而有力的。所以你快起來，走過大街小巷，衝進你朋友那個屋子去，以便他們可以在魚還

1 在約翰・彌爾頓所著《酒神之假面舞會》（一六三四）中，司酒宴之神把那位女郎綁在魔椅中而後想污辱她。死於一八一三年的摩爾・皮奇，是麻薩諸塞州著名的具有超人洞察力的人，十九世紀時，他的姓名成為算命者的泛稱。

沒煮爛以前開動。他們在等你，讓他們苦等對你沒有什麼好處。還需要我說嗎？這些人是為了一個目標才由本州各處前來。他們都是經驗豐富的政客，他們有從人民身上竊來的權利，可以選舉對自己有利的統治者。在下一次的州長選舉中，人民的聲音雖然響如雷聲，事實上卻不過是反映在你朋友歡宴上這些紳士交頭接耳所表達的意見而已。這幾個精明的陰謀家可以控制選民代表大會，又透過大會左右政黨。品欽法官是一個聰明淵博、以熱衷慈善事業知名、信譽卓著、私德毫無缺點、與公共福利有利害關係，而又因家庭傳統而篤信清教遵守清教原則的人。有誰會比他是更好的州長候選人呢？除了面前的這一位具有擔任州長條件的品欽法官以外，又能提名誰去爭取選民的一票呢？

請趕快吧！你也出點力！你辛勞、奮鬥想要得到報酬就在眼前了！快去吃這頓飯吧！喝上一、兩杯美酒！低聲許下你的諾言。想想看，當你從餐桌上站起來便成為這個光榮古老的麻薩諸塞州的準州長了！

這個情形不會讓你大為興奮嗎？這是你花了半輩子想要達到的目標。在這只需要你表示接受便可獲得一切的一刻，你為什麼還默默坐在你高祖的那把橡木椅子裡，好像你喜歡它甚於喜歡州長的寶座？我們都聽說過圓木國王2的故事，但是在這個晚近擾攘的時代，那個王室中的人是不會在選舉中當選為州長！

現在，晚餐的時間已經過了。甲魚、鮭魚、隆頭魚、烤山鷸、煮火雞、烤南方羊肉、豬肉、烤牛肉都吃得差不多了，只剩下微熱的馬鈴薯和上面那一層冷油的澆汁。法官不說別的，也會是餐會中的一個老饕！大家都知道他食人巨妖一般的食慾，據說造物主把他做成一個大動物，但是用膳的時間卻把他變成了一個大野獸。像他那種先天縱於性情的人，在飲食上必然不會拘束自己。但是這一次法官卻誤了晚餐的時間，就怕連與那些人一塊兒喝酒也來不及了，他們酒酣耳熱滿心歡喜，已經放棄法官這個人了，他們可能認為「自由國土黨」[3]已經把他挖角了過去，所以預備另外找一名州長候選人了。如果法官此時去到他們中間睜大瘋狂又遲鈍的眼睛看他們，他不愉快的出現便會影響他們快樂的心情。而且一向注重衣著的品欽法官，也不會穿著胸前有血跡的襯衣就去上正式餐桌的（順便問一聲，

2 指從來不運用權柄的國王，典出青蛙的寓言。青蛙向天神朱比特抱怨，說他給它們作為它們國王的那根圓木不靈，於是朱比特另給了它們一隻鸛。鸛卻把它們一齊吃掉。

3 國土黨為一反對將奴隸制度延伸到美國因墨西哥戰爭而取得的領土的政黨（一八四七—一八五四）；不大可能是保守派的品欽法官會歸屬的政黨。

這個血跡又是怎麼來的？）無論如何，它很難看，法官最好的辦法是把外衣的扣子牢牢扣好、蓋住前胸，把馬車由馬房取出，趕快回自己家去。到家以後，先喝上一杯白蘭地酒，吃個簡單的晚餐，而後在火爐旁邊消磨這個晚上。七角樓的惡劣空氣已經把他凍得全身冰冷。

所以起來吧，品欽法官，起來！你已經浪費了一天，但明天就快到了，你會及時起來，好好過個明天嗎？明天！明天！明天！我們活人可以及時在明天起來，但對於今天已死的人，他的明天只能是復活日那個早晨。

夕陽餘暉已經從房間一角悄悄往上竄爬，高大傢俱的影子也愈拉愈長，起初影子的輪廓還很明顯，但隨著它漸漸擴散失去明顯的邊緣，它緩緩爬到其他物品上，然後爬到房間中央那個男人身上。房間裡的憂鬱氣氛不是來自外面，它本來便是在這個房間生長扎根，盤桓終日，隨著時間開始統治房裡的一切。法官獨自坐在陰暗的房間裡，他的臉僵硬而且蒼白的出奇，絲毫不受周圍環境影響。房裡的光線愈來愈微弱，像是空氣中被灑上了兩倍的濃密黑暗。房間從昏暗轉變為一片漆黑，但是窗戶上還有一個微弱的影像，既非光暈也不是亮燈，它沒有光線那麼亮，或許只是一扇窗戶？它消失了嗎？不！沒有，那裡真的有一片白光——也許我們不該使用這不恰當的字眼——那是品欽法官蒼白的臉。他的五官都消失了，只剩下一團白色。那裡沒有窗戶！也沒有臉孔！只剩下濃厚無垠的黑暗而看不見其他東西了。我們的世界在什麼地方？全部都從我們身邊散去，在混亂中飄浮；無家可歸的風在嗚咽著，尋找原本存在的世界。

是不是有個聲音？有，有一個可怕的聲音。是法官的錶的滴答聲，自從赫絲芭上樓找克里夫後那只錶便一直在他手上。它持續發出微弱平穩的聲音，像是時間的脈搏，忙碌又規律的跳動著，它從法官的手中發出來，加上周圍再沒其他聲音，因而形成一種恐怖的氣氛。

微風的聲音提高，不再像已颳了五天的東風那麼悽涼陰沉。風向已經改變了！來自西北邊的大風狂暴地撼動七角樓老舊的骨架，像是摔角手努力地將對手扳倒一般，一波一波地展開攻擊。把這棟老宅吹得吱吱作響，龐大的煙囪發出喧譁而又不清楚的咆哮聲。樓上的門也給吹得砰然關上，沒關好的窗戶也被風吹得大開。以前的人沒發現這棟老房子是一個隨風起舞的樂器，它會發出奇異的聲響，它會歌唱、嘆息、啜泣和尖叫——遠處的房間傳來沉重的槌擊聲——強風只要逮到沒關上的窗戶便會衝進去四處亂竄。這迴蕩整棟老屋的風聲，法官安靜地坐在黑暗中，手中仍拿著滴答不停的錶，無論我們是否親眼目擊這一幕，這樣的畫面都太可怕了。

品欽法官的形象消失在黑暗中只是暫時的。西北風吹散了天上的烏雲，窗戶變得清晰可見了。透過玻璃向外看，可以隱約看見樹葉的搖曳，以及此處彼處透過的點點星光，把法官的臉也照亮了一點。除此之外還有更明亮的光輝，隨著烏雲散去月亮出現，月光在梨樹的高枝低枝上跳躍，又進入房間。它照在品欽法官的身上，以及他沒有變化的五官上和他的錶上。法官的手遮住了錶面，但是我們還是可以知道是什麼時候了，因為鎮裡的鐘敲響說明現在已經午夜十二點了。4

像品欽法官這樣明智的人，午夜十二時和正午十二時是沒有什麼不一樣的。他與他那位清教徒祖先的確有許多相似之處，但他們也有不一樣的地方。兩百年前的那位品欽上校和他那些當時的人一樣，相信幽靈的活動，而且把它們視作邪惡的力量，而今夜坐在那把椅子上的品欽法官，卻認為這樣的說法只是一派胡言。至少幾小時以前他的信仰仍沒改變。就在他祖宅中的這個房間，以前老年人常坐在火爐四周的凳子上回憶往事和傳說，一邊撥動火爐下方的灰燼，但他不會為了那些故事毛骨悚然。事實上，那些故事過於荒唐，連孩子也不會被嚇到。那麼傳說午夜時分所有的已故品欽家人都會集合在這客廳中這樣的荒唐說法有什麼意義、什麼道理、什麼教訓？他們來這裡做什麼？為什麼來看品欽上校的畫像還是否會遵照他的指示擺在牆上的那個地方？這值得他們由墳墓中爬出來嗎？

今日大家已經不把鬼故事當真了。我們可以想像已故品欽家人的聚會是這樣演出的：最先到來的是老祖宗品欽法官本人，他身披黑色的斗篷，頭上戴著尖頂帽，腰際繫了一條皮帶，皮帶上掛著他的鋼柄劍，他手上拿著一根以前紳士們慣用的手杖，手杖除了可以表示自己的威嚴也有實用的目的。他抬頭看牆上畫像中的自己。一切都很好。畫像仍在那兒。在他本人化為墓園青草以後，長久以來他的想法仍為子孫所遵奉。他用無力的手去碰畫框。什麼都還是好好的。但是，他臉上那是一抹微笑嗎？還是，使他五官顯得落落寡歡的，會是那有深刻意念的深鎖雙眉嗎？上校很不滿意。他堅決不滿的情緒可以從他的表情看出來。不過月光仍照在畫像上，又照在更遠的牆壁上。一定是有什麼使這位老祖先大為惱怒！他倔強的搖了搖頭，轉身走了。接下來六代中的所有其他品欽族人你推我擠的來到畫像面前，其中有老紳士和老太太、一個穿著清教徒裝束的拘謹教士、一個在老法國戰爭5中服過役

4「光線透過窗板上一個圓洞進入黑漆漆的房間；一個孤寂的死人坐在房裡」（《美國散記》一八五〇年二月十六日到七月十四日條。）

5「法國與印第安人之戰」（一七五四—一七六〇）。

的英國軍官，還有那個一個世紀以前的品欽小店主，袖口的摺邊翻在腕上，藝術家的故事中那位頭上戴著假髮、身穿織錦衣服的紳士和憂鬱的美麗愛麗絲•品欽也在——她已經不再驕傲了。他們都用手去碰畫像的框子。這些鬼魂是在找什麼？有一個母親還把孩子高高舉起，以便他可以碰觸畫框！這幅畫必然有什麼祕密，才會使這麼多不幸的品欽家人困惑、死不瞑目。這時，站在客廳一角的是一個老年人，他身穿皮質的無袖上衣和長及膝蓋的褲子，褲子側面的口袋伸出一把木匠用的尺子。他用手指著蓄有鬍子的上校和他的子孫，先是點頭、嘲笑，最後爆發喧鬧但別人又聽不見的大笑聲。

我們異想天開之餘，已是近於既無約束又無方向。但是在這個想像出來的情景中，卻看到一個出乎意料之外的人。一個穿著現代禮服的年輕人，他穿著黑色的長版大衣，灰色馬褲和高筒長靴，他胸前有一條純金的項鍊，手裡拿著銀柄鯨骨手杖。如果我們是在下午時分遇見這個人，一定會以為他是品欽法官唯一活著的兒子、那個在國外旅行的小賈弗瑞•品欽。可是，如果他還活著，那麼他來這裡做什麼？如果他已經死了，那真是大大的不幸！品欽家的世業，再加上這個年輕人父親所取得的龐大財富會傳給誰？會傳給不幸的傻瓜克里夫、骨瘦如柴的赫絲芭、還是單純的小菲碧？但是我們將看見一樁更大的奇事！我們能相信自己的眼睛嗎？因為此刻出現了一位身材結實的老年紳士，他看來令人肅然起敬，身穿黑色的外套和寬大的馬褲，除了在他潔白的領巾和胸前襯衫有一大片血跡而外，穿著十分整齊。這不正是品欽法官嗎？可是怎麼會是品欽法官呢？我們剛才藉著月光還看見他坐在橡木椅子上！姑且不管他是誰的幽靈，只見他走到畫像前方，好像是想拿起畫框窺視它的背後，他轉過身時臉上帶著和祖先一樣的怒容。

上述怪誕的景象絕不可認為是構成我們故事的一部分。也許是月光使我們的想像更為誇張，他們手牽著手在月光和陰影中跳舞，鏡子反映出他們的影像，我們知道鏡子是進入靈魂世界的門窗。我們需要休息一下暫時不再耽溺於對椅子上這個人的冥想。暴風吹亂了我們的思想，但並未讓我們轉移注意力。坐在那兒動也動不了的法官壟斷了我們的思想。他再也不會動一動了嗎？如果他再不動我們就快瘋了！你可以由一隻品欽法官腳旁的小老鼠看出他是多麼安靜。牠在一道月光下藉著後腿站起來，好像是在思考如何爬到這個黑色的龐然大物上去探索。哈！又是什麼驚駭了這隻伶俐的小老鼠？原來是窗外一隻貓的臉，這隻貓站在窗外伺機窺看。牠長得很難看。牠是守候老鼠的一隻貓，還是守候人靈魂的魔鬼撒旦？但願我們能把牠趕離窗口。

謝天謝地，夜晚過去了！月光已不再是銀白色的一絲光線，也不再與陰影形成強烈的黑白對比。月光暗淡一點了，而陰影已經是灰色而非黑色。狂風也靜了下來。是什麼時候了？啊！錶終於不滴答響了，因為法官忘記像平日那樣在晚間十點鐘上床以前半小時替它上發條了，於是五年來它第一次停擺了。但是世界的時間大鐘卻沒有停擺。陰沉的夜晚讓位給清新、光明和萬里無雲的早晨。上帝祝福的光輝！照進幽暗房間的微弱的晨曦是世界的福祉，它可以消滅邪惡，把幸福和良善帶來人間。品欽法官現在會由椅子上站起來嗎？他會出去曬曬太陽嗎？他會在上帝恩賜人類這美好的一天一改前非做點好事嗎？還是，他仍然像以往那樣心存過去那些詭計，設法付諸實現嗎？

如果法官仍然滿腦子是妙計，那麼他今天要做的事可多了。他會迫使赫絲芭讓他和克里夫面談嗎？他會買一匹適合老年紳士用的安全的好馬嗎？他會出席房地產拍賣會，說服那位想購買舊日品欽地產的人不要購買，好讓他自己可以去買嗎？他會去看看家庭醫師，拿點延年益壽的藥吃，以便光耀門楣嘉惠家人直到壽終正寢嗎？最重要的是，他會向餐會上那些高貴友人道歉，說他是不得已而未前來用餐，以便得到他們的諒解，成為未來麻州的州長嗎？這些重要的事情都辦完以後，他會再帶著七、八月太陽般的慈善笑容走在大街小巷引人注目嗎？還是，在經過一天一夜的隱遁以後，他會變為一個謙虛悔過的人、悲哀文雅、不求名利、泛愛世人，對他們盡心盡力嗎？他會常帶悔罪的心情嗎？他會不再露出帶著虛偽仁慈的可憎笑容了嗎？我們相信，無論他裝出多麼尊貴的外表，實際上他都是一個擔有沉重罪惡的人。

品欽法官，起來吧！美麗而神聖的朝陽正穿透樹葉，照在你的臉上。起來吧！你這個狡猾、庸俗、自私、鐵石心腸的假善人！快做個選擇，你是仍想狡猾、庸俗、自私、和鐵石心腸呢？還是想甩掉這些已經深深浸入你的血肉的罪行？復仇之人已經盯上你了，趁還來得及的時候快起來吧！

怎麼，你還是不為這最後的呼籲所動！還是一動也不動！這時我們看到一隻蒼蠅，那種常在窗子玻璃上嗡嗡作響的家蠅。牠聞到品欽法官，飛到他的前額，又飛到他的下巴。天哪，現在又爬上他的鼻樑上，往這位想成為麻州州長的人大睜的眼睛爬，你就不能把牠趕走嗎？你是不是太懶散了？你這個昨天還有許多待辦事情的人！你這個昨天還是有權有勢的人，現在不是太軟弱了嗎？快把蒼蠅攆走！不然我們就放棄你了。

啊！商店的小鈴鐺響起來了。花了這麼長時間在講這段故事後，能發現外面還有一個活的世界，而這棟陳舊寂寥的古宅還與它保持聯繫，感覺真好。我們於是鬆了一口氣，離開品欽法官走上七角樓前方的街道。

19

愛麗絲的花朵

狂風暴雨過後的第一天，推著手推車的凡納叔叔是在街坊上走動的第一個人。

這一帶的僻巷，兩側都是卑陋的圍牆以及窮人住的木屋，相形之下，七角樓前方的品欽街是悅目得多了。對於五天的風雨，大自然甜蜜地做了補償。抬頭凝望天空就讓人有繼續生活的動力。陽光普照，望眼所及的東西都令人心曠神怡。例如，行人道上的小圓石和碎石子也已經給雨水沖洗得乾乾淨淨；街道上的水坑也反映出上面的藍天；圍牆下方長著青草，望向牆的另一方會發現果園菜圃長有五花八門的蔬果。高大的品欽榆樹在晨曦的照耀下生意盎然；微風輕拂它茂密的樹枝時，上千片的樹葉都低語起來。這棵老樹沒有受到狂風暴雨的影響，仍然是枝繁葉茂，一片蔥綠。唯一的例外是其中一條枝幹變成了金黃色，說明秋天已經不遠了。它就像是引導艾尼阿斯和西碧爾進入冥府的那條金色樹枝。1

這條神祕的樹枝在品欽大門前方下垂到近於地面，過路的行人幾乎是踮起腳尖便可以把它折下來。手裡拿著這根樹枝就會被允許進入這棟房屋，並知曉它的祕密。這棟老房子是虛有其表的，它外觀給人的印象是它曾有一段輝煌的歷史，曾有一個值得在火爐邊快樂的敘說的故事。窗戶在斜陽下閃耀著雀躍的光芒，此處彼處的青苔，饒有大自然的盎然生意，好像這一棟古老建築，因為它存在的時間夠久，也和周圍的原始橡木或其他植物一樣，理所當然有權利存在於此。一個有想像力的行人經過它時，會對它駐足並再三打量：它的七個尖頂、二樓突出在一樓的上方、拱形的窗子使下面的大門顯得古意盎然、門檻近處巨大的牛蒡叢生；行人會注意到它這些特點，也覺察到更深一層的意涵，他會想到這棟豪宅當年曾是那個頑固老清教徒品欽上校的住所。上校為人正直，澤及七角樓的每一吋，一直到今天，他的後世兒孫都是虔誠信仰宗教、誠實、無論富有或清寒都是正直而快樂的人。

最令行人印象深刻的，那是一大叢鮮花，一個星期以前你會以為它不過是叢野草，深紅色帶斑點的花開在前面兩個三角牆建築之間，以往的人稱它為「愛麗絲花」，以紀念美

1 在羅馬古詩人維吉爾所著的史詩《埃涅阿斯紀》的第五部中，有一根金色的樹枝把埃涅阿斯帶進死者的地下世界。他的父親在地下世界指給他看一群優異的人物，說這些人將是他們偉大的羅馬子孫。海芬斯說此處暗示荷格雷與菲碧婚姻的光明前景。

麗的少女愛麗絲・品欽，據說就是她把種子從義大利帶回來的。今天嬌豔的花朵盛開，似乎在神祕地表示著七角樓中有什麼盛事發生。

凡納叔叔在日出不久的時候推車走上品欽街頭。凡納叔叔每天早晨來收集這一帶的主婦留在門外的白菜葉、蘿蔔頭、馬鈴薯皮、以及晚餐的剩菜殘羹來餵豬。他的那隻豬便是完全靠了這些捐助而養得肥肥的，因此這位穿著補丁衣服的哲學家，常說他在退休後到農場以前會把那隻肥豬殺了，用豬肉和肋骨款待這些鄰人。自從克里夫來了以後，赫絲芭・品欽小姐的家庭生活大有進步。所以凡納叔叔今天發現七角樓後方的陶罐中沒有食物時不禁大失所望。

「我以前從未看到過赫絲芭小姐這麼健忘。」這位老頭子自言自語說道：「她昨天必然吃了頓大餐，她近日來總是吃得很好。剩菜剩飯到哪兒去了？我該敲敲門看她起來了沒有嗎？不行，不行！如果小菲碧還在，我可以敲敲門，但是如果是赫絲芭小姐便會從窗口皺著眉頭看我，即使她是高高興興的，臉色也一樣難看。我還是中午再來吧。」

想到這裡，老人遂把小後院的門關上。院門的樞紐吱嘎作響，聲音傳到住在豪宅北面建築的那個人耳中。那邊有扇窗戶可以看見院門。

「早安，凡納叔叔！」銀版照相師由窗口伸出頭來說：「你聽見有人走動的聲音嗎？」

「一個人走動的聲音也沒有聽見。」老人說：「但這也沒有什麼奇怪。現在不過日出剛半小時。但是荷格雷先生，我能看見你很高興。房子這一側孤寂得出奇，好像沒有人住在裡面一樣。房子的前方倒是熱熱鬧鬧的，愛麗絲的花開得很美。如果我是個年輕人，便會冒險爬上去摘上一朵別在愛人的胸前。對了，昨夜的大風有沒有吹得你睡不好？」

「的確是吹得我沒有睡好！」藝術家含笑說：「如果我是一個相信鬼魂存在的人——我也不知道自己到底相不相信——便會以為昨夜所有已故的品欽家人都在樓下跑來跑去，尤其是在赫絲芭小姐住的那一部分。不過現在是安靜了。」

「赫絲芭小姐給吵了整整一夜以後，現在大概是睡過頭了。」凡納叔叔說：「但是有一點奇怪，會不會是品欽法官把他們姐弟都帶到鄉下去了？我昨天看見他走進小店的門。」

「那是幾點鐘的事？」荷格雷問。

老人說：「上午的事。好吧，我現在得推著車去附近走走了，不過我的豬喜歡早餐也喜歡晚餐，所以我中午還會來。我的豬不會錯過任何一餐。那就再見了！再說一句，荷格雷先生，如果我是你的話，我會去摘一朵愛麗絲的花，養在水裡面等菲碧回來。」

「好的，我聽說莫爾井的水對那些花最好。」銀版照相師一面把頭縮回房間一面說。

二人交談完了以後，凡納叔叔便走開了。接下來的半小時，七角樓便沒有什麼動靜，只有一個報童在走過前門台階的時候丟下了一份報紙，近日赫絲芭照例會把報紙拿進來。過了一會，有一個胖女人以驚人的速度踉踉蹌蹌的跑上店門前的台階。這個早晨相當得熱，她滿臉通紅，氣喘吁吁得像是剛從壁爐邊或是日正當中的夏天中走出來。她推了推店門，店門是關著的。她又猛力推，把鈴鐺震動得叮噹作響。

「這個混帳的老小姐品欽！」暴躁的主婦喃喃自語，「她開了間雜貨店，卻到了中午還賴在床上不起來！我想這就是她所說的上流人的架子了。我要不是把她弄醒，就是把這扇門砸碎！」

她又猛搖店門。小鈴鐺也有它自己的一點壞脾氣，於是搖得震天響，以至對街的一個女人也聽到了。她打開窗戶對那位暴躁的胖太太說：「古冰斯太太，裡面沒有人在！」

「但我非找到一個人不可！」古冰斯太太大聲叫道：「我非得買一點豬肉和炸比目魚給古冰斯先生做早餐不可。不論品欽老小姐是不是上流婦女，她都得下床來招呼我！」

「古冰斯太太，別不講理了，」對街上的太太回答說：「她和她哥哥都去了品欽法官在鄉下的住宅。現在整棟房子除了北面那棟建築裡的年輕銀版照相師以外什麼人也沒有了。我昨天親眼看見他們姐弟二人走的，像兩隻古怪的鴨子一樣走過滿地的泥坑。我可以向妳保證，他們走了！」

「妳怎麼知道他們是去了法官的家?」古冰斯太太問:「他是個有錢人。近來他和赫絲芭常常吵架,因為他不肯養活她。所以她才開這間小店。」

「我知道他們常吵架。」鄰人說:「但他們姐弟二人真的走了。不然我問妳,除了血親以外,誰會收容壞脾氣的赫絲芭和那個可怕的克里夫?」

於是古冰斯太太走了,對於赫絲芭的不在小店裡面仍然是一肚子的不高興。接下來又過了半小時左右,七角樓內外依舊是一片寂靜,不過榆樹回應微風的吹動,發出愉快的氣息聲;一群昆蟲高興的在它低垂的陰影下嗡嗡作聲,每當飛入陽光的照射之下,就變成了金色的光點,一隻蟬在樹上幽僻的一角鳴叫了一、兩次。一隻純金色羽毛的小鳥由別處飛來,在愛麗絲的花四周盤旋。

終於,我們的舊識小奈德·希金在去上學的路上經過品欽街。兩個星期以來,他口袋中第一次有一分錢,不能不在上學前去一趟七角樓的小商店。但是店門卻打不開。於是他帶著小孩子勢在必得的執著試了好多次,想買個大象或鱷魚吃。2 在他的敲擊之下門鈴跟

2 典出哈姆雷特在奧菲麗亞墳前對拉爾提斯所說的憤怒言語(五,i,二六二—三)。

著叮噹響，可是憑著這個小傢伙幼稚和不太大的氣力，不足以使它更大聲作響。他用手握住門把由窗簾的裂縫向裡面窺視，看見屋子裡那扇走廊通往客廳的門是關著的。

小孩用手敲窗上的玻璃一面大叫：「品欽小姐，我要一隻象！」

敲了幾次沒有回應以後奈德不耐煩了。他拾起一小塊石子要朝窗戶玻璃扔，氣得胡言亂語。這時有兩個行人路過七角樓，其中一個抓住頑童的手臂。

「小朋友，發生什麼事了？」他問。

「我要找老赫絲芭、或菲碧，不管她們誰都行！」奈德一面啜泣一面回答：「她們不開門，我就買不到我的大象薑餅！」

「你這個小流氓，快到學校去！」那人說，「附近就有另一家雜貨店。」他又對同伴說：「迪克西，這件事有點奇怪，這些姓品欽的人都怎麼了？馬廄的史密斯告訴我說品欽法官昨天把馬留在他那兒，說要吃過飯再去拿，但一直還沒有去拿。而法官的一個傭人今早也在四處找他。據說他是一個很遵守自己習慣的人，也很少在外面過夜。」

「他會平平安安的。」迪克西說，「至於老小姐赫絲芭，我告訴你，她一定是欠了錢，躲債主去了。你記不記得，在她開店的那個早晨，我就預言她那緊皺的眉頭會把顧客都嚇跑的。誰受得了她啊。」

「我早知道她是不會成功的。」友人說，「開雜貨店的女人已經太多了。我老婆試開了一家，賠了五塊錢的本！」

「這種生意不好做！生意不好！」迪克西說。

這天早上，不少人前來七角樓，想找裡面的人。其中一位是賣藥草根飲料的人。他用他漆得發亮的運貨馬車載來幾打飲料，也想順便把空瓶子拿回去；有一位麵包師傅送來許多赫絲芭訂購的薄脆餅乾；屠夫帶來些上等的肉品，料想赫絲芭一定會買給克里夫吃。如果有什麼人知道老宅裡面的祕密，便會感到古怪又可怕吧！人類生活在這裡形成小小漩渦，人們只注意到極其瑣碎的事物一圈一圈地迴轉著，而沒看見這個黑色漩渦底下的死屍！

屠夫熱切地想賣他帶來的小羊肉和其他珍貴食材，於是繞著七角樓敲了每一扇門，最後又回到他常走的小商店門口。

「這個東西好得很，我知道那位老小姐是會很想要的。」他自言自語道：「她不會不在家的，十五年來我每天駕車行經品欽街，從來未見她離開過家。不過以往也曾有人敲不開她的門，但那個時候她是獨自住在裡面，不需要買什麼東西。」

他像奈德一樣用窗簾裂縫向裡面張望，只見那個原本緊閉的門現在已經打開了。不論是怎麼打開的，這都是個事實。透過走廊可以看見不大黑的客廳內部。屠夫可以清楚看見坐在一把大橡木椅上穿著黑色馬褲男人的強壯兩腿，椅背遮住了他身體其餘的部分。屠夫多次敲門而這個坐在裡面的人都不回應，真是太瞧不起人了，憤怒之下他決定一走了之。

「我費了這麼多的事而品欽老小姐的哥哥竟就坐在那裡一動也不動！」他心想：「如果一隻豬這麼無禮，我就會宰了牠！和這樣的人做生意，是降低自己的身分。從今以後，如果他們想買一根香腸或一盎司的豬肝，便得跟在我車子後面跑！」

他憤怒地把美食往車上一扔，駕車走了。

不久以後，一陣音樂聲轉過街角而來，樂聲時斷時續，生硬的曲調越來越近。一群孩子隨著來自人群中央的音樂向前移動，他們成為了音樂的俘虜，鬆散地形成一個和諧的隊伍，偶爾也有一些穿著圍裙戴著草帽的小孩從家門中跑出來蹦蹦跳跳地加入隊伍。他們走到了榆樹林蔭下面的時候，可以看出他便是那個曾經帶著猴子和木偶在七角樓拱形窗下彈奏四絃琴的義大利男孩。他還記得菲碧愉快的臉和她大方的賞金，他認出這裡便是他流浪生涯中一個快樂的地點，於是他走進豪宅長滿野草的荒蕪前院，站在大門口，打開表演道具箱表演了起來，箱子中的演員也各司其職地動了起來。猴子脫下帽子向客人鞠躬，竭力逢迎，一面以敏銳的眼光，想撿起丟在地上的一分錢銅幣。那個小外國人一面搖機器上的曲柄一面往上面的拱形窗子瞄，希望窗前有人出現，使他所演奏的音樂更為甜美悅耳。那群孩子，有的站在行人道上，有的站在院子裡，有兩、三個站在門階上，還有一個蹲在門檻上。老品欽大榆樹上的蟬叫個不停。

「房子裡沒有人聲，」一個孩子和另一個說：「猴子在這裡要不到錢的。」

「有人在家！」門檻上蹲著的那個孩子說：「我聽見腳步聲！」

年輕的義大利男孩仍然不時轉過頭向上瞄，而這份微妙的感情，似乎使他枯燥的機械性表演也生動有趣了。像他這樣流浪的人特別容易因為沿途的人的仁慈而感動——儘管只是一個微笑，或一句溫暖的話。他們記著這些事，因為這些溫暖的事會像神奇的魔法泡泡般在他們周圍建立一座家園。他不顧老宅的死寂，仍然相信菲碧會回應他的樂曲，她的笑容可以令他也笑逐顏開。他也想再見到克里夫一面再走，因為克里夫的感性，一如菲碧的微笑，可以與他這個異鄉人彼此溝通。他於是一再重複奏樂，直到四周的聽眾和木箱裡的玩偶都感到乏味了，猴子更是不耐煩。除了樹上的蟬叫聲以外再沒有其他聲音。

「這棟房子沒有住兒童，」最後，一個學童說：「除了一個老小姐和一個老人以外什麼人也沒有。你還待在這兒做什麼？沒有人會來看你的表演的。」

「你這個傻瓜，你告訴他這個做什麼？」一個精明的小新英格蘭人低聲說：「他想表演多久就表演多久。如果沒有人付錢給他，那是他自己的事！」他對音樂沒有興趣，但是能免費聽聽倒是很喜歡。

可是義大利男孩又奏起音樂來。一般人不知內情，只能聽到曲調、看到那邊大門上的陽光，會覺得這位街頭賣藝人的執著很是有趣。他會成功嗎？那扇緊閉的大門會忽然打開嗎？會有一群歡天喜地的小孩子從房子裡跑出來，邊跳邊叫邊笑，圍在表演箱的周圍，興奮的看那些小木偶，每一個人丟一個銅幣讓猴子去撿嗎？

但就我們這些明白七角樓內部也明白七角樓外表的人看來，門前這場音樂演奏實在給人一種陰森的感覺。品欽法官即使是在最心平氣和的時候也不會喜歡帕格尼尼的小提琴演奏3，如果他身穿胸前有血跡的襯衫、臉上皺著個冷酷的眉頭在門口出現，要把這個外國的流浪男孩趕走，那就太糟糕了！不過以前也有過在義大利男孩奏出捷格舞曲和華爾滋舞曲時，卻無人有心情跳舞的時候嗎？有，而且常常有，世間每一天、每一小時、每一刻都會有這種悲歡參雜的事情。這棟死氣沉沉的陰鬱悽涼老宅，正象徵了許多人的心，被迫去聽周圍世界歡樂的聲音！

在義大利人的表演結束以前，有幾個人在去吃飯的路上正好經過老宅門前。

「喂，你這個法國人，」其中有一個喊道：「快離開這裡到別處去胡鬧吧！這房子裡住的是品欽一家人，現在他們的麻煩可大了！今天不會想聽什麼音樂的！滿城的人都在說房子的主人給人謀殺了，警長就要調查這件事了，趕快走開吧！」

義大利男孩在揹起他的音樂箱的時候，看見門前的台階上有一張卡片。送報的人把報紙正好扔在這張卡片上面，整個上午它都是蓋在報紙下面，現在才露出來。他把它撿起來，只見上面用鉛筆寫了許多字，遂拿給那個人去看。這是品欽法官的名片。背面用鉛筆記了許多事，都是他昨天想去辦的事，是昨天一天他未實現的事。這張卡片必然是他當初想從大門進去的時候從背心口袋掉出來的，現在雖然已經浸了雨水，但仍部分可讀。

「迪克西，快來看看！」那個人叫道：「這與品欽法官有關。他的名字刻在卡片上，這些我想也是他親筆寫的字。」

「我們把它拿去給警長吧！」迪克西向同伴耳語道：「也許能提供他想要的線索，看來法官必然是由這扇門進屋子，然後就沒出來了！他的某個親戚大約故態復萌了。品欽老小姐開雜貨店負了債，法官品欽的荷包卻是裝得滿滿的。而他們彼此的感情又不好！把這些

3 尼柯羅・帕格尼尼（一七八二—一八四〇）為義大利作曲家及小提琴家。一般認為也是古今最偉大的小提琴名手之一。

事情拼起來，便知道的差不多了！」

「小聲一點，」另一個人低聲說：「我們不應該討論這事。但是我同意你的說法，我們去見警長吧！」

「好吧，好吧！」迪克西說：「我一直覺得那個女人皺起的眉頭妖里妖氣的！」

於是，這兩個人轉身走回大街。義大利男孩又望了拱形窗一眼，便趕快走了。兒童們一齊拔腿逃跑，好像有什麼巨人或食人巨獸在後面追趕一樣。等離房子有一段距離後才一齊停了下來。他們因為聽到的一切而嚇得要命，回首七角樓醜怪的三角牆尖頂和陰暗的角落，想像它上面罩著一層陰影——陽光所無法驅散的陰影。又想像赫絲芭同時由若干窗口對他們皺眉頭搖晃手指。這些孩子自來害怕克里夫（克里夫要是知道一定很傷心），他們現在想像他站在赫絲芭身後，穿著褪色的長浴袍擺出可怕的姿勢。兒童比成人更容易傳染到驚恐。之後，比較膽小的孩子為了躲避七角樓，寧可繞道而行，而比較大膽的孩子則和同伴急速跑過這棟老宅。

表演音樂的義大利男孩走了不到半小時，一輛馬車在品欽榆樹下停住，馬車夫由車頂拿下一只衣箱、一個帆布口袋和一個薄板帽盒放在老宅的門口。然後由車裡出現一頂草帽，繼而一位年輕女郎的身子。那是菲碧！她雖然不像初次來時那麼朝氣蓬勃——因為這兩個星期她已經變得更莊重更成熟，也更有女人味，她的眼光變得深沉，表示她的內心思想開始有了深度——但她仍然是明艷動人。她也還沒有失去讓自己周圍事物變得真實美好的能力。但是，即使是菲碧，在這個時候進入七角樓也是冒險。她的出現，會逐出這些自她離去以後進入老宅的蒼白可憎又有罪的鬼怪嗎？還是她本人也會變得悲傷憔悴，成為另一個蒼白的鬼魂，無聲的在樓梯跑上跑下，每當在窗口停下來，便把街上的兒童嚇一大跳？

我們真想預先警告對這個情形一無所知的女孩，除了仍然坐在橡木椅上的那個品欽法官以外，不會有人前來迎接她。而我們已經看守了他一整夜，因此留下了可怕的回憶。

菲碧先是試試小店店門，但打不開，門上方窗子上的白幔子拉上，讓她覺得不太尋常。她走到拱形窗下面的大門。大門是拴著的，於是她敲敲門，連敲了兩、三次，一面傾耳而聽，她想像地板吱吱作響，而赫絲芭像平日一樣踮著腳尖來給她開門。但是仍然一片死寂。她簡直懷疑自己是不是走錯地方了。

這個時候她聽見遠處有一個孩子的叫聲，好像是在叫她的名字。她朝聲音的方向看去，只見小奈德・希金在遠處街上跺腳搖頭，用雙手做出不贊成的姿勢，張大口對她尖叫：

「不要不要！菲碧，千萬不要進去，裡面出了事情，不要進去！」

菲碧無法叫他走近說明這是怎麼一回事，便猜想他近幾次來小店時被赫絲芭嚇壞了，因為這位女士的表現有時會嚇壞小孩子，有時又會讓他們不對勁的大笑。不過她卻為此而覺得這棟房子寂靜得不合理。她只好走進花園，在這樣晴朗的天氣，克里夫和赫絲芭應該是會在涼亭的陰影下打發正午的時光的。她一進到花園，那窩雞便半跑半飛的前來迎接她，而那隻奇怪的老貓本來在客廳的窗下徘徊，一看見她便驚慌逃走，匆匆攀爬過籬笆不見了。暴風雨過後，涼亭裡面沒有人，地板、桌子和圓凳都還是濕漉漉的，上面有許多小樹枝和風雨過後其他凌亂的東西。花園裡面漫無邊際的長了些東西，野草利用菲碧的離去和連日的陰雨，爬上了花朵和蔬菜。莫爾井的水漫出池邊，把花園的那一角弄成了個不小的水塘。

整個園景好像是已多日沒有人跡，也許自菲碧走後便無人跡。因為她看見涼亭的桌子下有一個她的頭飾，應該是她走前的一個下午她和克里夫坐在涼亭時掉下去的。

女孩知道她的兩個親戚，可以有比把自己反鎖在屋中更奇怪的行為。但是她卻感到有什麼事情很不對勁，又對自己也說不清楚的事情滿懷恐懼，她走到往常由房子到花園用的那扇門前，門也是從裡面閂上的。她敲了敲，門應聲而開，開到正好她能進入，好像有人等著她來而打開一樣，可是卻看不見這個人。由於赫絲芭為了不願讓外面看見她而常是這樣開門，菲碧心想給她開門的人必然便是她了。

於是她毫不遲疑的走過門檻，接著門就在她身後關上了。

20 伊甸園的花朵

菲碧從陽光燦爛中忽然走進陰暗的七角樓走廊，只覺得眼前一片朦朧。她也不知道是誰幫她開門，但在眼睛適應了暗處以後，只覺得有一隻手堅定而溫柔地握住她的手，使她感到無法言喻的溫情，心怦怦地跳。這個人把她拉到一個無人使用的大房間，也就是七角樓以往的主客廳。由於房間裡面沒有裝設窗簾，燦爛的陽光落在多塵的地板上，現在她清楚看見——其實透過牽著她的手，她已經感覺到——迎接她進房的人不是赫絲芭，也不是克里夫，而是荷格雷。這種微妙而直覺的溝通方式和含情脈脈的表示，令她十分感動，所以她沒有抽回手，而是急切地看著他的臉，她明白家裡發生了變化，於是急切想知道究竟是怎麼一回事。

藝術家的臉色比平日蒼白，他的前額因為沉思而皺縮、雙眉間出現一道深縫。不過微笑中卻洋溢著暖意，荷格雷一向以新英格蘭人的保守個性掩飾心事，菲碧第一次看到他臉上含有這種活潑的表情。像是一個人徘徊在一望無際的沙漠或是陰森恐怖的森林裡，獨自面對可怖的事物。因為忽然看見親愛朋友的容顏，為他捎來祥和平靜的暖流。可是當他察覺必須回覆她目光中的詢問時，這抹微笑消失了。

「菲碧，我們在一個奇異的時刻重逢，」他說，「所以我無法感到高興！」

「發生了什麼事情？」她問，「家裡面為什麼一片空蕩？赫絲芭和克里夫在哪裡呢？」

「他們走了，我猜不透他們會去哪裡！」荷格雷回答說，「這棟房子裡現在只有妳和我兩個人！」

「赫絲芭和克里夫走了？」菲碧喊道，「這是不可能的事！你為什麼把我帶到這間客廳，而不去客房？一定發生什麼可怕的事了，我非得趕快去看看不可！」

「菲碧，不，不行！」荷格雷拉住她，「我說的是實話，他們走了，我不知道他們去了哪裡。沒錯，發生了非常不幸的事，不過他們沒事，而且我也相信他們沒有做那件事。如果我真正瞭解妳的話，菲碧，」他用嚴峻而又溫柔的目光注視她的雙眼，說：「妳雖然溫柔，但妳見過的世面還不夠多。我也相信妳很堅強，擁有過人的膽識，遇到困難的考驗時，可以隨機應變一些突如其他的變化。」

「不，我不堅強，我是個十分軟弱的人！」菲碧全身顫抖地回答，「快告訴我發生了什麼事吧！」

荷格雷說：「妳很堅強。此刻妳也必須堅強和明智。因為我已經迷失了方向，妳必須指引我。也許妳會告訴我應該怎麼辦！」

「快告訴我發生了什麼事！」菲碧全身發抖地說：「這件祕密使我喘不過氣！我忍受不了！」

藝術家遲疑了。雖然他已經誠心誠意地說了這麼多話，加上菲碧帶給他的穩定力量，可是他覺得告訴她昨天的醜惡祕密，罪不可逭。就像是把一具死屍拖到家中壁爐前的乾淨愉快的空間，把醜陋的事物展現在高雅的事物面前。但也不能瞞著她這件事；她必須知道。

「菲碧，」他把一張銀版相片放在她的手中，「妳還記得這個嗎？」那張照片栩栩如生地表現出畫像本尊的殘忍與凶惡，他在初次和菲碧面談的時候曾出示給她。

「這和赫絲芭和克里夫有什麼關係？」菲碧對於在這樣的時候荷格雷還和她提這件瑣事，頗感意外也頗不耐煩，「這是品欽法官的照片，你以前給我看過的。」

「這是半小時前我拍的，相片中的人是同一個人。」藝術家出示另一張小相片，「我聽見妳到門口時才剛沖洗出來。」

「這是個死人！」菲碧嚇得面色蒼白聲音顫抖的說：「品欽法官死了！」

「由照片看來是這樣沒錯，」荷格雷說：「他就坐在隔壁的客廳裡。法官死了，克里夫和赫絲芭失蹤了！我只知道這些，別的都是臆測。昨晚我從外面回來的時候，注意到客廳、赫絲芭的房間和克里夫的房間都沒有燈光，整棟房子也沒有腳步聲。今天早晨也是一片死寂。我在窗口偶爾聽見一位鄰人說看見妳的親戚在昨天的狂風暴雨中離家。又聽見謠言說品欽法官失蹤了。我隱約覺得一定是發生了什麼不幸的事，因而走到這裡來，發現了照片上的情形。它是對克里夫而言有用的證據，對我自己也有紀念性的價值。菲碧，由於遺傳上的原因，我和這個男人的命運有奇特的糾葛，因而用攝影保留下品欽法官之死的記錄。」

菲碧雖然情緒激動，也不得不欽佩荷格雷鎮靜的態度。看來他了解法官死亡的恐怖，但是卻不感意外，好像這件事是預先注定不可避免的，是注定的因果循環。

「那麼為什麼不把門都打開，招來目擊證人？」她又問，「單獨留在屋內太不好了！」

「但是克里夫呢！」藝術家說：「克里夫和赫絲芭怎麼辦！我們非替他們著想不可！他們的失蹤是致命的不幸，讓他們涉嫌謀殺法官；對於熟知他們的人來說，很容易自己得出一個解釋。品欽家上一代叔父的死亡事件使克里夫蒙受大禍，由於這兩宗死亡事件相似的地方很多，姐弟二人在驚恐之餘也只好一走了之。這真是一大錯誤。如果當時赫絲芭尖叫而克里夫打開大門宣佈品欽法官的死訊，這件事雖然可怕，但可以因此保護他們，我認為也可以洗刷世人對克里夫性格的污衊。」

「可是，」菲碧問：「這麼可怕的事又怎麼會有好結果？」

藝術家說：「如果公平的思考和解釋這件事，則品欽法官的死並沒有什麼好奇怪的，品欽家的人常死於這種方式。它雖並不是經常發生，但總是發生在像法官這個年紀的人，通常在他們處於某種心理危機或盛怒時發作。老莫爾的預言大約是建立在品欽家人這一傾向之上。而昨天的死亡事件又與紀錄中克里夫叔父三十年前死亡的情節又幾乎是完全相似。當時一定是有人動了什麼手腳，讓老賈弗瑞・品欽像是被克里夫害死的。」

「怎麼動手腳？」菲碧叫道：「克里夫是無辜的，我們都知道！」

荷格雷說：「至少我久已認為，是在那位叔父死後但尚未公開發喪以前，由坐在客廳的那人所做的。而他自己的死法雖與叔父的死法十分相像，卻沒有那些可疑的情節。他的死大約是天打雷劈，是上帝對他作的懲罰，也是為了還克里夫的清白。但是克里夫他們的這個出走卻把一切都弄砸了。不過如果我們能在大家知道法官死亡之前能把他們找回來，就沒有事了。」

「但是我們不能再隱瞞這件事了，」菲碧說，「把這件事憋在心裡太可怕了。上帝會證明克里夫是無辜的。我們還是把門打開讓街坊鄰居都來看看發生了什麼樣的事吧！」

荷格雷說：「菲碧，妳說得不錯，一點也不錯。」

菲碧個性溫和，喜歡有秩序的生活，因而遇見人事紛爭和超越常規的事故就會害怕。可是藝術家卻不害怕，他也不像她那樣急著想讓生活恢復常態。相反的，他由當前的處境中得到瞬間的快樂。只有他和菲碧兩個人知道品欽法官神祕的死亡這件事。這個祕密使他們與世隔離而又彼此親近，好像是在海洋中心的一個孤島上的兩個孩子，一旦祕密洩漏，海水便會淹上來。這樣的情況讓他們像是兩個手牽著手的孩子，在走過人生陰暗的通道時互相靠得緊緊的。死神的陰影填滿整棟七角樓，祂僵硬的手把他們聯合在一起。

老宅中可怕的死亡陰影使他們結合在一起。這個情形加速了他們感情的發展。其實，荷格雷原先想讓這樣的情感消逝於尚未萌芽之際。

菲碧問：「你還遲疑什麼？這個祕密快讓我喘不過氣了，趕快開門吧！」

「在我們的一生中，這樣的一刻不會再有第二次！」荷格雷說，「菲碧，妳只覺得害怕嗎？妳沒有感到其中的快樂使它成為我們一生中最值得度過的片刻嗎？」

「在這個時候還想到快樂是個罪過。」菲碧戰慄的說。

「要是妳知道在妳回來以前我是什麼個樣子便會知道我所說的快樂是什麼了。」藝術家說：「那個陰冷悽慘的時刻！那個死人使整棟房子籠罩了一層陰影，他在我所及的世界裡散佈比罪惡還可怕的氣息。它帶走了我的青春，我甚至不希望再年輕了！世界看上去奇怪、狂暴、邪惡、充滿敵意。我過去的人生寂寞而悽涼，我的未來卻也是一片黑暗。但是，菲碧，妳卻跨過門檻帶來希望、溫暖和快樂，我現在非告訴妳不可，我愛妳！」

「你怎麼會愛上我這麼一個單純的女孩子的？」菲碧被他的熱情所迫，「你有許多思想，我永遠不能了解的思想。而我也有你不會明白的個性。這倒也不太要緊，最重要的是我不能讓你快樂。」

「你是能使我快樂的唯一希望。」荷格雷回答說：「只有妳給我快樂我才會有快樂的信心。」

「可是我還是害怕。」菲碧繼續說，她向荷格雷貼過去，坦白的說出自己的疑慮，「你會把我帶出寧靜的生活，讓我在不熟習的世界努力跟著你走。這個我做不到。這不是我的本性。我會沉淪、毀滅！」

「喔，菲碧，」荷格雷輕聲嘆息，面帶含蓄的笑，「絕不會是妳說的那樣。不滿於現狀的人才能使世界進步。快樂的人把自己局限在圈子裡。我預感自己將來也會用樹木和籬笆劃出界線，在適當的時機給下一代蓋棟房子。總之，我將服從法律，遵守社會秩序。妳的溫柔和順會比我搖擺不定的意志更為有力。」

「但我不希望你改變。」菲碧熱切的說。

「妳愛我嗎？」荷格雷問道，「如果我們彼此相愛，這一刻還有什麼比這更重要的事，我們就停在這一刻並感到心滿意足吧。菲碧，妳愛我嗎？」

「你知道我的心事，」她低下雙眼說，「你知道我愛你！」

就在這充滿疑懼的一刻，出現了一個奇蹟。沒有這樣的奇蹟，人類的存在是沒有意義的。這個青年和女孩周圍的一切變得真實而美麗神聖。他們感覺不到任何悲哀和衰老，地球變成了伊甸園，而他們成為亞當和夏娃。一旁的死人已被遺忘。在這個時刻不再有死亡，不朽和新生的光芒籠罩整個宇宙。

但是他們又回到了現實。

「聽！」菲碧耳語道：「大門口有人。」

「讓我們去面對世界吧！」荷格雷說：「一定是品欽法官來七角樓的事情傳出去了，克里夫和赫絲芭的離開引起當局的注意因此派人來調查。我們只好出去見見他們了。我們趕快去把門打開吧！」

但是出乎他們的意料之外，在他們走到大門前，甚至在他們離開他們談話的這個房間以前，便聽到走廊上有腳步聲。那扇他們以為緊鎖的大門，荷格雷確認過而菲碧剛才又進不來的大門，一定是有人從外面打開了。腳步聲不像是陌生人強行進入的腳步聲那麼刺耳，而是身體衰弱或疲乏的人細碎的腳步聲。同時也傳來他們所熟習的人的話語聲。

荷格雷低聲說：「會是他們嗎？」

「是他們！」菲碧回答說：「謝天謝地！謝天謝地！」

隨後，彷彿是在應和菲碧的叫聲，赫絲芭的聲音清晰傳來：「哥哥，謝天謝地，我們回家來了。」

克里夫答道：「是啊，感謝上帝！赫絲芭，雖然是個淒涼的家，但是妳把我帶回來絕對是對的。等一下！客廳的門是開的，我不能經過它！我到涼亭去歇歇。對我而言好像是很久以前的事了，我常和小菲碧高高興興的坐在涼亭裡面。」

但是老宅已經不像克里夫想像中的那麼淒涼。他們還流連在大門口，心中猶豫不決，不知道該怎麼辦才好的時候——菲碧已經跑來迎接他們了。赫絲芭一見到菲碧就哭了出來。她已肩負憂愁和責任一路蹣跚而行了許久，現在終於可以卸下這個負擔了。她連卸下這個重擔的力氣都沒有了，只能夠默默承受而不能夠再前進了。相較之下克里夫好像比她堅強一點。

「是我們的小菲碧，還有荷格雷，」克里夫敏銳地一瞥，面帶仁慈而又憂鬱的微笑道：「我剛才快走到家門口看到愛麗絲花盛開的時候還想到你們倆。今天伊甸園的花朵也在這棟陰暗的房子前面盛開了！」

21 離去

像品欽法官這麼一位社交界名人，他的猝逝至少在親友間引起了一陣騷動，一直到兩個星期後，轟動尚未平息。

在一個人的傳記中，很少有一件事比死亡更為重要。在他的有生之年，日常生活中大半的情形和偶發事故，因為他本人在場，而予人一定的觀點。在他過世以後，只剩下一片空虛和瞬間的雲煙，也有一、兩個泡沫從黑暗深處上昇，又在表面爆裂。就品欽法官而言，他辭世的方式比其他顯赫人士死後，引起更多街談巷論。但是經過當局權威證明後，大家了解到他是自然死亡——除了一些無關緊要的細節——沒有什麼離奇的情節，大家也慢慢淡忘這號人物。郡裡面的報紙刊登極盡頌揚的訃聞之前，這位尊貴的法官已經成為過時的舊話題了。

不過在追溯這位傑出人士的過往之餘，又出現一陣竊竊私語——如果在街頭巷尾高聲談論這種對話，會令人感到驚世駭俗。奇怪的是，一個人的死亡往往讓人更加瞭解他的品格是好是壞。死亡是個毫不虛偽的事實，它是個可以分辨不純金屬的試金石。如果一個亡者在死後一週內回到世間來，就會發現公眾對他的評價不同於以往了，會比他身前的評價高一些或低一些。但是我們現在所談論的事件，或者說謠傳的醜聞，是有關三、四十年前這位死者的叔父被人謀殺的事情。醫學界根據死者暴斃的症狀，完全推翻從前那樁命案被謀殺的可能性。從記錄來看，無庸置疑，某人在他叔父老賈弗瑞・品欽過世的前一刻進入他的私人臥室。他的書桌和櫥櫃放在臥室隔壁的房間裡，曾有人搜刮這個地方；金錢和昂貴的物件都不見了，而老人胸前的亞麻布襯衫上有一個血手印。根據各種證據推測：犯下這樁搶劫和謀殺案的嫌疑人，是當時與叔父同住在七角樓的克里夫。

但是現在有一個來源不明的理論，對這些情節另有說明，洗刷了克里夫的罪名：現在這個時代有不少使用催眠術的占卜者，他們閉著眼睛可以看到許多奇事。許多人證實這件神祕往事的真相，銀版照相師也藉由催眠占卜術確立了事實；這種占卜術以複雜的觀點來分析人類的事務，藉此，關於老賈弗瑞・品欽死亡的祕密故事，即使他們閉著眼睛也能清楚描繪往事。

根據這個祕密故事，本書前面所描述的模範人物品欽法官，年輕的時候顯然是個無可救藥的流氓。一個人的殘忍野蠻獸性往往比智慧和道德發育得早，品欽法官就是如此。他早年是個放蕩不羈和揮霍無度的人，耽溺於低級趣味，他生性殘暴，靠他叔父的慷慨揮霍揮無度。他的叔父是一個老單身漢，一度非常寵愛他，但因為他的這些習性和行為，使得叔父耗盡了對他的寵愛。現在流傳某個說法，這個說法是否能做為法庭上的判斷還很難說，因為不是真憑實據的調查。有一天夜晚，這個年輕人受到魔鬼引誘，前去搜索他叔父的私人抽屜。正在犯罪的時候，房門卻打開了，老賈弗瑞•品欽身穿睡衣站在門口！老單身漢發現他意圖不軌後，憤怒驚恐之下，身上遺傳的痼疾發作了；他倒臥在地上時，太陽穴重重撞擊到桌角。這該怎麼辦呢？老人一定已經死了！找人來挽救他的性命，恐怕也來不及了。這樁不幸事件來得太突然，即使他甦醒過來，想到的第一件事必定是他姪子的可恥罪行！

然而，他再也沒有甦醒過來。這個年輕人一向厚顏無恥、膽大妄為，他繼續冷漠無情地搜尋抽屜，找到一份最近立下的遺囑，因為這份遺囑的受益人是克里夫，於是他便將它銷毀，保留另一份對他有利的舊遺囑。但是他在離去以前，想到這些翻得亂七八糟的抽屜會啟人疑竇。於是他在死者面前佈置了一些證據，使人懷疑到克里夫身上。他一向輕視、討厭克里夫的性格，但是在這個時候，他也許無意陷害克里夫涉入這樁謀殺案；因為他明白叔叔並非死於暴力，在危機和匆忙中，也許他沒有預料到有人會指控克里夫為兇手。但是當這件事成為謀殺案以後，小賈弗瑞以前各種誣陷克里夫的安排，又迫使他一口咬定克里夫是謀殺叔父老賈弗瑞的兇手。因而，在克里夫入獄一事上，賈弗瑞・品欽法官不需要宣示不說謊，只要絕口不提自己目擊到的意外就可以了。

賈弗瑞・品欽的陰謀的確陰狠毒辣，令人無法相信他隱藏了如此大的罪行。一個外表受人尊敬的人，可以很輕易地隱藏住罪性，這位廣受尊敬的傑出人士最善於處理這樣的事情。賈弗瑞日後飛黃騰達，成為品欽法官以後，每當他回憶往事時，常常淡忘這件事，或是將它視為一件微不足道的過錯，便把這件事和年輕時的過失一併拋諸腦後了。

現在我們讓法官安息吧。法官臨終前一刻，談不上是個幸運的人。他竭力為自己唯一的兒子聚財，卻不知在他過世以後的一個星期，他兒子所乘坐的輪船傳來噩耗，說這個年輕人在正要搭船回國的時候，罹患霍亂病死了。由於這樁不幸事件，克里夫成為了富翁，赫絲芭和鄉下姑娘菲碧也變成了富人。睥視財富的不羈改革者荷格雷也由於菲碧的緣故，而成為富人。

克里夫年事已高，在世人面前爭論過去的冤情，不僅太吃力也為時已晚，他現在只需要少數幾個人的愛，並不需要一般陌生人的尊敬和讚美了，雖然他已經獲得大家的敬重，但是只會讓他不斷想起悲慘的過去。他只想遺忘過去所有事情，過著平靜的日子。以往所受的冤屈已無法補償，也許世人願意提供他補償，但是「苦難」已經完成它的使命，而一切也都成為往事，已經無法再給克里夫任何補償了，最多也只能使他浮起痛苦的微笑。無論是什麼樣的過錯，無論是給予或是忍受，在我們的人生中，一切都會走到適當的結局（這是一個悲傷的真理，但可以給予人們希望）。時間讓世事變幻無常，而死亡總是來得不合時宜。假使許多年之後，我們可以掌握權力，卻仍然無法讓真理適得其所。最好的補救方法便是讓受害者放下過去，讓他把無法彌補的傷害留在身後。

品欽法官猝死所造成的震驚，對於克里夫的生活，產生了鼓舞的作用。那個人一直是克里夫的夢魘。在賈弗瑞惡毒的勢力範圍之內，克里夫甚至於無法自由呼吸。自由對於他的影響力，如同前面所述，當他們兄妹二人漫無目的出走時，藉著克里夫愉快的心情表現出來。即使它消退了以後，他也不會再回到之前心智麻木的狀態。雖然他永遠不可能恢復本來的心智，但是他的變化已經照亮他的性格，表現出他含蓄優點的大致輪廓，使他不再像之前那樣深沉、憂鬱。他現在感到非常快樂。讓我們稍微花點時間來看看他的日常生活；現在他擁有了一切，可以滿足他對美麗事物的佔有慾望，雖然他喜愛花園裡的一切，但是相形之下，花園裡的甜美事物已顯得無聊且無意義了。

時來運轉以後，克里夫、赫絲芭和小菲碧，在取得藝術家的同意以後，決定四人一起搬出那幢黯淡的七角樓古宅，前往品欽法官優美的鄉間別墅暫住。公雞一家已經先搬過去了，那兩個母雞受到良知及責任感的驅使，從此孜孜不倦地下蛋，而且繁殖出比上一世紀更為優秀的品種。在他們準備離去的那一天，故事裡的主角，包括善良的凡納叔叔，都齊聚在客廳裡。

「照計畫看來，那棟別墅實在是個好地方。」當大家談論未來的安排，荷格雷說：「不過，品欽法官是個富有的人，也期望未來將財富傳給子孫，我納悶他為什麼不用石材蓋這棟漂亮的房子，反而用木材建造。如果用石材蓋房子，後世每一代子孫都可以隨意裝修房子的內部，而房子外表經過許多年的風霜以後，應該維持它古意盎然的外貌，而令人肅然起敬。這種永恆的印象在任何時代，都是幸福的重要原素。」

「哎呀，」菲碧驚訝地注視藝術家的臉龐，「石頭的房子！你的想法改變了，多麼美妙啊。兩、三個星期以前，你還希望一個人住在像鳥巢一樣簡陋的暫時房屋裡！」

「菲碧，讓我來告訴妳，」藝術家面帶一絲憂鬱的微笑，「我現在已經變成一個保守的人了。這也是過去我意想不到的事。住在這棟發生過許多悲劇的房子裡，變成一位保守派人士尤其不可原諒。而且牆上肖畫像中的典型保守人士正注視著我們，畫中人為家族後代帶來那麼長久的噩運！」

「那幅畫像！」克里夫彷彿在躲避畫中人嚴峻的目光，他說：「我每次看見它，某種古老可怕的回憶就會浮現在我的心頭，它在我心裡作祟，彷彿在說財富！無盡的財富！不可思議的財富！我在孩提或青年時期，那張畫像曾經對我說話、告訴我一個財富的祕密，而且曾經向我出示一份關於巨大產業的文件。但是現在，我記不清那些舊事了！這個夢到底是什麼意思？」

「或許我還記得，」荷格雷回答道：「不知道這個祕密的人想找到那個機關的機率，只有百分之。」

「祕密機關！」克里夫叫道：「我想起來了！很久以前，我曾經在一個夏日午後，在房子裡遊手好閒地做白日夢，的確發現了那個機關。卻不知道其中的祕密。」

藝術家按下那個他所說的機關。本來這麼做，畫像會向前移動。但因為藏匿的時間太久，這個機關已經生銹、失靈法，所以在荷格雷施加的壓力下，畫像、畫框等物突然一齊掉落在地板上。此時，牆上露出一個凹洞，這個凹洞放著一件東西，由於累積了百年塵埃，一時間令人看不出那是一捲羊皮紙文件。荷格雷小心打開捲軸，竟是一份古代的契據，上面有幾個印第安酋長用象形文字畫押的印記，證明東邊的廣大領地永遠屬於品欽上校及其子孫的土地。

「為了找到這份文件，美麗的愛麗絲·品欽喪失了幸福和生命。」藝術家說：「它還價值連城的時候，品欽的家人沒有找到這張羊皮紙，現在找到了，卻已經是一張廢紙。」

「倒楣的賈弗瑞！他受騙上當了。」赫絲芭驚嘆道：「他和克里夫小的時候，克里夫大概把這個發現說得像是神仙故事。克里夫那個時候總是在屋子裡到處做白日夢，用美麗的故事照亮每個陰暗的角落。而倒楣的賈弗瑞信以為真，認為我哥哥找到家傳的財富。他死的時候，心中還懷著這個幻想！」

「但是你又是怎麼知道這個祕密？」菲碧問荷格雷。

「親愛的菲碧，」荷格雷說：「妳願意姓『莫爾』嗎？這個祕密是我祖先給我的唯一遺產。我如果不是因為怕嚇跑妳，早就告訴妳了。在這個長篇恩仇故事中，我代表那個老巫師，或許也像他一樣是個巫師。在馬修·莫爾被處決以後，他的兒子受雇於品欽上校；蓋這棟豪宅的時候，他乘機在畫像後面的牆壁挖了個密洞，把品欽家人賴以取得廣大土地的這份印第安契據藏在裡面。因此，品欽家庭確實用東邊的地產交換莫爾這片花園菜圃地。」

「現在，這份文件還不如我的農場有價值呢。」凡納叔叔說。

「凡納叔叔，」菲碧握著這位穿打補丁衣服哲學家的手說：「你再也不要提起你那個農場了！你一輩子都不會到那裡去！我們新的花園裡有一個黃棕色小屋——美極了，我從來沒見過那麼美麗的小屋，就像用薑餅蓋起來一樣，我們會把它裝修好，再邀請你去居住。你可以想做什麼就做什麼，過著幸福的日子，用你口中的那些智慧和有趣談話，讓克里夫精神煥發，給克里夫打氣！」

「噢，親愛的孩子，」凡納叔叔深受感動，「如果妳說這些話給一個年輕人聽，那他的心不蹦出來的機會，小於我背心上的一顆鈕釦，而且妳讓我嘆的這口氣，已經讓我把背心上的最後一顆鈕釦也繃掉了！但是沒關係！這是我一生中最幸福的嘆息！似乎上蒼的氣息也把我吸了進去。好吧！好吧！菲碧小姐！在這一帶花園菜圃和後門口附近的人家，必然會有人想念我。而品欽街沒有了凡納叔叔，也會不一樣了。我去妳們的鄉間別墅或是妳們來我的農場看我，由妳決定吧！」

「凡納叔叔，看在上帝的份上，請跟我們一起走吧！」克里夫一向十分欣賞老人溫柔和樸實的態度，「我希望你永遠在我周圍五分鐘的範圍以內。你是我認識的人中，唯一擁有清澈智慧之泉的哲學家！」

「老天爺！」凡納叔叔這才開始明白他自己是何許人物。他不禁叫道：「我年輕的時候大家總是把我當成蠢貨！不過我想我像是顆羅克斯堡的冬季蘋果，越陳越香。而關於你和菲碧說到我的智慧話語，又像是金黃色的蒲公英，它從未在炎熱的月份開花，而是在枯萎的草叢中閃耀光亮，甚至到十二月時依然如此。我的朋友，如果我這裡的蒲公英數量增加兩倍，歡迎你們來到我的蒲公英草叢中來採擷。」

此時，一輛樸素而漂亮的深綠色四輪馬車停駐在七角樓的衰敗大門前，這幾個人魚貫進入車中坐下（凡納叔叔沒有進去，他過幾天再去）。他們談笑風生，克里夫和赫絲芭向這棟祖先所住的老宅道別，心中一點也不難過，彷彿當天他們就會回來喝下午茶。幾個孩子發現罕見的馬車和兩匹灰色的馬匹，跑過來圍觀。赫絲芭認出其中一個孩子是她的第一個忠實顧客奈德‧希金，便從口袋裡抓出一些銀幣送給他。這麼多錢幣足夠讓他到別間商店，買下可以裝進諾亞方舟的各色動物。

當馬車行駛時，兩個男人正好經過古宅門口。

「迪克西，」其中一個人說，「對於這件事你有什麼想法？我老婆開了三個月的雜貨店，結果賠了五塊錢。品欽老處女也開了這麼久的小店，卻帶著幾萬銀幣、乘著四輪馬車離開了。如果計算她那一份、克里夫和菲碧的一份，有人說他們至少增加了二十倍財富呢！如果你稱之為運氣，倒也罷了，但如果說這是天意，我實在一點也不明白！」

「好生意！」那個精明的迪克西說：「好生意！」

此時，花園裡孤獨的莫爾井映照出一連串萬花筒般的景像。一個具有天賦的眼光或許可以從中看出赫絲芭、克里夫和克里夫的未來宿命，看到老巫師的後代，以及他用魔術情網纏繞的小村姑。此外，品欽榆樹熬過九月那場狂風的吹颳，它以剩下來的枝椏低訴難以理解的預言。聰明的凡納叔叔在行經古宅破舊的大門時，似乎聽見一絲音樂。他心想，那彷彿是美麗的愛麗絲•品欽所彈奏的琴聲。她目睹這些人事變遷、過去的悲劇和現在她親人的幸福結局，在大鍵琴上奏出一曲快樂的驪歌，然後就緩緩地從「七角樓」昇上天堂。

Classic Novels
經典小說

七角樓

作者　納撒尼爾・霍桑（Nathaniel Hawthorne）
發行人　王春申
副總編輯　沈昭明
責任編輯　王窈姿
助理編輯　馮　湲
封面設計　吳郁婷
校對　趙蓓芬
印務　陳基榮
出版發行　臺灣商務印書館股份有限公司
地址　23150 新北市新店區復興路 43 號 8 樓
電話　(02) 8667-3712　傳真：(02) 8667-3709
讀者服務專線　0800056196
郵撥　0000165-1
E-mail　ecptw@cptw.com.tw
網路書店網址　www.cptw.com.tw
網路書店臉書　facebook.com.tw/ecptwdoing
臉書　facebook.com.tw/ecptw
部落格　blog.yam.com/ecptw

局版北市業字第 993 號
初版一刷：2015 年 2 月
定價：新台幣 320 元

ISBN 978-957-05-2985-2

七角樓
納撒尼爾·霍桑著；賈士蘅譯
初版 . -- 臺北市：臺灣商務出版發行
2015.2
面； 公分 . --（經典小說）
譯自：The House of the Seven Gables
ISBN 978-957-05-2985-2

874.57
42400070